名家名篇

郭杜

赵永刚 著

江西高校出版社
JIANGXI UNIVERSITIES AND COLLEGES PRESS

图书在版编目（CIP）数据

郭杜 / 赵永刚著 . -- 南昌：江西高校出版社，2024.1

（名家名篇）

ISBN 978-7-5762-1302-7

Ⅰ . ①郭… Ⅱ . ①赵… Ⅲ . ①长篇小说—中国—当代 Ⅳ . ① I247.5

中国版本图书馆 CIP 数据核字（2021）第 081772 号

郭杜

GUODU

出版发行	江西高校出版社
地　　址	江西省南昌市洪都北大道 96 号
总编室电话	（0791）88504319
销售电话	（0791）87919722
网　　址	www.juacp.com
印　　刷	永清县晔盛亚胶印有限公司
经　　销	全国新华书店
开　　本	700mm × 1000mm　1/16
印　　张	17.5
字　　数	234 千字
版　　次	2024年 1 月第 1 版
	2024年 1 月第 1 次印刷
书　　号	ISBN 98-7-5762-1302-7
定　　价	58.00元

赣版权登字 -07-2021-561

1

1991 年开发区成立的时候，郭耀子正在郭杜中学念初三。他不知道高新，他们郭家堡的人不知道，长安县的人也不知道，其实大部分的西安人也不知道。但他知道雁塔区，因为班上的杜芽儿是杜家桥的，隔了一条平展展的西万路，杜家桥那边是雁塔的，郭家堡这边是长安的，那边是区，这边是县。都是村子，到处是羊肠小道，淹没在大片的农田里，树木多而浓密的地方，就是一个村子。

郭杜这地方是老地儿，故事多，隋唐时候在长安城的西南郊，当时叫高阳原。老长安的各种原，现在的小年轻已经不怎么知道了，高阳原就更少人知道了。过去在渭河平原平展展的土地上，高出个坡，壅个土堆就成了原。

这里在刚有开发区的时候，按地方志里记载还是地势高亢，泉深塬高，山水环绕，川塬形胜。但现在看起来，都没了模样。不过，地方志还说了，这是老长安城城南远郊的墓葬区之一。所以有了后来的太多故事。

关中这地儿自然村多叫堡。不管叫村，还是叫堡，那时候都是土建村庄。叫村的人说他们是后门后裔，叫堡的人说，他们的祖先是有城墙的；叫村的人说他们是后来的，比堡里的人牛气。那杜家桥呢？原来这里山水诸多，有水就有桥，皂河南北有很多的村子，两岸的村子就叫“桥”了。

郭杜镇是老长安名镇之一。镇子周围分布着很多村子，有郭北村、郭南村、小张村、北雷村。当然这都是以西万路分割出来的，西万路就是个分界岭，远处还有里花水村、茅坡村、周家庄等等。

郭家堡和杜家桥就是这许许多多村中的两个。

郭杜中学在郭杜镇上。学校当时有个大家都知道的玩笑词“腰子炒豆芽”，说的就是郭耀子和豆芽儿两个人。初二的时候，午休，郭耀子睡不着，就捏胳膊弯子，一捏成个弯，再一捏又是个弯，觉得好玩就笑了。他一笑，豆芽儿就醒了，他就捏给豆芽看。看着看着，豆芽哭了，骂他是流氓。老师来了，把他俩叫到办公室去，问清了缘由，老师也笑了。耀子问：“我咋是流氓了？”豆芽哭得更厉害了。“豆芽豆芽，我咋惹你了？”后来在老师的劝说下，耀子给豆芽道歉，两个人就没事了。再后来，豆芽留了齐耳短发，穿着月白衬衣来上学，来早了就把桌子擦干净，有几次还给耀子带来了韭菜盒子。

不过，他俩桌子中间那条道还在，耀子要是越过界了，豆芽就拧他，他就把手收回去，但耀子仍然经常会越界。窗子外面槐花开了，香气传过来，耀子就说：“香么，闻一闻。”这是他又一次越界的理由，豆芽就笑了。

耀子觉得豆芽很白，比其他女生白。天热了穿个短袖，光胳膊碰到豆芽的肉胳膊，软乎乎、热乎乎的，像触电一样，他就有意无意地碰一下，豆芽就躲开，有时偏不躲，都那么顶着。耀子力气大，豆芽急了就拿圆珠笔尖戳他，他就龇牙咧嘴地，赶紧躲开了。

耀子家在西万路这边，豆芽在那边，从两个人的家里到学校，差不多是一个三角形路线。两个人都骑飞鸽牌自行车上学，放学了一伙人都骑车子，从田间小道上插斜回去。下雨天田间的路泥泞难行，他们就走村道。村道被来往的架子车、拖拉机碾得光滑，没什么泥，但连阴雨下久了，也就变得泥泞了，他们得推车子步行到西万路上，再到郭杜村往西转，那是到周至户县的路，也是水泥的。

耀子想着要是豆芽的车子哪天坏了，他就送豆芽回去。可等又一次下大雨，豆芽村里的学生娃全都坐一个拖拉机回去了。他计划了半天都没有送成。耀子还想着很多好事呢，都没有实现。

耀子一直想不明白那次咋把豆芽弄哭了，一直想问呢，都没有问。直到初三毕业的那年夏天，同学们约着去皂河玩，十多个同学就光着脚在皂河里打水仗，水扬起来落在大家的身上，很凉快，同学们都很高兴。

豆芽身上的水是最多的，她考上了中专，不再是农民了。大家都往她身上撩水，她也不恼，耀子撩过去的水是最多的。大家都挽着裤腿，在浅水处互相打闹呢，豆芽往后躲，不小心掉水里了，好在水也不深，只是全身都湿了。

豆芽从水里爬出来的时候，耀子不撩水了，站着看着，大中午的太阳晒得灼人，耀子往天空看，好像有彩虹，圆鼓鼓地划了个弧线。豆芽起来也没哭，在身上把衣服拧了拧，就坐一旁的石头上了。

耀子也走过去坐在豆芽身边，豆芽看着水里的其他同学笑，耀子就问豆芽，“那次我咋把你弄哭了？”豆芽回过头看耀子，看得耀子不好意思了。

“你真的不知道？”

“真的不知道！”

“你就是个笨蛋。”

豆芽说完站起来吆喝大家回家了，骑着自行车往杜家桥方向走，耀

子还是不知道自己咋就是个笨蛋。

初中毕业的那年夏天，耀子家内部的争议很大。

耀子他大（陕西一些地方对父亲的称呼）从外地回来了，从小到大，耀子很少见到他大，有几次妈妈带着耀子去他大工作的地方，都是在偏远的工地，一群人在开山砸石头修铁路。他大的意思是让耀子上高中。

他大回来的几天里，除了在家吃饭，就是和他妈去地里摘菜，然后挑拣用细绳捆起来，再拉着架子车到附近的厂区去卖。他妈常年在家种菜、担水浇菜、做饭，最能吃苦了。

他妈的意思是让耀子再补一年，反正补习的娃娃们多了，有些补了四五年呢，他妈说他在商洛娘家就有兄弟姐妹好几个人都补习，最后都上了中专，以后就不用当农民了。

耀子挺怯去补习，初三那一年真是够用功了，除了和豆芽偶尔打闹一回，心思跑了点，其他的精力都在学习呢。一来怕再补习一年还是考不上，二来是想着要是上了高中，还有三年，高考还早呢，可以歇一歇。

耀子爷爷是村里的村医，也不是啥正经医生，就是爱琢磨个中草药啥的，知道些偏方，不过就这样四里八乡的人还都找爷爷看病。爷爷没事了就在村头和一帮子闲人瞎聊。

爷爷说他们郭家人都是唐朝郭子仪的后裔，是大家族，谁家有个矛盾，闹个事情，爷爷生气了，就说丢先人呢。爷爷年轻的时候去过很多地方，还去过商县郭家的祠堂呢，耀子妈妈就是那会儿从商洛引来的。

那几年比较穷，村里很多人娶了耀子妈妈娘家那边山里的姑娘呢。爷爷还说村子那边的土台子就是仓颉台，是造字的地方。还有村子里的土疙瘩是周穆王时期的，爷爷还说古经，耀子和村里的很多人都爱听。

爷爷戴个石头镜，总是会翻些发黄的旧书报，他拿着一张《长安报》，眯着眼睛看，他大和他妈就说耀子的事呢。爷爷说：“上高中去吧，以后大学生很稀罕呢。”

爷爷的话在家里是很权威的，耀子就不再想补习的事情了，打算开学了去上高中，弟弟顺子也是开学后上初一。

还没有开学，耀子的内心颇烦得很，他叫上顺子，骑车子到外面去玩，车子过了西万路到了雁塔区，到了杜家桥，他在杜家桥的村道上来回骑，车子骑得飞快，顺子差点都掉下来了。

顺子问耀子：“你寻啥呢。”

“寻魂呢。”

折腾了一中午，哥俩都特别累，就去清凉山上转了转，土疙瘩上到处是荒草，还有破旧的寺庙，哥俩在小摊前吃了碗凉粉，站在清凉山上看，山下的村庄田地都很平展，顺子指着说那是咱郭家堡吧，耀子说那是杜家桥呢。

高中开学的时候，耀子到班上一看，全是陌生的面孔，初中时的同学范围还都是郭杜附近几个村子的孩子，到了高中，才发现同学们都是来自各个乡镇的，他这才知道了长安还有很多像郭杜的乡镇。

耀子在操场上溜达，刚开学第一天，老师就组织大家拔草，一个暑假无人打理，雨水多，草长得半腰高，大家从家里拿来镰刀，弄了一上午才干净了。不几天，又冒出来一层。耀子就在草丛里走来走去，他想着那村道上来往的人多了就不长草了，操场中间也长不了草，只有墙角里总有草在，于是他就在那里踩啊踩。这时候有人叫他，他一看，是初中另外一个班的同学。“你是？”“我是杜峰啊，初三在四班啊。”“杜——你是杜家桥的？”“是啊！”

耀子一下子来了精神，终于有初中同学了，而且是杜家桥的。

“你们杜家桥的杜芽儿和我原来一个班。”

“我知道呢，你们班同学都起哄说‘腰子炒豆芽’呢。”

“那都是开玩笑呢。”

“豆芽上中专了，他爸他妈该骄傲了。”

一说起豆芽，耀子就特别高兴，他巴望着杜峰能多说几句。

“不就是考个中专么，还骄傲得不行。”

“你不知道，豆芽他大是我们村村长，人很好的，性子也软和。他们家前些年出了事，豆芽他弟在皂河里打江水淹死了，家里就剩豆芽了，说再生一个呢，政策不允许啊。从那以后，豆芽妈妈就不太正常了，蔫不唧的，嘴上老胡叨叨呢，他大也是沉默寡言的，他婆和他妈本来就不对付。没了儿子，一家人抬不起头。如今豆芽考上中专，在村里是大事，你说骄傲不骄傲？”

“是骄傲哩。”

耀子心里挺不是滋味，豆芽家里的事情都没听豆芽提过，家里就豆芽一个女子，她大她妈心里肯定不高兴。豆芽算是给她家里人争气了。

耀子决定给豆芽写封信，说什么呢？就说他刚听杜峰说了她们家的事情，同学三年外加坐了一年同桌他都不知道，印象里总看到豆芽笑，笑得很灿烂，是一个很坚强的人。然后说了些勉励的话，生活总有各种不如意，阳光总在风雨后，然后呢，就说特别怀念初中生活，很美好。最后说自己现在的生活，高中课程挺难的，他对物理化学没兴趣，感到很迷茫。

买了信封，贴了八毛钱邮票，塞进邮筒里，没事了他就往学校传达室跑，那里有个铁筐子，里面都是老师同学的信，他就在里面翻，看有没有豆芽的回信。

他再一次确定了寄信的地址，这是从书上查的，应该没有问题，也写清楚了名字，最关键的是，他写清楚了是一年级新生的。

他没有第一时间等到，信倒是让杜峰拿回来了。那一天，教室窗外的树上，有喜鹊在叫，杜峰在教室门口大呼小叫：“腰子炒豆芽了。”全班同学都很惊奇，杜峰蹦蹦跳跳地蹿到他面前，把信拍在桌子上。

后面的几节课他都没有心思上，把信夹在课本里，或者放在桌子下，反复看了很多遍。想象豆芽写信的表情、神态，是不是很开心？豆芽在信里说，接到他的信很高兴，没有想到呢。她挺好的，家家有本难念的经，她都习惯了。她现在把户口转到学校了，是商品粮户口。上中专挺不一样，同学们有临潼的，周至的，咸阳、商洛、宝鸡的，但关中的娃多，特别是女生多。知道了很多地方呢，长了不少知识。

豆芽说："我们学校在城墙里，以前叫关中书院，很有名。城墙外有护城河，解放军叔叔在清理里面的淤泥，挖出了很多东西，还有人的尸体呢，都成了白骨。"

豆芽在信里说，要好好学习，将来考大学，让耀子有空了去城里玩。豆芽说的城里，耀子和妈妈回商洛时去过。他和妈妈坐公交车到边家村，庄稼地就看不到了，路过西北大学，前面就是城墙，就是西安市了，里面都是城里人。那封信对耀子来说，起到了很大的作用，他开始用功学习。"腰子炒豆芽"的传说从初中传到了高中，不过只有班上的同学偶尔知道，大家都忙着学习，没人关心这个事情。

豆芽上师范学校的头一年挺美的，一周回一趟家，帮家里人种韭菜，割韭菜，然后帮父母运到航天厂区去卖，在村里和小伙伴们玩。上中专以后她大给豆芽买了几件新衣服，就是到城里的百货大楼买的，比较时兴，豆芽回村里一定要穿着，各家院子里出来倒泔水的大婶大娘见了就夸几句，到家里说事的村干部就给她大说："你把女儿养育大了就享福了。"她大就笑着，给对方递大雁塔香烟，给桌子上的酒杯里添秦川大曲。

豆芽回杜家桥的公交车一过东仪路就看到到处都是庄稼地，车到这里要转乘一趟车的，但车经常等不来，她就着急了。好容易坐上车，那辆破旧的中巴车却像疯了一样在小道上跑，车里的人东西乱撞，总有人

提了笼抓着鸡，还有人硬往她身上蹭。

要是碰上阴雨天，豆芽就惨了，从学校走就得穿雨鞋，回村的路上到处是稀泥，裤子上溅得到处是泥，回到家她妈就说："脚就不能抬高些？"

豆芽回家总要给奶奶带些好吃的，比如麻花之类的。奶奶是小脚，老了就窝在西屋的炕上，很少出门。她是奶奶带大的，和奶奶亲。弟弟没了以后，奶奶就言语少了，仍对豆芽挺好的。

弟弟去皂河里打江水那天，她大她妈都在地里，是奶奶照顾弟弟的。弟弟从小很调皮，到处乱跑，奶奶小脚撵不上，就在村里到处找。弟弟被淹死以后，她妈就埋怨奶奶。

奶奶大病一场，差点没了，活过来也是将息着呢。豆芽给奶奶讲城里的事情，奶奶就问："城隍庙你去过没？"豆芽说："和同学去过一次，在西大街呢。""那你去过湘子庙么？"豆芽说："去过，很近哩。"奶奶就很羡慕，奶奶年轻时候进过几次城，现在老了去不了。

奶奶去世的消息，是班主任老师到教室里告诉豆芽的，是她大给学校打电话，门卫问清了班级告诉班主任。豆芽就请假往回走，一路上哭得跟泪人一样，心里想着奶奶的好。

那天也下雨，要走的时候都没有换鞋。到了东仪路下车以后，没有车，雨下得很大，她脚上全是泥，连个雨伞都没有带，急得在地上直跺脚，泥水溅得满裤子都是，她只想赶紧回家给奶奶磕头呀。

一辆桑塔纳这时停在她面前。车窗玻璃摇下来了，一个小伙子问豆芽："你咋了，哭啥呢？"

"我等车呢，车不来。"

"那你再等一会儿，哭有啥用？"

"我婆（奶）老了，我急着回家呀！"

"你家在哪儿呢？"

“杜家桥。”

就这样，豆芽坐上了桑塔纳冒着雨回到了村里，楼门口已经搭上了白布，院子里已经起锅做饭。她妈她大她叔她伯都穿着孝衣跪在那里，豆芽进门就跪下了，她婶给她穿上了白衣。

家里哭哭啼啼，吹吹打打地闹腾了三天，才算是把她奶奶下葬了。村里人说豆芽是坐小轿车回来的，也有人说：“等哪天她大没了，找谁摔孝盆子呢！”就有人说：“赶紧给豆芽找个上门女婿吧。”

奶奶没了，豆芽好长时间都闷闷不乐。

豆芽高兴起来的时候，是耀子到学校找她了。那天豆芽正在上音乐课，在琴房弹琴呢，有同学进来说门口有人找，豆芽还以为她大来了，到门口一看是耀子，有点吃惊。

耀子手里拎个布袋子，里面装着两截甘蔗，说是到城里走亲戚呢，就顺道来看豆芽了。豆芽就特别高兴，带耀子在学校里转，又去了书院门，在碑林转，耀子兴致很高，走了老远看了看钟楼，两个人在湘子庙街吃了碗凉皮，打算爬城墙。

“豆芽，你上去过没？”

“还没呢。”

“我也没呢。”

“但是上去要钱呢。”

“那算了，咱俩以后挣钱了再上去。”

耀子这次还真是走亲戚了，不过没在城里，而是在电子城。

那天领导儿子结婚，学校放假，他刚回到屋里，他妈就说：“下午不上学咱到电子城去。”电子城耀子知道，就是从商洛山里外婆家那地方搬过来的。上小学那会儿，他妈带他坐长途班车翻秦岭过黑龙口回到洛南，再倒车到卫东镇。那地方到处都是山，在平原地儿长大的耀子在山里转蒙了，翻过一座山，路边就是工厂住宅区，有粮店、菜摊，住宅

区都是随着山建的。翻过一座山，又是工厂。在路上看不出来，爬到山顶隐隐约约能看到很多厂房，他不知道这山里到底藏了多少工厂。

他小姨就在工厂里当工人，说是工厂搬来了以后招工进去的。他妈还和小姨说，要不是那会儿穷才会嫁到山外，离家这么远。小姨命好，工厂来了当工人。小姨命更好的是，他妈在车上说，那山里的工厂搬到北山门那里了，厂里的工人们一下子就成了西安市人。

耀子和他妈到电子城的时候，只见到处是工地，已经建成的工厂里面，第一批工人已经上班了。小姨坐那儿和他妈说话，耀子就到外面去转，到处是卖菜的，修自行车的，补轮胎的，大多都是工人在干，好像不如他们原来在山里的生活那么滋润。

回到屋里的时候，小姨正一把鼻涕一把泪地给他妈诉说着苦衷。他妈说下次来的时候给带些米面油和菜，劝说小姨刚来不容易，树挪窝菜换苗都要有个过程呢，好在咱姊妹现在离得近了。小姨就笑了，说那是的。

看着小姨和妈说个没完，耀子就说他到北山门找个同学去，出门看公交站牌就跑过去找豆芽了。回来车路过劳动路大转盘往前走的时候，在一片麦地边看到了“高新”的字样，还有一栋楼很高，叫创业大厦。公交车司机说：“那条路叫高新路。”

耀子也弄不清啥叫高新技术，但他记住了高新，觉得高新路很新，楼很高，东边是个研究所，西边正在盖楼，到了南边，就是庄稼地了，再往南，就是农村了，一直到郭家堡，村子往南都是村子，一直到山跟前，村里人说是南山，山那边就是南方了。耀子知道那叫秦岭。

耀子给杜峰说：“咱这日子和城里差别还是很大的，咋感觉城里的日子越来越快了，日子越来越新了。”

2

豆芽再次遇上那辆桑塔纳是个冬天。她穿着花棉袄在东仪路下车的时候，小中巴还是没有来。那年的冬天特别冷，前几天刚下过一场大雪，学校里的雪松都压弯了腰，有一枝撑不住都劈叉了。

她窝在雪地里缩着袖口，双手交叉着揣在袖子里，还暖和些。她大给她的大头皮鞋都顶不住冷，脚底板冷得她不停地跺脚。旷野里天空低沉着，好像还有雪要下。

这个时候，她面前又出现了挂着铁链子的桑塔纳。她心一热，去年奶奶去世，多亏了桑塔纳送她。那个人说离得不远，送她回去。事情急，当时她也没多想，到了村口下车就往家里跑。事情过去以后，她老念桑塔纳的好呢，只是再也没有遇到过。

桑塔纳停在她面前，车窗摇下去之后，看到一张白净的脸，笑眯眯地看着她。她也看清楚了，还是那个人，虽然去年没有看仔细，但还是有印象的。小伙子的脸比杜家桥村里的年轻人的脸都要干净很多。

“上来呀。”豆芽就打开车门上去了，一来是要给桑塔纳说声感激的话，二来外面实在太冷了，车里头暖和，有暖气哩。

“回家去？我送你。”

“麻烦你了，上次还没谢谢你呢！”

正说着话，车就出发了。桑塔纳知道她家，就在雪地里慢悠悠往前走。两个人就聊起来了。桑塔纳说他叫袁峰，是东仪厂的子弟，初中毕业后在厂技校上了两年，就学了开车，进了工厂的小车班，负责给领导开车呢。豆芽也说自己的姓名，情况，两个人聊起来，都觉得是缘分。

豆芽说：“去年得亏你送我回家，下车太急都没来得及谢，心里一直是个事呢。”袁峰也说：“也是巧，路过看你一个人冻得哭鼻子，还以为出啥事了呢，就好奇地问了下。谁家都有这样的事情么，应该的。后来还老想起这事呢，路过这块就注意看一看，没想到今天刚巧又碰上了。”

窗外的雪撕扯着下，好像越来越大了，前面村庄里的路都是雪，不过看得出原来的路基，有一段有农用车撵过，不过车印子很快被雪盖住了。两个人在白花花的世界里走着，显得很暖和。

很快到了杜家桥村口，柴草垛子上、树上、房前屋后都是雪，村子里的人都缩在自己家里。眼看要到了，豆芽想着让袁峰去家里坐坐，但又不知道给她大她妈咋说，心里挺嘀咕。

“到了，哦，到了，谢谢你。”

豆芽站在雪地里给袁峰招手，桑塔纳碾压着深深的雪痕越走越远了。她往回走，边走边回头看，心里暖暖的，不知道是车里热，还是咋的，感觉脸上烫烫的。

这一年冬天，耀子也到高三了，教室里有学生的时候坐得满满的，大家都在铆足劲要高考呢，下课了也不愿意出去，都特别用功。老师上体育课把同学们撵出去，过会儿教室里还是满当当的，每个课桌上堆满了各种课本和学习资料，只留出看书写字的地方。

2

杜峰也不怎么找耀子玩了，杜峰和耀子学的是文科，杜峰一考就在前几名，而耀子的成绩一直中不溜，他特别着急，晚上睡得也晚，早上起来也早，开始掉头发呢，可不管怎么努力，成绩就是上不去。

过了年就要进行一次预考，全长安县的高三考生先要进行一次县上的预考，预考过了才能参加全省的高考。按照历年来的情况，预考把一半多的学生就刷下来了，然后再高考，大概只有百分之十几的娃才能通过。最好的上本科，其次是专科，还有高中专的。不过，能上本科的只是个别人，大部分是大专。

耀子的成绩就在预考的合格线边上，对本科专科想都不敢想，只希望运气好，能上个中专，就和豆芽一样，不当农民了，吃上商品粮，就可以把户口转到城里，国家就管他吃喝呢。

这一天体育课，耀子肚子疼，估计是早上出门早，摸了个馒头还有冰碴子呢，他在路上啃了两口，课间冰碴子融合了，他吃了半个，该是受凉了。他随着队伍在操场上跑了两圈后就蹲在边上。老师问了情况，让他回去在热水房接点开水喝，他就往回走。

到教室门口一看，教室里杜峰也在，他的响动让杜峰吓了一跳，回过头看是耀子，就问咋了。耀子说了肚子疼，杜峰说："你是真的，我是假的，趁着不上体育的时候多做两道题呢。"

杜峰于是拉着耀子去热水房接开水，说："我陪你去你得给我保密呀，我请假多了老师会怀疑的，这样陪着你，老师问起来，就说我照顾病号呢。"耀子转过头说："你就贼得很。"

两个人接了水往回走，杜峰就问："豆芽最近给你写信么？"

耀子说："没有啊。"

"哦，听我村里人说，豆芽他奶不在的时候，有个桑塔纳送豆芽回来了。"

耀子肚子像被拧了一下，更疼了，他赶紧起身往厕所跑，豆芽他奶

不在的事情，他听杜峰说过，但桑塔纳的事，他刚知道。

等他再次回到教室，杜峰已经埋在书堆里了，他想再问呢，也不知道问什么。心里想着，赶紧学习吧，死马当活马医，扛过预选再说，要是考不上，啥事都没指望了。

东仪厂的家属楼这边。春天来了，先是厂区里的柳树活泛了，吊柳垂下来，叶子吐着新绿，看起来明亮多了，空气里也弥漫着草木清新的味道。

袁峰今天早早回到家里，坐在客厅里抽烟呢，他最近学会了抽烟。屋子里烟气大了，他起身去关窗户，外面的冷风刮进来，屋里的暖气跑出去了，他穿着毛背心也被寒风刺了一下，关上了窗户，随即掐灭了烟头。

“又抽烟呢，小心你爸回来捶你。”

袁峰的妈妈打开了铁质的防盗门，进屋来把围巾挂在墙上，把包放在鞋柜上，开始换棉拖鞋。正往厨房走的时候，袁峰把妈妈叫住了。

“妈呀，有个事。”

“你说，我听着呢。”袁峰妈妈边说边往厨房走。

袁峰抓起一把瓜子，顺势靠在厨房门上。

“妈呀，有两个事，一个是我想买个夏利车，闲暇的时候出去跑个出租，忙的时候租出去让别人开；还有个事，咱子校今年招人不？”

袁峰妈妈一怔，干脆放下手里正在择的韭菜，出了厨房门坐到木头沙发上，这个工厂工会干部对儿子的话很感兴趣。

“你说，你好好说。”

“买出租车的事，上次给你和我爸说过，现在厂里很多年轻人除了上班都在外面捣鼓事情呢。再说，不停地传说下岗分流的事情呢，我也好有个准备呢。”

“说第二个事。”

2

“啥事？”

“子校进人的事。”

“哦，是这样的，我有个朋友，今年师范毕业，想到咱厂子校来，就想问问。”

“谁呀，没听你说过呀，男的女的？”

“女的。”

袁峰妈妈身子往前一倾，拉过儿子，很显然，袁峰披露的信息，引起妈妈的特别关注。

“具体啥情况，说仔细点。”

袁峰就一五一十地把怎么认识豆芽，豆芽怎么样说给了妈妈听。

“哦，杜家桥啊，家里啥情况？”

“好像就豆芽一个人，他爸是村长，有个弟弟，前些年淹死了。”

袁峰妈妈似乎有点想法，站起来在屋子里踱步，儿子突然提出的话题让她想了很多。儿子上班以后，二十好几了，她想过儿子交女朋友的事，给袁峰他爸提过，老头子说再等等。

她的考虑范围总在厂子里踅摸，没想过外面的事情。经袁峰这么一说，她就想多了。杜家桥，她是知道的，那个村子里全是种韭菜的菜农，在厂福利区卖韭菜的杜家桥人也是很多的，那地方都靠近长安县了呀。

厂子校的事情，袁峰妈妈是知道的。原先子校是为了工厂子弟设立的，也有好几十年了，现在厂子也老了，娃们也少了，学校就招附近村子里的孩子。这几年厂子效益不好，问题越来越多，各种文件要求工厂要实行下岗分流。厂子校老师年龄也大了，会议上说过子校的事情，说是要招一批年轻人进来呢，厂人事处有自己的老姐妹，招人看来不是问题，但招谁呢？

杜芽儿，她是记住了，那她和儿子？又是村里的。儿子怎么不说厂

里哪个部门的？哦，厂里现在都是老人手了，车间的工人有年轻的，但都是外地的，厂子弟吧，她一时想不起来有谁。

袁峰看着妈妈在屋子里走了一圈又一圈后又进厨房忙活去了。他摸出一支烟来，刚想点呢又放下来，回头给妈妈说："我晚上要出趟车。"

袁妈妈一边在厨房干活，一边焦急着等老袁回来，老袁的主意正，毕竟是厂里的领导。

过完年报到以后，豆芽就听说要安排实习的事情了。同学们都在传说分组实习的事情，消息灵通的同学说："实习和将来安排关系很大，有些实习单位就直接最后把人留下了。"

外地的学生自然是需要回到本地去分配工作的，西安市周边区县的基本也是哪来的回到哪去。杜家桥属于雁塔区，自然会在雁塔区范围内分配，要是归长安区，长安区那么大，分到哪个乡镇，或者偏远乡镇就很难说了。

还有个情况，近一两级毕业生可以双向选择了，就是如果有用人单位愿意接受，学校就可以直接派遣。外地学生进西安市比较麻烦，会有一个叫城市人口控制卡的东西很关键，据说拿到这张卡需要交钱的，一般是用人单位或者个人来交，好几千块呢。

豆芽的情况比较乐观，就是按政策分配，新城、莲湖、碑林属于城区，雁塔虽然不是城三区，但也不算偏僻，大不了回到郭杜附近的小学去。要是双向选择，找用人单位，可家里没有啥关系，怎么弄啊。

豆芽毕业工作安排的事情，她妈糊里糊涂的，奶奶不在了，就是他大管，他大当了半辈子村干部，只是熟悉村子里的人，也没啥关系和门路。这几年豆芽感觉村子变化也大，一些年轻人总往外面跑，很多事情变化也大。

他大说："现在村里的事情也复杂了，动不动就是喝酒吃饭的，拿到村上来报账，村上也没啥收入，村长干得难，把你供养出来就不干了。”听到这话的时候，豆芽觉得一家人挺可怜的，和村里那些人多势众的兄弟姐妹多的家里比，她家势力太单薄了。

又过了些日子，班主任公布了实习名单，豆芽被安排在20所的燎原子校，她问了同学，知道燎原子校就在西边，旁边是西军电。豆芽觉得这地方不错，虽然没有在城里，但是大单位多，总比回到郭杜那附近的村子里强。

豆芽到燎原子校报到一星期之后，袁峰找到了她。

燎原子校就在20所家属区的院子里，学校周边都是灰砖红砖的四层楼房，还有些大机瓦屋顶的平房，平房的屋前屋后都有一块菜地，那些退休的职工就在菜地里忙活，种些青菜豆角之类的。

学校里的孩子都是20所的子弟，上学了从家属楼里出来进了学校，放学了就回到院子里的各家去。这样的日子，豆芽挺羡慕的，厂区和村里一样，就是环境要好得多，厂里的人都穿戴整齐干净，不用在土里泥里日头下忙活，工厂的军号声一响就上班了，再一响就下班了，整齐有序，就是和隔壁的沙井村也是区别很大，豆芽特别喜欢这种生活，要是毕业了能留在燎原小学就好了。

豆芽跟着一个老教师教小学一年级的数学和音乐课，有老师带着，她就帮忙组织学生，老师上课的时候，她就在后面坐着听，然后帮老师批改作业。老师家在厂里，就住在附近家属楼里，上完课就回家去了，有时家里有事，就给豆芽说：“你先盯着，有事给我家里打电话。”豆芽记住了一个6位数的电话号码。

那天放学了，豆芽收拾了教室，锁好门，正准备去宿舍呢。看到铁质的透明围墙外，袁峰在那里叫她，她挺高兴的，很久没见袁峰了。

袁峰带她到家属区院子外面，在光华路上转悠，过了20所厂区就是西军电了。他俩就走到西军电的院子里去，那里面有小卖部，好大的操场，操场边上是电影院，还有四四方方的教室，楼顶都是四方形的，都是砖的楼房，那灰色的砖看起来有点年头了。豆芽说："大学就是大，比我们师范大多了。"

"毕业有啥打算？"

"还不知道呢，可能分回去，到郭杜附近的小学教书去。"

沉默了一会儿，袁峰问："想不想到子校来？"

豆芽说："想呢，不知道能来不？"

"到我们东仪厂去。"

豆芽抬头看着袁峰，不说话。

"想去的话，我给我爸说，他是领导呢，子校要人呢。"

豆芽还是没说话，那天她和袁峰走了很远，穿过西军电的校区，校门北边开始在修路，很宽的路。袁峰说是修二环呢，城墙一圈是环城路，现在修二环，将来还可能修三环，北京都修到四环了。

"你去过北京？"

"去过啊，我陪领导到北京开会去的，我还去过南方呢，现在发展很快的，我们赶上好时候了。"

袁峰开始滔滔不绝地讲着外面的世界，说他老家是江苏的，他爸他妈当年都是支援大西北来的西安，但自己是西安出生的，说他们也回过江苏老家，他爸带他去江苏老家看过，也是个村子，村子里有水塘，养鱼呢，有个大榕树，很大。

袁峰说："我上班早，出去看得多，我去过北京，上海，还去过深圳，现在沿海城市发展很快，经济很活跃，年轻人都自己干了，我想搞个出租车呢，太贵，家里拿不出来那么多钱，我准备和几个伙计合起来搞。"

袁峰的话很多，这给豆芽打开了一扇窗户，她从杜家桥村出来上学已经很不错了，现在袁峰把外面的世界说得那么美好，说得豆芽有点激动。

回到 20 所家属区的时候，袁峰说再转一转，他们又往西走，袁峰说："西安也有开发区了，叫高新开发区，这几年发展也特别快，招商引资呢。开发区先是在南方搞起来的，先是深圳，再就是沿海很多城市都改革开放搞活呢。"这些知识豆芽在书上看过，政治的时政部分考试里有这些内容，她是知道，但没有见过，总觉得很远，经袁峰这么一说，觉得近了。

夜有点深了，除了 20 所，只剩下西军电还有高新新起的几栋楼有光线，路灯灰塌塌的，往南就是庄稼地，有些让人害怕，再说，路上的行人有点稀了，少了。豆芽和袁峰在街上溜达，心里有点虚呢，他离袁峰也越来越远，袁峰靠近些，豆芽都往一边躲。

袁峰也感觉到了，就说："我送你回去吧，是该回去了。"在所里家属区门口，豆芽像那次在村头向袁峰招手一样，桑塔纳越来看不到了，他往回走，慢悠悠的。晚上 20 所家属区里再晚也会让人觉得安静踏实，即便是巡夜的保卫处的人碰上了，只要说明你的单位，对方就说一声早点睡呀，然后就走了。

豆芽在院子里也没磨叽多久，她本想去学校坐坐，但还是回到了宿舍。厂区有一栋家属楼，都是所里新来的单身职工，年轻人劲头就是大，楼道里趿拉着拖鞋，端着脸盆在水房里洗漱，女职工穿着睡衣蹿到外间去聊天，也有半夜出去到东大街泡酒吧回来晚的，也有喝多酒在楼道干呕的，稍微晚点以后，楼道里安静了，各个宿舍里照样是热火朝天的。

豆芽的宿舍在一楼最东头，本来可以住 8 个人的，但实习生只有四个，再加上两个职工，只有 6 个人，她和几个同校的实习生聊得来，和其他两个女职工比较生分，人家是常住的，她们是实习的，人家是大学生，她们是中专生，相处时就格外小心些。

豆芽躺在床上，隔壁屋子里好像在打麻将，声音很响，这种竹板墙中间夹的是土，时间久了，楼道很多地方就露出来了，屋子里还好，房管处刷了一道又一道，很多人从这里走出去，成家了搬进院子里的楼房里，再迎接下一班单身青年来。豆芽就在想，她睡的这张床上躺过多少人，男的或者女的，现在成家了，有了孩子，孩子该是多大了，男孩还是女孩。

隔壁房间不断地有嬉笑怒骂的声音传过来，豆芽知道那几个人，多次路过的时候，房门开着，他们就在里面打麻将。打麻将是论输赢的，一毛或者五毛，脸上贴着纸条，有时候能折腾整整一夜。

豆芽睡不着，脑子里老闪过袁峰的样子。袁峰今天的话让她心情很复杂。她挺感激袁峰的，自己和他在一块就挺高兴。袁峰给她说的北上广的事情她也很感兴趣，袁峰说有机会带她去那些地方玩呢，可什么时候才有机会呢?

毕业去东仪厂子校有机会了，可怎么去?袁峰说他爸妈可以帮忙，可人家凭什么帮她呀?就算袁峰好心，但人家爸妈都没见过她，要是见了呢，人家帮了她，难道就要嫁给袁峰吗?

想到这个问题，豆芽有点惶恐不安了，不知道该咋办了，怎么给父母说。父母该怎么想呢，她是农村人，杜家桥的人，人家会不会瞧不起她?

豆芽越想越睡不着了，她想起郭耀子，想给耀子说说心里的烦了。

豆芽为毕业后安排工作的事犯愁，耀子正为预考煎熬着。

接到豆芽的信是预考前的两个星期，耀子本来就着急，拆开信看到豆芽给他说的话，说到袁峰的事情，耀子有点乱了。

信是他偶尔路过门房，随便去铁筐子翻才看到的，看邮戳的日期已经过去好几周了。他埋怨自己只顾着学习，忘记来翻看铁筐子了，而实际上，豆芽这次来信他没有想到过。高中三年里头，只有高一还写过几次，高二也写过，到了高三两个人来往就很少了。

在信里豆芽说要毕业了，时间可真快啊。说她要回到村上等待分配，她家也没门路。然后提到袁峰这个人，讲了她和袁峰是怎么认识的，袁峰能帮她到企业子弟学校去，但她不知道该咋办。

耀子心想："你问我哩，我问谁去，人家帮你，就是要你嫁给他呢，人家大咱好几岁，心思沉着呢，你豆芽真是个笨蛋。"能留在子校多好啊，就在城里，总比回到农村那个学校去强吧？其实，到农村也挺好的。好个屁！城里厂区和农村还是有差别的，他和爷爷去过厂区，除了那个电子城不咋地，其他的老厂区就是挺好的。袁峰不帮忙，谁帮啊？我啊，我考不上大学就是个农民，前途都不知道在哪里呢，考上大学得过预考关，预考都悬着呢。

"豆芽为啥问我呢，是给我暗示啥呢，不对，豆芽现在和我是城乡的差别，不是一个等级的，豆芽啊豆芽，你等我考上大学，咱俩就能说这事了。能等吗？等不及了。"

好几天的时间里，耀子总是胡想乱想，上课都没心思听，其他人都心急如火地准备考试呢，他的心里乱成一窝蜂了。

过了几天，耀子还是给豆芽回了一封信，说这个事情很重要，要慎重，要和家里人商量，不过能去厂里子校还是蛮好的，总比回到村里的学校强，然后就说自己正在准备预考，心里没底，估计考不上。

临寄信的时候，耀子又加了一句，祝福豆芽幸福！

长安的夏天快来的时候，也是菜地里最忙的时候，雨水也多起来，一下雨，菜就疯长。大人们又在着急地卖菜，跑得更远了，早出晚归。而种麦子的地里早开始发黄了，地里如火一样焦火起来了。

预考之后，耀子落选了。他回到村里，给他妈帮忙收拾菜地，那一畦麦子爷爷早就叼着旱烟袋子收拾停当了。

耀子不说话只是干活，他妈也不说话，问了几次耀子还补习不，耀子就发脾气。他妈指望着他爸早点回来，家里人得商量着耀子的出路。

爷爷倒是很平静，问耀子啥想法，耀子说我也不知道，爷爷就说：“哪儿的黄土都埋人哩。依我看啊，不是每个人都是念书的料，这往后啊，出路多了，路宽着呢，耀子你甭烦，一代总比一代强。”

3

耀子高考预选落榜是 1994 年，是他人生转折的一年，也是郭杜北地区转折的一年。以前上学的时候，只顾着念书，对周边的变化感觉不太多，当从校园里走出来，感觉就太不一样了。

比如说，他记得周围村庄里最牛气的地方是陕西宾馆，听爷爷说，那里来过很多大人物。

陕西宾馆往北有条柏油路，一直通到鱼化寨，再往北就不知道了，爷爷说："通到军工厂了，那些军工厂有铁路，直接通北京上海呢。西郊和东郊有很多军工厂，都是西安值钱的地方。北郊叫道北，过去河南逃难的人聚集在铁路边上，解放后就住在那里了，那里又是唐朝过去皇上的宫殿。"南郊就是大学城，很多大学在那里，耀子路过长安路看见过。

陕西宾馆北边的丈八路往东有条路，有个五层楼，那是当时他见过最高的楼了，没有上去过，要是上去，站在楼顶，就应该能看到郭家堡了。

往北边去就是原来的丈八公社了，后来叫乡政府，耀子记得那会儿有一个很大的院子。他姑家就在那附近，小时候走亲戚去过，在姑家里喝了苞谷榛子稀饭，等到天黑，去公社院子看电影。

再往东临着太白路的地方，他和他大坐车路过的时候，总会看到一个牌楼，很讲究，牌楼上有个大海报“可上九天揽月”，大说那是西军电的招牌呢。

沿着太白路往南，就是远郊垃圾场了，垃圾场很大，也很高，村里大孩子很多都去看过，那里经常枪毙人呢。他那会儿小，不敢去，现在大了，枪毙人的事情少了。附近有个木塔寨遗址，听杜峰说他姨家在那个村子，村里的小孩总是拿着从遗址捡来的泥娃娃，往地上一摔，就碎成土渣了。

过了西万路十字，就是比远郊还远的农村了。

耀子上初中的时候，村子里还种粮食。春天里麦苗铺满了地，绿乎乎地冒出了地面，地面上有野兔。他妈带着他在地里挖野菜，或者跟着他妈锄地里的野草，把麦苗和野草分清了，然后用锄头把野草分离出来。野草长得野，经常是一片子，锄地的野草不能扔，弹掉草根的土放在一起，下工了收拾在一起，回去挑拣了分成两部分，一部分剁掉扔在猪槽里喂猪，有些嫩绿的草就挑出来清水腌了当菜吃，或者包饺子。

后来种粮食少了，队里都成立了蔬菜队，家家户户种菜，种出来的菜就卖给附近的工厂。蔬菜比庄稼难伺候，他妈总是担水去浇，或者去茅厕里担茅缸去地里浇。七月里收了麦子种苞谷，也有种棉花的，耀子从小就在麦收后和村里的小伙伴拾麦穗子，捡棉花。

耀子清楚地记得吃芽麦的日子，每到六七月份，学校里都放农忙假呢，让娃们回家帮大人们龙口夺食，要是来不及收回家，连阴雨下了，或者一场西北风刮过，麦地里都倒了一片，麦子就发芽了。那可是一年的细粮呢，风里雨里全村的人都会去收麦子。

收麦子是用镰刀片子去割。耀子和弟弟就哭着喊着在地里割麦子，爷爷也在割，他妈也在割，全家人就在骂他大躲清闲呢。割完的麦子用架子车拉回去，很多时候是人背着回去的，就放在旧庄子的屋檐下，风干或者太阳出来了在场里晾干，爷爷就抓着一把麦杆子在屋前的厅堂里摔，甩出麦粒子来，摊炕上干着。麦子出芽了，照样去磨面吃，蒸馍出来是灰塌塌的，吃起来黏牙，味道有点甜。

村里先后来了麦客，最远是河南三门峡的，还有山西运城的，再就是陕西渭南的，还有商洛商县的。太阳从东边来，那些人收了麦子就背上镰刀随着麦黄的季节，一道走过关中，到了甘肃平凉、天水一带。耀子记得每亩地好像要三四十块，就是割倒了放在地上，往回搬得看路程的远近，还要加钱呢，算起来，这麦客的收入比当工人的他大强，只是不长久，是个季节活。

村里人守了几辈子的土地不再种粮食，种蔬菜了，再后来，村里来了很多外地人，开始租用村上的地种菜，也有搞废品收购的，做豆腐的，还有制作熟食的，外地人越来越多。人来了，村里家家户户都把空余的房子租出去，自己不干了，老年人开始在村道里瞎转悠，年轻的脑筋活的都跑出去了，到处打工或者跑运输。

自从种菜以后，村里家家户户开始盖房了，先是推掉了土木的房子，然后弄个机砖的门面房，再后来就是一砖到顶了。那一年，村里似乎兴起了第一次盖房的高潮，很多人家开始起二层小楼了。

耀子上初二的时候，村里有了第一台黑白电视机，是邻居家小子跑长途运输挣的钱。全村人都去看电视，很热闹，直到耀子他爸从铁路退休回来，他家才有了电视。

耀子第一次看电视是在 1984 年，村委会弄了个黑白电视机，他记得当时有个电视剧叫《大能人》，村里的老老小小看得高兴得不得了。爷爷高兴地说：“世事变了。”

村里的人开始骑摩托车了，邻家那跑运输的哥俩就是从广州往西

安拉摩托车的，拉回来在纸箱子里，然后组装个一两天就能骑了。1988年村里第一台彩色电视机又是那哥俩弄回来的，村里人都去看。耀子他妈弄了彩色的膜贴在家里的黑白电视机上，出来的颜色是彩色，只是一绺一绺的，没有人家那哥俩的好看。

先是他爷到小寨去逛，结果逛出了个郭杜地区的大新闻。人家小寨军人服务社一堆人在摸彩票呢，他爷就也花了十块钱摸了一张，眼巴巴等了半天，人家宣布开奖呢，他爷惊呼起来了，旱烟锅子摔得老高，中奖了。

他爷中的是一等奖，奖品是一台彩色电视机，这事情都成新闻了。人家敲锣打鼓地把爷爷和彩电送回家，郭家堡后来看电视的中心就到了他家。他妈出来给大家搬凳子倒水，脸上的笑容持续了很久。可爷爷过了不久，就说再摸个一等奖多好，咱家就有奥拓车了，就有夏利了，就坐上汽车了，说是说，但他爷再也没有那么好的运气。

再说就是弄个汽车回来，那会儿在204所附近有个学车的地方，学费得四千多块，学开车和学修汽车是一块的。学车那会儿太时兴了，豆芽说袁峰开个桑塔纳那是了不起的工作呢。

耀子预考那几天，西安城里发生了个震惊世界的大事。

那天早上8点多，一架飞机从咸阳机场起飞后，朝郭杜这边飞过来，到鸣犊镇的上空，突然爆炸解体了。飞机上的机组人员和146名中外乘客全部遇难了。

耀子在教室里答卷子，看见监考的老师们交头接耳，露出惊诧的表情。等中午回家吃饭的时候，才听村里人说了这事儿。大胆的人跑去看了，回来吓得很久晚上不敢出门，夜里睡不着觉。

耀子考完试焦急地等待结果，结果是没过，正式的高考也就不用去了。回到家的耀子日子过得没滋没味的，家里不忙就骑个自行车到处溜达。

他听说豆芽在 20 所子弟学校燎原小学实习，就骑着自行车跑去想看看她，但豆芽已经结束实习了，他写给豆芽的信迟迟没见回，才想起来，放了暑假的豆芽该不在学校了。

豆芽 6 月底就结束实习了，在燎原小学领导的办公室，给实习报告盖个章子就回学校交差了，她收拾好铺盖，恋恋不舍地离开了燎原子校。她拎着行李，漫无目的地走在光华路上。

她很依恋在这里度过的三个月实习生活，20 所还有附近的西军电给她留下了深刻的印象，人和人的生活就是不一样。

军号声响起的时候，20 所的工人就从家属楼里走出来，向马路对面的厂门口走进去，虽然不知道他们在里面干什么，但知道都和隔壁高新技术的字眼有关，反正不是在杜家桥种地呢。下班了，职工们穿着工装从里面走出来，穿过马路回到家属区来，各家开始从四层小楼里飘散出饭菜的香味。

而那些香味是他们从菜市场买的，而卖菜的有些就是他们杜家桥的人。

不知道将来是回到杜家桥村去，还是留在这样的厂区里，20 所也行，204 也行，东仪厂也行，哪怕新搬来的西京公司也行。

袁峰后来也来找过她几次，两人已经很熟。袁峰就带她到 204 附近的夜市摊上吃烤肉，袁峰和几个东仪厂的年轻人一起来，他们点的是烤肉、烤筋，还点了腰子，腰子的味道怪怪的，豆芽吃了一口就放下了。

袁峰和几个年轻人在一起喝啤酒，然后划拳，谁输了谁就吃腰子，吃掉了上百串。夏天天气热，袁峰他们吃烤肉喝啤酒的样子特别热闹，有几个喝多了就脱了上衣，划拳喝酒，好不热闹。

豆芽也经常见村里的老少爷们，经常在一起喝酒，喝多了就脱了上衣，唾沫星子乱溅，但看着袁峰他们脱了上衣，她还是不好意思多看，心里想着毕业分配的事情。

这个事情她和她大说起过，她妈也在一边，她大先是说：“不管分到哪儿都是个营生，端上国家的饭碗了，国家管呢，都是好事。”她妈说：“女娃子到好地方能找个好婆家。”然后就不说话了。

她大就盘算着村里在外面工作的人，看谁能帮上忙，给豆芽找个好地方去，找来找去，似乎都没有合适的，就是有个对象，又觉得他去说话也不合适。她妈就说你当个村长把人都得罪完了。豆芽想说袁峰和东仪厂子校的事情，也没有说成。

郭杜的夏天越来越热了，过会成了村里头最热闹的事情。

以前这个时节就是收了麦子种上了苞谷，有了新麦又有了时间，于是各村就开始过会了。每个村寨都形成了相对固定的时间，整个村庄都显得热闹，人来人往，买菜的，耍猴的，卖小东西的都跟着各村的时间走，要持续很长一段时间呢，这是除了过年外一年中最热闹的事情了。

先是郭家堡搞起来了，全村人都把亲戚喊到村子里来，丈八那边的姑家也来人了，电子城的小姨一家也来了。耀子他妈到商洛山里把舅呀姑呀也叫来了，全村人互相认识着各家的亲戚，村道上打着招呼，多少年了，都知道谁家是谁家的亲戚。

各家开始起锅打灶，他妈大清早就去压面了，村里的压面机排队，他大就骑着三轮车到附近村子里去，或者到西万路十字以北的木塔寨去。多少年了，各个村寨之间的时间相对是固定的，大家都避开，免得凑在一起了忙活不开。

村口就来了很多的人，担笼卖菜的，挑杆子卖糖人的，梨膏糖，米花糖，走街串巷地都聚在村里了，小孩子自然是高兴得不得了。耀子闲了，也趁着村子过会放松几天，不想高考的事情了，弟弟顺子刚考上高一，他大多少年了，也回来过会，今年家里比往年热闹多了。

他妈忙活弄哨子，前天就来的商洛家的亲戚，小姨们就开始忙活了，他倒落得清闲，村里转转，回屋里看看，他妈吆喝几声就择个韭菜剥根葱，见没事了又往外跑。

耀子在村道上遇到邻家叔。“叔啊，你知道杜家桥啥时候过会吗？”“还得一星期呢，是单日子。哦。你家在杜家桥没亲戚啊？”“我家有个亲戚有亲戚哩。”“哦，今年没考上再补习去么，考上大学了就不种地了。”“还没想好呢。回来弄啥呀，村里的地都让外地人租了。再说吧。”“不过，现在世道活了，大学难考得跟啥一样，你娃脑瓜子灵性，出去弄个小买卖也成。”邻家叔边说着边走了。

杜家桥过会那天，耀子去了，先去了杜峰家，杜峰预考过了，刚参加完高考等成绩呢，坐在院里的桑树下乘凉。耀子一进门，杜峰就从椅子上弹起来，跑过来拉住耀子。“还说过几天找你玩去呢，这几天忙啥呢，想好没，要补习不？没想好呢。也不急，和家里人商量下。”“我大我妈让我补习呢。”

一说补习的事情，耀子就有点烦，杜峰问的多，耀子说的少，不想说，就打岔说你村过会热闹得很么，比我村人还多，意思让杜峰带他出去转转。

村道上到处都是穿新衣的人，耀子就问杜峰：“豆芽家在哪呢？”杜峰笑了：“我也很久没见豆芽了，今年分配工作呢，还不知道咋样了，听我大说好像去了哪个厂子校了。”说着七拐八拐地到了豆芽家，在门口就见豆芽妈慢慢地转悠呢，家里似乎没多少人。豆芽不在家。

杜峰就问：“婶啊，豆芽的工作单位定了么？”“定了。”“去哪了？”“东仪厂子校。”

4

豆芽不知道，那天和袁峰的一帮子厂里青工在204夜市吃烤肉的时候，袁峰的爸爸妈妈其实就在边上，只是她不认识。袁峰也不是故意的，他是后来才瞥见爸爸妈妈在旁边，他刚要喊呢，妈妈摆摆手，他就知道咋回事了，心里想着，这是看豆芽呢。

豆芽安静地坐着想心思呢，袁峰就和同事朋友们玩到很晚。快9点了，她有点着急，走过去给袁峰说了，袁峰说他走不开呢，今天又没有车，那咋办啊？坐公交吧，那会儿这块属于南郊的远郊地区，只有三路车，一路从南门到204所，叫204路，一天就那么四趟；然后就是706的小中巴，私人承包的，跑得快，大家都管它叫疯狂老鼠；还有一路是205，从西郊汉城路到电子城。

“都这会了没车咋办？”

袁峰说要不让豆芽去他们工厂的单身宿舍，和谁挤一挤，或者干脆住他家去。说这话的时候，袁峰侧目看了看他爸他妈，他妈只是微笑，他爸脸上一直没有多少表情，当领导习惯了，谁也不知道他心里在想啥。

4

豆芽不愿意去，说还想回去呢，要么回杜家桥，可这会儿天黑了，路上不好走；再就是回学校去，公交也没了。袁峰张罗着说找个车吧。

旁边的同事意犹未尽，说打个的吧。豆芽从来没有坐过出租车呢。说着说着，一辆出租车到204下了人，停在那里了，这伙计挥挥手，招呼着豆芽坐上去。袁峰赶紧跑过去，从口袋里拿出20块钱塞给豆芽。

豆芽正推脱呢，出租车就跑起来了，跑车的司机话挺多。“第一次坐出租车吧？”“是！”“怎么样？挺好吧。我给你说，咱西安的出租车只有4000来辆呢，都是有钱人才坐呢。以前啊，出租车都是进口的呢，有拉达、波罗乃茨、伏尔加、马自达和包谷豆。现在流行夏利和奥拓了。咱这是新夏利。”

豆芽还是不说话，她不懂司机说的。“你是师范学校的学生呀，你家在哪呢？”“杜家桥。”豆芽总算说了一句。“哦，那快到长安县了，远得很呢。你家得是种韭菜呢？”“是。”

出租车司机上了长安路，一直往北走，街上已经没啥人了，路灯灰暗，只有出租车里面的计价器不停地动呢，5块，6块3，7块8，看得豆芽心惊肉跳。她包里只有二十几块钱，加上袁峰给的20，她不知道够不够，她想着这次可是开洋荤了，可花钱够厉害的，够她半个月的伙食费了。

豆芽眼看着窗外，手托着下巴，心里还埋怨袁峰呢，以前都没这么晚过，今天是咋了，死活让她和朋友们吃烤肉，还那么晚。不过，想想也能理解，男人嘛，她大有时和村里的人喝酒，也是把她妈吆喝来吆喝去的，男的都好面子，袁峰帮那么多忙，对她挺好的，她不应该生气的。

过了很久很久，豆芽心里特别着急，想着快到了，快到了，到了那儿出租车的计时器就不跳了，跳得心疼。城墙开始出现了，在灰暗的路灯下显得庄严巍峨，那巨大的轮廓显得很高大，和周边的建筑比起来，城墙依然是最威武的。进了城门楼子，豆芽的心放下来了，学校到了。

豆芽付了19块8，司机找了他2毛，看来袁峰是坐过出租车的，比较熟悉这价格，刚刚好。

第二天一大早，袁峰就来了。

他见到豆芽的时候，连忙说："对不起对不起，昨晚应该送你回来的，回去我妈我爸还说呢，让一个女孩子半夜走夜路多不安全，我一晚上都没睡好觉呢。"边说边嘿嘿地笑。

袁峰一笑，豆芽也不生气了，本来她就没咋生气。

"赶紧去学校办手续，我们厂子校要你了！"

"啊？"

"啊什么呀，快点，我爸和人事处说好了，办完学校的就去我们厂办，手续麻烦着呢，这几天我就陪你办手续。"

"你爸知道了？"

"知道了！"

"咋知道的？"

"昨晚就在烤肉摊子上坐着呢。"

"啊——"

豆芽到东仪厂子校上班了，杜峰的录取通知书也下来了，去了湖南一所大学上了大专，耀子越发不安了。他总不能老在村子里转悠啊，没有事情，没有目标，心里就发慌。在家里脾气也大，就经常往外跑，他大他妈拿他也没办法，地里活多，都忙不过来，就也不说他了。

以前在学校里只顾着学习，出来走走，耀子的想法越来越多了。先是原来初中的同学陆续从东莞、深圳回来，说那里变化很大，到处都是工厂，让他跟着去打工呢。耀子心里也想，但多少不甘心，他们初中毕业出去打工呢，要是现在出去，那三年高中不白念了？

考大学的难度让耀子想想都害怕，有点胆怯了，他不相信自己能考上，考不上大学有学上吗？他到长安路上看了看，到处都是招生的广告，说是招自学考试呢，有市场营销，也有企业管理，还有财会，法律专业啥的，边家村的西北大学那块也是，心里却吃不准，自学考试，那就是自学么，还要全日制学呢。

报纸上到处都是培训学校招生的信息，耀子越来越想上学了，他拿着报纸跑到鱼化寨去，鱼化寨村子办的企业很多，招的人也多。他跑到鱼化公园去玩，看那里有假山，还有一个很大的湖，他想去应聘当工人呢，结果人家问他学啥的，他说高中毕业，没特长，这就不好办了。

连续跑了很多天，越跑越没有信心了，越跑越想上学呢。但说起补习的事情他就没信心了，学校里有很多学生连续补习了很多年都没有考上。

他回到郭家堡的时候，饥肠辘辘，从锅里取了个馒头，蘸着辣子吃着。屋子里有人说话，是小姨来了，自从去年西京厂搬来以后，小姨经常来家里，走的时候带点粮食或者蔬菜，他妈可高兴了，嫁到山外，两个儿子都这么大了，姐妹们终于可以时常见了。

小姨说西京公司的事情。说原来在商洛山里的时候，那么多年都习惯了，这说搬就搬，都已经在西安待半年了。原想到西安以后成西安人了，结果现在还不如在山里呢，生活困难得很，说起来唉声叹气的。他妈就劝说：“随大流吧，国家肯定想办法呢，困难是暂时的，咱山里人啥苦没吃过，扛过来就好了。这不现在姐们在一起，还有个帮衬，多好啊。”

小姨就给他妈聊搬迁的事情，四个大厂学校医院连根都起了，那么多人，有人哭呢有人笑哩，他们车间一个女的和当地的人正谈恋爱准备结婚呢，现在可好，两地分别，算是没指望了。

工厂在山里多少年了，早和当地的人融为一体了，职工家属里有很多在当地工作的，这下可好，成两地分居了。过去西安对户口是有限制的，很多家在洛南的就不愿意过来了，就和愿意过来的置换关系呢。原来当地领导干部的子弟想方设法弄到厂里来，眼看着厂子搬走了，怕照顾不到又回流到当地单位去了。有些却利用这次搬迁的机会，找人托关系，硬是塞到厂里，弄成了西安户口呢。

西安和西安也不一样呢，就说这郭家堡，也离西安不远吧，那差距咋就这么大呢，小姨说着她的烦，耀子他妈也说着自家的难处。

他妈说："耀子高中毕业了，没考上，又不想补习，整天把人愁的。"

"娃有啥想法么，咱洛南的家，你这里又没啥关系，总不能在家待着。哦，你说这我倒想起个事。厂子搬走以后，不是留了那么多厂房和医院学校么，当地不接受呢。人走了，当地村民就糟蹋得不行，厂里成立了个秦岭公司。秦岭公司一方面管理遗留的资产，一方面还办学呢，厂里很多人的子女也是没有考上大学，就去那里了，我们车间主任的娃就在那里上学呢。好像有两个专业，一个是学电子的，一个学财会的，女娃都学财会，男娃都学电子呢，说是毕业了就到西京公司来，现在公司刚搬迁不咋地，以后这电子行业也是发展需要呢。"

一旁忙活的耀子他大说："上学有去处就是好事。"

耀子也赶紧放下馒头，跑过去说："小姨那你给我问问啊。"

一个星期以后，小姨来家里了，给耀子说："我问过了，你可以去上的，毕业了大专文凭，学两年，我问过好几遍，说是工作不成问题，好找得很，一毕业南方的电子厂大量要人哩。"

耀子终于看到了希望。

家里就这事又商量了很久，耀子他妈和他大又专门去了趟西京公司，找到秦岭公司的人，问明情况，决定让耀子去，一年 3600 块钱的学费，也决定给耀子出了。爷爷捻着几棵中草药说："能行能行，你妈从山里出来，你要回到山里去，都是缘分啊。"

4

9 月份，耀子收拾了铺盖，带上过冬的棉衣，坐着村上的拖拉机到了西京公司，然后再坐上班车，去了山里的学校。

这学校其实就是原来厂子的技校，教室、食堂、操场一应俱全，有两个班的学生，一个班三四十个人。

厂区以前耀子和他妈来过，刚开始倒是挺新鲜的，都在深山里，出门走几步不是上坡，就是下坎，不像郭家堡一马平川，和这里的山比起来，郭杜的清凉山不算个啥。

学生大部分都是当地的，都是和他一样落榜的高中生，还有一些厂子弟，厂区还没有彻底搬完。刚开始的时候，学生都可以到厂里的车间去参观学习，厂里的技师也可以教他们，再加上电子专业是和电子科技大学合作的，财会专业是和财经学院合作的，也有大学老师来。

很快到了冬天，山里的冬天比关中平原要阴冷得多，厂区大部分搬走了，也冷清多了。周围几个村子的村民经常到厂区来偷东西，甚至把猪羊都赶到废弃的靠近山崖的住宅区里去。

更糟糕的是，学生们也在慢慢地流失，当地的学生回去补习了，或者回家了，厂子弟也三三两两地回到西安去了。不过，领导们还是很重视，总要给他们讲道理，安定他们的情绪。

耀子每次给家里写信，都说挺好的，不好怎么办呢？要是回去了只能像暑假里一样到处游荡。反正每次老师都说，坚持把课程学完，拿到毕业证就可以出去工作了，再说，很快就有机会去实习了。

这事情是小姨撺掇的，要是自己扛不住回去了，给小姨没办法交代啊，再说在这里上学，外婆家的亲戚还经常来学校看他们，在他们看来，这些国营电子厂就是最好的出路。

再就是在这里上学，耀子觉得很清净，原先的那些同学都不在了，都是陌生的同学。说起来他是长安县来的，当地的同学都问他长安县是什么样子，他说长安县是平原，到处平展展的，南边是秦岭，往北就是

西安城了。他给同学们讲这些的时候有点自豪感。

在学校里，他第一次看到了电脑。这些以前都没有见过，虽然他高二学了文科，但是物理化学的底子还有，那些编程啊，试验啊，他都比较喜欢，终于有上学的机会了，他很珍惜。

那些逐步离开的同学都有门路，都有去向，都因为各种原因，耀子觉得，他没有地方可去，在这里就是有希望的。

他的希望还因为一个女孩。

他给同学们讲长安县西安城的时候，这个女孩就在那里听，眼睛里泛着光。女孩长得很白，笑起来很灿烂，当然和当地的很多女孩相比，这女孩的穿着算是比较洋气了。其实，耀子觉得她挺漂亮，像什么人，他不愿意说。

女孩是隔壁财会班的，很快他知道她叫杨英。

耀子最难受的是星期天，学校一放假，当地的人就回去了，厂子弟也随车回西安去了，通勤车一直拉到西京公司，他下了车还得走很远的路。再就是翻过一座山，去他舅家。

慢慢地他不愿意回家也不愿意去他舅家，就在宿舍里看书，或者到山里去转，到各个厂区看搬迁的样子。有些破旧的地方很像西安南郊的厂区，有标语和口号，能想象出来没搬迁以前这里是挺热闹的。

他喜欢到附近村上去和人聊天，他们也是种菜的，说起来种啥菜啥时候收，耀子都很熟悉，闲了没事还帮人家种菜呢，村里人都很喜欢他。他就说他们家在长安县也是种菜哩，现在很多外地人就租他们村的地种菜呢。

村里人就开始埋怨，原来国营厂在的时候，他们的日子还很好过，收菜了就去厂里卖，然后收个破铜烂铁的能有个营生。厂子刚搬走那会儿，他们也闹呢，设置了很多路障，舍不得他们走，走了他们就断了财路。现在都走了，留一堆破房子能干啥。

4

自从耀子和杨英认识后，日子变得有点意思了。

杨英的家在县城，也是高中毕业学习不好，她大她妈就让杨英到这里上学了。杨英家姊妹多，杨英最小，她妈想让杨英到西安去，这或许是条路子。杨英家在县城西边，她大在政府上班，她妈是个小学老师。

耀子就和杨英去了县城，县城不大，中间有条河，比长安县城韦曲小点，但树多有河水呢。耀子就和杨英在河边溜达，晚上很晚了，回去学校的车没有了，杨英就把耀子带回家去。

杨英家盖了两层楼房，都是米石做的墙面，地板都是水磨石的，很多石头亮晶晶的，屋里收拾得很干净。杨英的哥哥姐姐分家另过了，她和父母住在一楼，楼上的房子都出租给别人了，耀子觉得即便是县城，只要是个城，就比郭家堡好很多了。

耀子坐在那里，杨英她妈给他烧了一碗醪糟果子。果子是过年剩下的，就是用油炸的面团，发起来圆鼓鼓的，来了客人，就切成块，把醪糟烧热了，然后把果子放进去，再打俩荷包蛋，算是招待客人的好吃食了。

杨英她爸下班回来，就和耀子坐着聊天。

“你咋从长安县来念书了？”

“我姨是卫东厂的，给我说的。”

“哦，听英英说你妈是保安人。”

“是的，保安水司峪的。”

“哦，那是洛南外甥呢。保安人在西安万寿路贩药材的多哩。”

“是的，听我爷说过。我爷是个老中医，经常进城到万寿路去呢，我跟着去了一两回。”

“你家和洛南人有缘呢。”

“就是就是。”

“来了就到外家门上了，甭客气，有啥就给杨英说。你们高中毕业

了，都是大孩子了，在学校里互相帮衬着。”

“嗯嗯嗯。”

“这几年社会发展变化快了，不管学啥都好好学，你们这一代人机会多的是。”

“就是，我爷也说，社会活泛了，路子宽了。”

耀子在洛南待了一年半，觉得挺好的。杨英经常带他去耍，也认识了杨英在洛南的很多同学。这些同学有些初中毕业就办了待业青年证，等着单位招工；有些就在县城里做起了买卖，在服务楼租赁了柜台，从南方弄回来小商品卖；也有同学进了下面乡镇的厂矿，周末回到县城大家就一起玩。

县城里开始有了录像厅，有了租碟的摊位，南门口也有旧书摊，西门口也有了夜市，卖藕粉，热豆腐，煎饼的。街上有香港明星的大幅海报，也有四大天王的歌声，河对面开了农贸市场，各种卖吃的，卖衣服，卖菜的，人很多。

转眼到了实习的时候了，学校剩的人不多，就招了他们一届学生，后来学生少就不招了，学校领导一直说要把他们负责到底呢。

很快，毕业实习的方案下来了，主要分三类，一类是到东莞的电子厂去实习，毕业后就留在东莞，初中毕业的当工人，高中毕业有文凭的可以做管理；二是分配到西安的电子厂当工人，合同工，不是正式的，也不转商品粮户口；再就是当地劳人局要一部分，充实到县上的厂矿企业去。

耀子就问杨英：“你想去哪？”

“你去哪？”

“我肯定回西安，回长安去。”

“那你不去东莞了？”

“不去了，我妈在信上说，西安现在发展快着呢，高新区建了不少厂，郭杜也有了很多私人企业，回去肯定有活干，不用跑那么远。”

“嗯，我爸说你们关中人长安人不愿意到外面去。”

“那你跟我到西安去。”

“我得问我妈呢。”

杨英的去向问题，她大她妈主要是征求杨英意见，“留在洛南也行，但你哥你姐都在洛南呢，这几年社会发展快了。你出去看看，还小呢，不行就回来。”

半夜里，她大她妈在屋子里嘀咕了半天，她妈就进了杨英的房间，灯一亮，她妈就掀起被子，坐在了杨英的被窝里。

“郭耀子准备回长安去呀。”

“是呀。”

“那你咋办？”

“我不知道。”

“你倒是知道个啥？”

杨英妈妈就直接问杨英：“你和郭耀子谈恋爱没？”杨英说：“没有呢，就是同学，人家娃从长安来，没亲没故的，咱多关心下。”杨英他妈不说了，沉默了半天又说：“要是你俩能合得来，去西安挺好的。”

杨英就决定去西安了。

她把这个决定告诉耀子的时候，耀子挺高兴，手一挥说：“到了西安有我呢，我罩着你，在洛南，你让我到你家吃饭，到西安了，我带你到郭家堡我家里去吃饭。不过，你家在县城，我家在农村，不要嫌弃。”

“咱俩都是高考落榜呢，没办法，找个出路，谁嫌弃谁呢。”

杨英的话说得耀子心里暖暖的，很想抱一抱杨英，但是没有。

郭耀子和杨英的“大学”就这样结束了，已经高速运转的社会机器需要更多的人才，他们就这样粗加工后被抛入社会。和他们一样，那个年代由于大学招生人数有限，大批高中毕业生通过培训，进修实现了

“五大生”，更有太多的人渴望离开土地，融入城市，催生了民办职业教育的高速发展，那是社会经济发展的启蒙时期，也是发展的黄金时期。

这一代人赶上了，往后的二十多年，随着社会发展和城市化进程加剧，就像飞速发展的时代车轮，每个人都身处其中，太多的选择和机遇造成每个人命运的跌宕起伏，这是一次农村和城市的对话。

多年以后，他们都以不同的形式融入城市，就像一粒种子，散落在城市化的土壤里，结出别样的人生之花。

他们不知道的是，1992 年，西安被批准为内陆开放城市，1993 年，西安公有制住房制度改革正式实施，开启了西安房地产开发的序幕，1994 年，被批准为全国综合配套改革试点城市和副省级城市。

5

豆芽正在给二年级学生上语文课，一个老师把门推开说："你大来寻你了。"豆芽跑到门口一看，她大正抽烟在那儿转悠呢。

"我来开会了，完了来看看你，吃个饭就回呀。"

"那你等下，我给领导请个假。"

不一会儿，豆芽从学校出来了，挽起她大的胳膊，蹦蹦跳跳地出了生活区，门口就有一溜卖吃的呢。对面沙浮沱村里也开了不少小饭馆，隔壁的46中靠马路的一条街也开起了饭馆，还有一家新开的网吧，这条街比豆芽刚来的时候热闹多了。临街的房子，围墙都拆了，成了门面房，经营着各种买卖。豆芽和他大都很高兴。

"我上周给家里买回去的'海信'彩电咋样？"

"美得很，现在村里彩电多了，也不咋稀罕了，不过晚上还有人来。"

"我妈还那样？！"

"就那样了，一会儿好好的，一会儿糊里糊涂的，就那样将息着。"

"去哪里开会了？"

"区上，这次各村的干部都来了，有 3 个问题，一个是要加快雁塔区农业社会的发展转型，长安山里，还有外地山里的企业都要搬出来了，要地呢；二来要加强外来人口的管理，农村治安情况复杂了；三个就是要修路呢。"

父女俩到校门口找了一家羊肉泡馍馆坐下来，豆芽要了一碗机器搅的碎馍花子坐那儿等着了，他大弄个死面馍掐着掰着，还说豆芽不会吃泡馍，吃泡馍有讲究呢。豆芽笑笑说："嫌麻烦，怕指甲缝里垢甲把馍弄脏了，不卫生。"

他大哼了一声，说："我来是问你一件事，上次和你给咱家搬电视那小伙是干啥的？"

豆芽一愣，心里想着，我大来找我肯定是有事呢。

"那是厂里的小车司机，叫袁峰。"

"我看和你挺熟悉的，认识多久了？"

"认识好几年了，人挺好的。"

"好几年了？你才上班 2 年多呀！"

豆芽想了想，就把和袁峰咋认识的，这几年又咋过来的事情给他大一五一十地说了，本来想找机会说呢，这一回都说清楚了。

他大放下馍，看着豆芽："你们谈对象了？"

"也不算吧，就算是朋友。"

"是朋友人家能那么帮你吗，连人家父母都知道了，你不给我说。"

豆芽有点委屈，但是没说话，他大拿起两个碗走到炉头那儿说："汤宽些，多煮一会儿。"又回来坐到座位上。这一来一去，心里挺难过的，自己在心里想，豆芽从小听话懂事，学习也好，也勤快，他兄弟命薄淹死了，就剩这个闺女了，这娃也懂事，考上中专给我长脸呢，娃不说，是不是想着我想招上门女婿呢。

他大坐下好一会儿，豆芽也不说话，低着头，心里也挺难受的，还是他大先说话了。

“娃呀，这事我也想过了，也和你妈商量了，我们的态度很明确，你也不小了，这婚姻大事也得考虑了。你也知道，没你弟以后，就你一个了，本来想等你大了给你招个上门女婿的，但你考学出来了，现在社会也进步了，我俩也不是守旧顽固的人，这事你做主，你愿意就好，对你好就好。”

豆芽终于忍不住哭起来了，眼泪长淌。她伸手抓着她大的手，低着头不说话就一个劲地流眼泪。感觉到她大的手也在轻轻地颤抖，父女俩谁都不说话。进来一个人，说：“杜老师，你也来吃饭呢？”就坐到拐角处去了。“来了，小心烫。”服务员把泡馍端上来，随带端上两碟糖蒜，招呼着两个人快吃。

她大低着头，开始转着碗沿子吸溜着边喝汤边往嘴里扒拉着碎馍，热气笼罩着整张脸。她大的头皮就在豆芽眼前晃，豆芽看到她大满头的白发还有地方已经没头发，鼻子又是一酸。

“咋不吃呢？”

“有点烫，凉一会儿。”

“快吃，凉了就不好吃了！”

“嗯，你先吃。大呀，这事你今天说开了，我心里就有底了，这事我一直不知道该咋办好，袁峰和他妈他爸对我都挺好的，我来厂里这两年，都挺照顾我的。这事袁峰也说过，他妈也旁敲侧击地说过，可我没表态，一来咱是农村的，我怕人家瞧不起咱；二来就是你说的，我没弟了，门上的事情咋办？”

“我娃不说了，快吃饭，吃了饭赶紧上班去。我知道你心里咋想呢，来就是给你交个底，你看着办，有啥难处咱再说，再商量。”

吃完饭送走了大，豆芽往学校走，轻松了很多，心里也踏实了很多。一直以来，对袁峰有点若即若离，就是不知道她大她妈的想法。弟弟不在以后，家里就她这么个孩子，农村的事情复杂呢，她妈就那病恹恹的样子。这些年，她大也老了很多。每周她都回去，在家里干点活，陪她妈她大说话干活，好几次想说这事呢，都张不开口，这一下她大都说了，她也踏实了。

走到门口，门口魏师傅给豆芽说："杨校长找你呢。"豆芽小跑起来，赶到杨校长办公室，敲门进去了。杨校长是一个慈祥的女人，在学校待久了，脸上总是笑眯眯的，对工作的事，对家人都很好，处理事情也很温和，但也果断干练。

"杜老师，最近辛苦了，来，坐。"

杨校长给豆芽倒了水，坐回了她的办公桌，两个人聊起来。

"杜老师，咱们子校很多年都没有从外面进人了，子校学生都是厂里的子弟，老师原来也大多是厂里内部消化的，这一两年你们来了后，学校面貌变化很大，你们是子校的新鲜血液啊。"

豆芽笑着说："感谢领导给我们这些人机会。"实际上，豆芽到学校以后，就能感觉到，厂里子校老师的年龄普遍偏大，而且工作的劲头不高，很多也不是专业师范毕业的，很多课开不起来，但是老师们多年来在厂区大院里过得很安逸。

实际上，他们十来个外来的年轻人和这些子校老师的关系也很微妙，他们下班了回到家属楼里去，外来的这十几个被安排在厂里的单身楼里。单身楼还是二十世纪苏联援建时修建的筒子楼，已经很旧很破了，但生活起来很方便，最好的就是有暖气，厂里自己烧暖气供应，才过了两个冬天，豆芽手上年年犯的冻疮就好了。外来的人和厂里的老师很自然地形成两个阵营，豆芽也想尽快地融入他们。

杨校长接着说："现在社会形势发展变化快，高新区成立了中学小学，我们去参观过，起点很高，校舍很漂亮，实行的是民办的路子。子校这块也不能像以前按部就班了，我最近参加了很多会议，也去外面参加了系统和企业办学的研讨会，形势变化很快，子校要换一种办法了。”

杨校长接着说：“我们子校也要走出企业办学校，除了满足厂子弟上学以外，要把眼光考虑得长远一些，要开门办学。外地外省咱系统内已经有学校在探索了，现在教育产业化的方向也基本明确了，要发动社会力量大办教育，经济的高速发展需要人才，需要教育大变革。”

杨校长讲完形势后，直奔主题。

“我们几个领导商量了一下，决定让你担任大队辅导员，除了代课以外，干些行政工作锻炼一下，你们毕竟年轻，外面来的人受厂里固有的思想束缚少些。你是雁塔人，离长安县也近，往后对外招生的事情，你也有优势。”

豆芽终于听明白了，这是学校要重用自己，当然很开心。

“我听领导的，杨校长一直是我学习的榜样，我尽力干好，有啥不懂的我向您请教，感谢学校领导认可我。”

工作很快谈完了，杨校长又招呼豆芽喝水。

“还有个事，不是工作，咱聊聊？”

“好啊，杨校长您说。”

其实豆芽大概能知道是什么事情了，杨校长和袁峰妈妈都是江苏老乡，都是支援大西北来的，在国营大厂里的这种老乡很有意思，也是各种亲近关系的根。杨校长和他妈关系很好，听袁峰说，私下里他管杨校长叫杨阿姨，是看着他长大的。

杨校长笑着：“你觉得袁峰这娃咋样？”

“挺好的啊，人也踏实勤奋。”

“是呀是呀，这娃是我看着长大的，善良得很，你俩认识的事情我听峰峰说了，挺有缘分的。前几天我们大人还坐一块说呢，袁峰本来在厂里小车班工作挺好的，离领导近，也好办事。最近袁峰不安分了，和我儿子几个想承包条线路跑中巴车呢，好像是706吧。车都买了，是友谊牌的，花了十多万，连手续办下来一共二十多万呢。几家人凑起来的钱，这可不是小数目啊，把我们几家都掏空了。这事都是峰峰撺掇的，这娃有事业心呢。”

“嗯嗯嗯。”

“不过看着形势，年轻人的想法是对的，现在工厂开始下岗分流了，很多车间都有了指标，峰峰他爸和他妈都是厂里的领导，对这点看得很明白，社会变化快了，也支持峰峰的想法。”

豆芽就是听着，看杨校长怎么说！

“我这人直性子，说话不会拐弯，峰峰他妈托我问你的想法呢，你俩这也认识好几年了，在一起耍得也好，关系确定么。”

豆芽心跳快了，脸上也热起来。这是咋了，他大前脚刚走，杨校长又说这事呢，杨校长的话已经很明确了。

“杨校长，袁峰对我挺好的，我俩也说得来。这几年对我帮助也很大，我也很感激，但是我是有点顾虑的。”

“啥顾虑你说。”

“我家是农村的，我弟早早没了，家里就我一个，我怕我配不上人家。”

杨校长笑了，笑声很大，“这样啊，那就简单了。我给你说，峰峰、他妈他爸早就看上你了，他妈都急了，只是峰峰说，你自尊心强，慢慢来。”

说到自尊心强，豆芽心里一热，袁峰是个懂她的人。

耀子回到了长安，杨英也来了，他们结束了在山里两年的学习生活，又从商洛山里来到了关中平原。他们那一级大部分去了南方，没剩下几个人留在西安，加上耀子他小姨的关系，杨英他爸也认识西京公司不少的领导，两个人都进了厂，不过是合同工，首期合同三年。

耀子和杨英就在西京公司上班，上班内容就是焊电路板，做电子元器件，大部分产品都卖到南方去了。他们所在的车间是民品车间，大部分工人都是合同工，正式工都在军工车间呢，要求很高。

他们卖到南方去的电子电路板，元器件又回来了，成了随身听、录像机，就在电子城卖呢。没过多久，听说西京公司北边村子的地被征用了，要建电子商城和步行街。城里也有了电子大厦，里面卖啥的都有，耀子拉着杨英去看过，卖得还挺贵。西京公司很多人开始辞职了，到雁塔路上的电子大厦租了柜台，卖电子元器件，耀子也想去呢。杨英说："你没钱没关系，先上两年班再说。"他就和杨英安心上班了。

下班了没事干，车间的年轻人常在一起打扑克，续竹竿，打升级，后来玩挖坑，再后来飘三叶，再后来就找不到人了，很多时候凑不够数，大家都出去玩了，街上开始有了练歌房，卡拉 OK。过了不久，一些年龄大的就跑得更远了，半夜回来高兴得不得了。

说是东大街有好玩的，团结东路、吉祥村有了洗头房。南方很多人都跑到西安来了，大街上有了温州妹子，租用了临街的商铺，把卷闸门换成了玻璃透明的门，门口安个变换颜色的灯，洗头的女孩们靠在门口招呼过路的人："来，进来洗头呀。"

耀子去过一次，就是洗头妹把洗发水抹在头发上，然后按肩膀，挺舒服的，在车间干了一天，真有点腰酸背疼。过一会儿，就开始揉搓头发，在头皮上挠，然后把洗发水的沫子一把一把地抹去，然后用清水洗，再用毛巾擦干，耀子给了 10 块钱就出来了，看着大街上的光线都感觉明亮了许多。他给杨英说这事，杨英说那些人都不是正经人，侧眼看耀子，说："你也不是好东西。"

厂里都在说沙井村那里盖了片商品房叫紫薇花园，以前只知道郭家堡和工厂家属院，刚听说商品房时耀子还不明白。他们宿舍的人就说耀子你是笨蛋，商品房就是商品，可以买卖的，和电路板一样。

耀子就拉着杨英去看了，一平方米卖一千多，太贵了，三个月工

资才买一平方米，一平方米就钩子大的一块地。等耀子和杨英过去看时，只是一个大坑，要建成的样子都是听人说呢。过了几个月，耀子和杨英再过去看的时候，先是有了一大片草地，地上的草都很整齐，一般高，还修了个曲里拐弯的亭子，走在草地的小路上，两边都是草皮，很舒服。

于是，厂里的年轻人没事了都去那儿转，特别是夏天，宿舍里热得受不了，吊扇也不管用，大家就跑到紫薇花园的广场去乘凉。附近的人也都去，城里也有人来了，都很羡慕他们有这个方便，像城里的公园一样，不过没有围墙，也不用买门票。

广场上的人越来越多，来的人就跑到紫薇花园的售楼部去看，有些人就交了定金，看着楼一天天盖，先是出了坑，再就是一层一层往高加。耀子印象最深的小时候见过的高楼就是陕西宾馆往北的省公路局的苗圃，有五层楼，从那儿上去看郭家堡一览无余。再后来就是在地里摘棉花呢，一抬头看到了老远处往天空戳着的一座塔，后来他知道那是陕西电视塔。

现在这样的高楼越来越多了，紫薇花园修的都是七层，高新那边的楼最高了，有十多层的，还带电梯呢。

西京公司才修没几年的宿舍楼都算得上矮小了，一个宿舍住 8 个人，空间已经很小了，青工们把里面弄得像家里。厂里的子弟下班了回到他爸妈分的楼房里，空下的床铺就被人占了。

耀子和杨英干了有快半年多了，回到宿舍也觉得憋屈。西安城外的变化越来越大，没事了他俩就拉着手坐上公交车到处看，公交车似乎也多起来了，很方便。五毛钱能坐好几站。

两个人下车了就在紫薇花园的广场上转，对面 39 所再往西，又是一片空地，空地上正在挖坑，这就是将来的电子商城。

夜色有点晚了，耀子还是不想回去，在外面多畅快呀。

5

杨英不说话，坐在那儿发呆呢，耀子问："想啥呢？"

"我想回家去了，家里房子多宽敞，跑这里住得像在鸟笼子里，有点烦。"

"这不是西安吗，总比洛南县城大。"

"大个啥，又不是城里。这是农村，北山门，南山门村好不？"

杨英边说边哭了，说她想她妈了，家里一大家子人呢，跑西安干吗来了？

越说越哭，越哭越说。

耀子就抱着杨英说："不哭了不哭了，等明天休假，我带你到郭家堡去玩去。"

杨英还是哭。

耀子说："等明儿个有钱了，我把紫薇花园的房子给你买一套，你把你妈你爸接来和你一起住。"

耀子为了安慰杨英，就那么胡乱地说着，杨英终于不哭了，趴在耀子的怀里，手搂着耀子的腰。耀子感到杨英的身子软软的，热乎乎的，身上有股香味，就搂得更紧了。杨英抬头看耀子，眼睛里亮晶晶的。

这是耀子第一次亲杨英，感觉很奇妙。

6

马上到年关了，杨英给耀子说过几次要回家过年的事情，耀子都没反应，直到那天周末了，耀子拿几件衣服到杨英宿舍去。杨英要洗衣服了，就叫耀子把脏衣服拿过去一起洗，杨英洗衣服，他就在边上说话，抽烟。

“你咋就不学好呢，还抽上烟了。”

“嘿嘿，最近不是发了点小财么！”

“还是把厂里的活干好，少动歪心思，你长安县人就是花花肠子多！”

“没事，我们车间哥几个都是加班弄呢。”

杨英知道耀子最近在干私活，他一个初中同学在电子大厦卖电子材料呢，就批发给耀子一些焊电路板的活，耀子就和几个人干了，还老出去喝酒玩呢，也开始抽烟了。

耀子买了好几条牛仔裤，还给杨英买了身牛仔装，还有一瓶大宝，让杨英抹脸呢。耀子老说杨英香得很，抹了脸就更香了。“杨英你更洋气了，不像山里娃了。”耀子经常在杨英跟前嬉皮笑脸，杨英说：“想干什么，不正经。”

牛仔裤穿上时兴，洗起来麻烦得很，多亏了有杨英。

洗完衣服拿出去晒了，杨英回来擦手抹大宝呢，就把头发放下来梳头。耀子本来在对面床上坐着，坐不住了坐杨英身边，杨英低着头说：“门开着呢。”耀子起身过去把门反锁了。

回来就从后面把杨英抱住了。

耀子抱着抱着就亲上了，杨英说：“不行，不行，不行了。”

…………

耀子躺在杨英床上抽烟，杨英说：“我过年回家啊！”

“去年不是也回么？”

“你是猪啊。”杨英突然生气了，又哭。

“咋了嘛？咋老爱哭呢。”

杨英这才说：“我今年想叫你和我一起回去呢。咱俩的事得给我妈说一下，我妈问了好几次了。”

耀子一下子从床上蹦起来了：“对对对，我和你回去，还没给你说呢，我把咱俩的事情给我妈我大我爷说了，我家里没意见，特别是说你是洛南的，我妈特别高兴，说娶个娘家那边的儿媳妇，将来关系好处呢，我大也高兴，说山里娃实诚，就是我爷，说咱这是和商洛人赶上了，也同意呢。家里人还说让我带你回去见个面呢。”

杨英这下子高兴了，说：“过年回来再去你家吧，你家有态度了，我家要你态度呢。”耀子说：“今年春节联欢晚会北京、上海、西安三地直播呢，听报纸上说，还要用飞机航拍呢，我本来想明年过年去你们那儿，想在西安看直播呢。”

“我洛南就没电视了？！”杨英又拉着哭声。

“好好好，那咱就去洛南。”

耀子给家里说要去洛南杨英家的事情，他爷说这过年呢去人家家里合适不？他大说也没啥，他在外面过了十多个年呢。他妈说让大年三十回来就行，在洛南待到过大年初一有点过了，还说先去再说。她看看情况，和他小姨商量下，看啥时候回洛南去，要是她在洛南过年，耀子到时候直接到保安他舅家就行。他大说你胡扯呢，过年家里剩老的小的三个男人咋办。老妈说我把顺子也带上，你要是去也行。那他爷咋办呢？

杨英早早地就收拾了行李，去康复路给家人们买了衣服，还到水司丰庆路买了大白兔奶糖，秤了花生瓜子，收拾了一大包。在康复路的箱包市场给她和耀子各买了一个包，一个是拉杆的，另一个是背包。

耀子坚持要去火车站坐火车，说上次送他妈回洛南，万寿路的城东客运站太乱了。这事耀子给杨英说过，现在车站来往的人越来越多了，车站里有城管，袖子上套个红袖章，看你吃烟吐痰扔垃圾就过去罚款呢，凶得很。

耀子回忆起那次他和他妈刚准备进站，就有个高个子男子，胳膊上啥也没有，就把他和他妈叫住了，让他们出来。耀子还不知道咋回事，他妈就跟着过去了，到路边大树下，那人从口袋里掏出红袖章套上，然后从袖口里拿出一张皱巴巴的纸说："你看这是西安市的规定，你扔垃圾了，要罚款 50。"

耀子这才想起他刚才买了根钟楼小奶糕，吃完顺手把竹棍扔了。连忙说："对不起对不起，下回不了。"那人凶得很，说："不行，必须罚款。"他妈说："太多了，10 块行不？""不行！这是规定。"

"规定个屁，你是吓唬外地人吧，我是朝阳门外面的，不是外地人。还来劲了，就屁个冰棍棒棒，要 50，你吃人啊。"说着耀子就往前凑，一副要打人的样子。他听宿舍的人说过，这些市容都是看人下菜呢，只要你说是本地人，再凶些，这钱就省了。

"那行那行吧，看咱都在这一片混呢，都是西安人就算了，下一次你得注意了，给外地人带个头，走吧走吧。"说完就把红袖章取下来往裤兜一塞，又在人群里乱转呢。

杜峰从湖南上学回来了，给耀子说了很多学校的事情，他在学校很用功，专科升了本科，学新闻专业了，再有一年就毕业了。在耀子家聊了半夜，耀子给杜峰说了杨英，杜峰说那腰子炒不了杜芽了，还嘿嘿地笑。

杜峰笑呢，耀子没笑，给杜峰发根烟，两个人就抽起来。一晃初中毕业都五六年了，大家的命运前途都不一样。耀子说："前头的路是黑的，都往前奔，谁知道明天是啥样子。杜峰你见过豆芽没？"他说："放假回来还没见呢，听他大说和东仪厂一个小伙子好了，开车的。"

耀子吐了个烟圈说："你过年碰到了带个好，约一下年后咱们几个好同学坐坐，我请大家到电子城吃四川火锅，有猪蹄子的那种，香辣的。我今年过年要到商洛去，山里下雪大，动不动就封山了，正月初几肯定回不来，到时候回来再说。"

过了几天，杜峰到西京公司来看耀子，手里拎了个袋子，里面是几包方便面。耀子以前见别人吃过，他没有在意，恰好杨英倒班呢，没人做饭，两个人就泡方便面吃。耀子觉得香得很，咋这么好吃呢。杨英回来也泡了一碗，也说好吃得很，过年回家的时候带上几包，路上吃。

三个人吃完了就到电子正街的刚修的工人俱乐部去玩，杜峰教耀子跳舞，耀子不会，就拉过杨英跳，杨英也说不会，他说没事我带你，就三步，四步，然后国标地跳起来。耀子坐不住了，看杜峰把杨英拉得紧紧的，也就让杜峰带着跳，跳完了，他拉过杨英跳，不小心把杨英的白球鞋都踩黑了，杨英就说耀子是笨蛋。

杜峰说："我在学校学的，还有滑旱冰呢，就在水泥地上，或者水磨石的地板上穿上溜冰鞋滑起来。"杨英学东西特别快，耀子把屁股摔得生疼，三个人年前那一段老在一起玩。耀子又进了一笔账，就干脆买了个录像机，弄了两个麦克风，三个人在耀子宿舍唱《阿莲》，宿舍里很多人都过来跟唱。

杜峰又来了，给耀子说："见到豆芽了，豆芽有了个传呼机，摩托罗拉的，号码在一个纸条上落着呢，是126……一串数字。"耀子收起来放在棉袄里面的兜子里。耀子就问："还说啥呢？"杜峰说："问你好呢，说很久没你的消息。""还说啥呢？""我说杨英了，豆芽说祝福你呢。"

"你说杨英干啥呢。"耀子摸出烟给杜峰抽，杜峰说："豆芽现在挺洋气的，他男朋友现在跑小中巴呢，听说能挣钱得很，一个月收入七八千不成问题。"耀子眼睛瞪得圆溜溜地说："你听谁说的，吹吧。""真的，杜家桥人都知道呢。"

唱完《同桌的你》的杨英走过来问："豆芽是谁？"

豆芽放了寒假没有回杜家桥去，袁峰就说你没事去车上卖票去。豆芽说能行，反正回去也没事。袁峰又是上班，下班了又是开车，一天忙得鬼吹火，能帮袁峰点忙她也乐意。

豆芽就穿了一件红色的呢子大衣穿上，在204那边一条路上等车。司机谭师傅见过，比袁峰大很多，说是从陕南安康来的，原来在地区运输公司开大轿车，后来和人打架，被开除了。他来西安托西安运输局的老乡帮忙找工作，就介绍给袁峰他们了。

706来了，老远就看到"友谊"两个字，车停稳了，卖票的一个下岗的姐妹下来了，豆芽上去接过票夹。她以前坐车见过卖票的，也不复杂。谭师傅回头笑着说："老板娘来了。"车子就发动了，往前冲起来。

"谭大哥，你慢点，你这车开得这么疯，难怪人家都叫你们疯狂老鼠呢。"谭师傅回应着："你是教书先生呢，你不知道，每到一个点上有时间呢，赶不到罚款呢。我也操心得很，你家袁峰说要多拉快跑挣快钱。”

一路上中巴车一靠站谭师傅就跟着喊，豆芽就着急卖票。大衣兜子里装不下了，就往靠窗户挂着的布袋子里塞，在人群里挤来挤去的，浑身是汗。

走到鱼化寨的时候，这段路上上下的人少，车里也不挤了。豆芽就和谭师傅聊起来。“过年回不？”“不回，过年人多才挣钱呢，你家袁峰才给我的提成高呢。”“那你不想嫂子娃？”“想呢，咋不想，挣钱要紧，没钱拿啥想。”

到鱼化寨终点站了，谭师傅打开车门跳下去，拿个单子就往一个烟酒店跑，跑到那里签个字盖个戳，又回来掉头往回开，每隔一段就要重复这样的事情。下车了，谭师傅不忘拿上好烟，有时就给路边签字的人说好话发烟，看起来都很熟悉了。

中巴车都在背街小巷里跑，两边的店铺多起来了，各种经营的都有。路边堆着垃圾，有些乘客大包小包地拎着东西，特别是到丰庆路水司那些批发市场，上来的人都占地方呢，包裹大了，就要加一个人的票，客人不愿意，谭师傅说话就厉害了，豆芽有时看人家不愿意也不多说，她怕吵起来了会打架。听袁峰说，经常打架呢，说是抢线呢，中巴车上都有铁杠子呢，有一次回家弄得鼻青脸肿的，他妈说了好几天。

到了团结东路，路边靠部队的院子围墙是一溜的练歌房、洗头房，门都关着，里面偶尔跑出来个女的，裹条军绿大衣，跑到马路对面小商店里买包方便面就往回跑。车猛地就刹住了，那女人吓一跳，军绿大衣开了，穿着紧身的短裙，露着胸，大腿都在外面露着。

谭师傅把头伸到外面，笑着就骂一声。那女人回过头，就叫一声，裹起衣服回去了。看起来是和谭师傅认识的。刚才刹车是故意吓那女人

的，那女人说话，豆芽也没听懂，好像是南方的。

车过了这段路，豆芽一回头，挂在车窗上的布袋子不见了，吓了一跳，赶紧给谭师傅说：“布袋子不见了。”谭师傅刹住了车，往后看了看，车上的人也看着，问豆芽上一站还在不？豆芽说在呢。

于是，谭师傅又启动了车，车往劳动路开，车上的人炸锅了，说咋不按路线走呢，谭师傅说去公交分局。车子很快到公交分局院子里，谭师傅说不许下车，让豆芽到里面去报警。

一个胖胖的警察出来了，一上车，在人群里看了看，叫大家别吱哇了，一会儿就好。看了以后，又关上车门下去了。再过一会儿，三个警察上来了，其中一个指着车后头的一个干瘦的人说：“你下来。”

就听到后面“扑通”一声，那个人倒下了。人群朝前面一闪，有人就叫喊道：“不得了了，流血了。”警察叫大家先下车，车厢里就倒下那个人了，脸上流着血，一个警察跑过去摁住那个人，掐着脖子，捏着嘴巴。豆芽看到警察从那个人嘴里取出个刀片来，另外一个警察过来很利索地把手反捆起来，戴上手铐押下车去了。

另外一个警察就在车上找了个座位坐下来，谭师傅从车门跳下来又上了车，给警察裤兜里塞了一盒好烟，说辛苦了。警察就说得亏发现得早，那货是个惯犯。

警察说：“老谭呀，你在这条线上都成精了，那人是大烟犯了，急了，现在要录口供。”回头问豆芽：“咋新来个卖票的。”谭师傅说：“这是老板娘呢，教书的，放假了帮忙呢。”警察说：“没见过吧。”

从里面走出来个警察拿着布袋子递给谭师傅，说这货还弄得好，搜了半天，在裤裆里藏着呢。谭师傅接过袋子，点头哈腰，赶紧说：“回头让我们老板给您老送个锦旗过来。”

车出了院子，谭师傅把布袋子扔给豆芽，豆芽一听说在裤裆里藏过，觉得有点恶心。谭师傅说：“钱是好东西，看好了呀，杜老师，坐好。”

耀子背着背包，杨英拉着行李，手上还拎个塑料袋子，里面装着路上吃的，特别是三袋方便面，先坐 204 到南门，再倒车去火车站。

年关的西安火车站人来人往，广场上到处都是来往等车的人，春运成了最头疼的事情，临到火车站，耀子就叮咛杨英把行李看好。火车站对面是汽车站，也是人挤人，人挨人。

他们算运气好，买到票是下午的，把行李存好，耀子就带着杨英在解放路上转悠，各种卖吃食的，小旅馆招揽客人的很多。杨英说：“我想到东六路看看去，年前哥来信说，侄子想要新概念作文书呢，洛南卖空了，让我回家过年到西安捎上。”

耀子就带着杨英到了东六路，各家的书摊前各种图书，看得人眼花缭乱。耀子就问摊主：“新概念作文有么？”摊主头也不回头：“我们这里没了全世界都没了。”

“正版 18 块，盗版 5 块。”杨英想着给侄子看呢，赶紧说要正版的，递给摊主 20 块钱，摊主忙着照顾大生意呢，找回两块，就说：“那边，自己拿。”

杨英接过钱想走，看耀子在书摊上翻书，正在看一本《废都》，翻了一页又划开翻，见书上有框框就停了，在那儿瞅呢。这书杨英知道，厂里的青工有看的，出来好几年了。她就过去拉耀子。耀子说：“买两本书在路上看。”

花了 10 块钱，耀子要了《废都》《白鹿原》和《八里情仇》三本书，付了钱就从东六路出来了，在路边吃了稀饭和包子，就回去到车站等车。在铁皮椅子上坐下来，耀子就拿出《废都》看起来。

杨英就掐耀子，耀子说：“我学习哩。”“你学个辣子。”耀子笑着说：“这是你商洛人写的书，咱要学习呢。”

耀子和杨英上了到洛南的长途车，他俩的座位在中间，车终于启

动了。

出了解放路，到5路口车开始往东走，出了朝阳门一直往东，到了万寿路车停了一下，车门打开了。路边的人说：“到洛南多少钱，50块，太贵了。”旁边的女人就说：“上上上，这价公道着呢，去年年跟前100都没人拉。”几个人上来在过道夹了板凳坐下来。

汽车过万寿路到西光厂，路边还有人在挡车，车里已经满了，司机也不停，再往前，就到处是庄稼地了，一过堡子村，完全到荒野了。天空里开始丢星，到了田王，天上就飘雪花呢。有人就说：“秦岭里肯定雪大得很。”

到洪庆拐弯的时候，司机下车给汽车装铁链子。大家下车开始到路边店里吃糊汤咸菜，耀子准备了方便面就没有下车。一出城，杨英就迷糊了，靠在耀子身上打瞌睡，耀子拿着书看个没完，显然看进去了。

雪越下越大，进山的时候，前面的雨刮器就不停地刷，司机到路边的岗亭那儿打了电话，回来给车上人说：“还能走，但比较慢，大家做好准备，路上带点吃的，万一窝住了也没有办法。”

车就那么摇摇晃晃地翻山越岭往商洛方向走，一会儿上坡一会儿下坡，拐弯的时候操心得很。耀子这条路跑了很多趟了，商洛的司机他见识过，开这种路有经验，哪里该拐弯了，哪里方向盘打多少，心里都有数呢。要是关中外地人碰上这天气第一次翻山，非吓尿不可。

车下秦岭的时候最操心，飞快地飘，杨英有点害怕。耀子也怕了，紧紧抓着杨英的手。车终于到秦岭槽子了。

前面就是黑龙口，打尖吃饭的地方，往来很多次，耀子很熟悉，也不下雪了，车上人都下去吃饭。杨英想下去转转，耀子说你去吧，冷得很。耀子起身了又坐下来，不下去了。

6

半夜三点多，才到洛南汽车站。杨英她大还在汽车站调度室坐着呢，调度室起个蜂窝煤炉子，在上面烤着软包子和浓茶，杨英她大正在和调度下棋呢。

看有车回来了，杨英她大就扔了棋子，跑过去接过杨英的行李，看到耀子打招呼呢，耀子上学那会儿经常到杨英家里来，都很熟悉了。“叔叔还没睡呀？”“睡啥呢，这样的天，太操心了，来车站等你们呢。”

晚上的洛南县城黑灯瞎火的，杨英拉着耀子的手，在雪地里咯吱咯吱地走，到了西头家里头，杨英他妈早就准备了醪糟锅子，里面窝着荷包蛋，等着女儿和耀子呢，炕上也热乎乎的。

天亮的时候，洛南县城年关里特别热闹，不时地响起了炮仗。灯笼对联挂满街道，腊月赶集的人顺着街道走，满街道都是人，东边西边的公路上，还一溜带窜地往县城里来。

耀子在洛南待得挺习惯，就是年关到了，想爷爷和他大他妈呢，给村里邻家哥打了传呼。杨英家新装了电话，过了半天回过来，先是他爷说话呢，“你乖乖地听话，给杨英父母家里人问个好，开春了天气暖和我到洛南去看看。”爷爷一说话耀子鼻子就发酸。

年关里雪一直下，县城里雪水和着泥水，人踩着，脏不拉叽的，杨英就拉着耀子找她同学去。耀子挺高兴，以前在洛南念书时认识的很多杨英的同学，有的在黄龙的矿上，有些在陈耳金矿。大家一天在一起就吃吃喝喝，然后就去唱歌，然后到电影院里去跳舞。电影院早就不放电影了，租给了南方来的人卖衣服，剧团也不唱戏了，隔壁的文化馆里倒是天天贴出海报来，说是有香港的最新录像出来，古惑仔系列耀子比较喜欢。

杨英看出来耀子想家了，就特别体贴，她妈就问杨英：“耀子在洛南过年呀？”杨英说：“这雪一直下呢，听说最近回来的车都走十几个小时呢，操心得很。”她妈就说：“你明天叫你哥几个多来家里耍，打麻将扑克岔个心慌，谁家的娃过年回不去都心慌。看耀子胡子长了，你明天带耀子去西门口刮个胡子，正月里不理发了，趁年前把头发收拾下，过年家里来人呢。”

天气冷了，一家人就在火炕上窝着，杨英她妈她大准备年货，她哥她姐另家过活呢，来了耍一会儿喝个酒都回去了。大多数时候就是杨英和耀子在家里窝着，外面冰天雪地，街上的热闹和郭杜镇街上差不多，年年都这样，窝了一个冬天，过年好好热闹一下。

没事了耀子就在炕上看书，带回来的三本书够耀子杨英看的了，看累了就睡觉，不用上班了，日子特别安逸。杨英睡着了，耀子睡不着，就过去看杨英，在被窝里挪着身子，杨英就抓耀子的手。大中午院子里没人，过年里麻雀就在院子里飞，冬天里饿着，就偷袭房梁上的苞谷。

年跟前了，雪依然下得很大，长途班车越来越少了，过几天彻底停了。耀子说：“我回不去了。”杨英说：“你敢回去，你舍得回去不？”耀子说：“舍不得呢。”就亲杨英。院子里她妈开门回来了，提了一个猪头，叫杨英呢。杨英急了，说妈呀妈呀你先别进来，就叫耀子赶紧穿衣服。

耀子到底是没有回长安去，郭杜的大年三十第一次少了一个叫郭耀子的年轻人。郭杜的年，还是那样热闹，郭家堡的年也是那样，持续了很多年，和洛南山乡的年没有啥区别。

大年三十还是来了，杨英大中午和耀子贴了对联，就跑到哥哥家里去，给侄子侄女们送了带回来的礼物，叫哥哥嫂子们晚上去家里吃饭，熬年。侄子侄女们开始叫耀子姑父呢，耀子见叫就发个红包，本来装的是五块的，杨英说装十块二十的，正月里来的亲戚娃给十块，侄子侄女们是二十，好不容易回趟家，大方些，再说自己是老小，哥哥姐姐一直照顾着，不能没良心啊，也不知道以后回家来多难。杨英一说又开始哭了，耀子就抱着杨英说：“行，你说咋弄就咋弄，只要你高兴，想回来就回来，我陪着你。”

春节联欢晚会开始了，一大家子的人挤得满满当当，葡萄酒，还有耀子带回来的好烟，还有从丰庆路带回来的大白兔奶糖，娃娃们最喜欢的就是方便面了。

外面响炮的声音越来越大了，杨英过去把电视声音调大了，回来在他二哥耳朵边嘀咕了两句。他哥拿起桌子上的酒就坐到耀子身边去了，说：“兄弟喝酒呢，来了就是家里人。”杨英带侄子侄女到外面拾炮去了。

电视上主持人开始说北京上海西安三地直播，到了西安的镜头，耀子就觉得亲切，就想家里人了。他出去打电话给郭家堡的村委会，没人接，回来就有点闷闷不乐的。几个嫂子就给耀子敬酒，说你们西安是大城市，你们长安人都在平原上，啥时候结婚了也把嫂子们接到西安去看看世面。

电视上演了个小品叫《一个钱包》把大家都逗乐了，说是一个外地年轻人丢了钱包，被当地两个老百姓捡到了，在钱包归还失主的过程中，产生了一系列笑料。

杨英她大说：“北京人热心，上海人谨慎，西安人质朴，一方水土养一方人。”过来给耀子碰杯喝酒，说：“平时很辛苦，过年了好好放松下。”

耀子看得出，他是杨英家今年过年的主客，不一会儿就迷糊了，春晚还在继续，他靠在杨英的身上，说：“不行了。”杨英就扶他到炕上去睡，把棉袄脱了，把皮鞋也脱了，把毛袜子也脱了，就剩下了秋衣秋裤，耀子挣扎着也要脱。杨英拉住了：“乖，听话，穿着秋衣睡。”耀子一把拉过杨英：“你和我一起睡。”

杨英亲了耀子一口，趴在耳朵边说：“乖乖睡觉，我跑不了，我得

出去了，家里人都在呢。”又亲了一口，听见耀子打呼噜了。

这一年春节，耀子在洛南过的。西安第一次上了春晚，全中国人都看到了，看到了钟楼，看到了城墙，看到了兵马俑。

最重要的，看到了西安高新区，看到了唐延路。

7

过了年，人们立马活络起来，北上的，南下的，社会上立马热闹起来了。过去说，正月里头还是年，可现在，洛南初三以后就给西安发车，一车又一车地出山去了。耀子也待不住了，催着杨英赶紧走。

工厂还没有开工，宿舍里冷冰冰的，杨英想在家里多待几天，过了初五再走。初二已经去过保安的耀子他舅家了，耀子他妈他姨过年没有回来，说是趁过年的时候，从郭杜街上批发了不少烟花爆竹在鱼化寨街道上卖呢，生意特别好，还叫他舅也过去趁过年挣点钱，平时窝在家里弄点钱难。

杨英就拉着耀子满洛南县城转，消磨时光。县城里过年的气氛还是比较浓，相比年前的热闹集市没有了，都是城旮旯里的人在街上放炮玩呢，再就是走亲戚的。杨英他哥没事了就过来几个人打麻将，先是五毛一块的，但毛毛钱少了麻烦，干脆就一块两块的。

好容易到了初四，耀子说回吧，回去再回郭家堡一趟，初六该上班了。杨英说那行吧，给她妈她大几个哥说了，初四晚上一大家子人弄了一桌子酒菜，聚了一下，算是告别。

他几个哥走了以后，她妈她大杨英耀子收拾了桌子，坐着烤火。

杨英他妈说："耀子，你和杨英啥打算啊，回去了和家人商量哈。"

耀子有心理准备的，说："年前走的时候，我妈我大我爷都商量过了，看我们的意思，家里没意见。"

"要不要把婚结了。"杨英他妈一张口，杨英就急了。

"我还小呢，再等等，再说现在还不稳定，我俩是合同工，再有一年就满了，耀子还想出去干呢，现在高新那边也来了很多厂子，趁年轻先弄事。

"再说了，结了婚住哪里，厂里结婚了就在北山门、南山门租房子住，脏兮兮的，我不喜欢，再说一结婚就有娃了，啥都弄不成了。"

杨英说个没完，都说到耀子心里去了。

"都是从小惯得你，你要去西安呢，西安人多，肯定没有在洛南舒服。"杨英她妈算是发了句牢骚。

"我听杨英说西京公司那里盖了个紫薇花园？现在国家去掉福利房了，你俩早做打算啊，现在啥价？"

"高新那边去年是九百多一平方米，今年上千了，城里的贵些，紫薇的也就一千出头。"耀子接着说，"远些的，高新那边有高科花园，高新路南边有枫叶啥的，电子城这边都是紫薇的，听说南边要盖个紫薇城市花园，正拆迁呢。"

"首付是多少？"

"20%。"

"买个两室的八十来平，首付也就三四万，装修拾掇下再花个两万，我就杨英这一个女儿了，得安顿好。"杨英她大抽口烟说。

耀子心里一沉，这是老爷子提条件呢，心里一盘算，按揭分期二十年，每个月也就五百多，这账他早算过了，紧紧缩缩问题不大，就是首付估计家里够呛。

“我可以拿出一点，算是给杨英做个陪嫁了，到西安不容易啊，这事我和他哥他姐说过了，多少都能帮些。”

耀子松了一口气，端起酒杯敬了老爷子一杯酒。

初四大清早杨英她哥就去买票了，大中午回来说：“出去的人太多了，票难买得很，赶紧吃饭，1 点半走，到西安也就半夜了。”

年后的天气好很多了，太阳当空照着，除了阴暗拐角的地方还有雪，马路上中间经常走车的地方已经干了。杨英她妈说：“我查了天气预报，最近几天都是好天气，就是不知道秦岭里啥样子，十二点之前就到了，到了你俩坐个出租车，穷家富路呢，出门别省着，就这个碎女子了，操心太大。”

杨英每一次离家都要哭，搞得像生死离别一样，弄得耀子心里也挺难受。一上车就迷迷糊地歪在耀子身边。耀子睡不着，想起在洛南过的这个年，杨英一家子人真不错，转身看一边东倒西歪的杨英，家里老小就是好啊，他心里不停地琢磨买房的事情。他知道，这对于杨英家来说，是正事，对自己，也是个大事。

车到洪门河就停下来，上来了三个人，两个有座位，另外一个就坐在过道上。车里都是一股子汗味，很多都是年轻人，看样子都是出去打工的，上学的这会儿还在家玩呢，过了正月十五才出门。

突然，车里面有人说他中奖了，耀子扭过头去看，原来是刚上来的一个。

“呀，中奖 5000 块呢，到西安韩森寨就能兑换。”

“是力宝公司啊，那可是个大公司。”

“可我到田王就要下了，家里有急事。”

“那咋办，谁给我 3000 我就给他了。”

“我给你 2000 行不。”

“小伙子，我看你人不错，你出个 2500，我给你。”

车厢里一阵骚动，大家都跑过去看，杨英也醒了，扬着头看呢。低头给耀子说："我爸走的时候给了我点钱，要不咱买下，要攒钱买房呢。"

耀子赶紧对她说："你傻呀，那是骗子。"

"啊——"

车上有个小伙子最后花了2000块买了，然后那三个还有说有笑的："你发了财下一次到田王得请我吃饭。"小伙子紧握着力宝罐子说能行能行。车一到黑龙口，三个人急忙下车跑了。

车厢后面一个人说："小伙子，你上当了。"

小伙子行李都顾不上拿，冲出了车门，司机连忙喊，也没有喊住。

出了这档子事，车暂时走不了，半天也没见小伙子回来，司机只好到派出所去报案，手上拎着小伙子的行李。

车厢里话越说越多，大家都是从洛南出来的，都说出门要当心呢，现在山外的人乱得很。有的说，几万外地人跑来了，还有五路口、小寨的天桥上，那些摆摊的、贩卖古董的、旧字画的、下棋的，都是骗子，假货多得很。

司机不耐烦了，回头说："别吵了，把自己的钱包看紧，把嘴巴闭上，要翻山了。"车就在山路上左右晃，人也顺着山势东倒西歪的。车厢里安静了很多，有些邻座的就低声地交流着防骗经验和见闻。

袁峰越发不安分了，厂里新换的雅阁车，他也不好好开了。

晚饭过后，他和他妈他大说话，豆芽说要早到学校备课去呀，下午第一节课后，杨校长要带他们到杜家桥附近几个小学去找校长，招生去呀，自从豆芽当了大队辅导员以后，忙得很。

豆芽经常跟着校长去附近几个学校找领导吃饭，逢年过节请学校的年级组长、班主任吃饭，还组织别的学校老师打保龄球，还去北郊的滑水园组织大家玩，学校几乎一半都是外来的学生了。

学校学生多了，除了厂子弟以外都要缴费，学校有钱了，老师的福利待遇也就好了。豆芽刚来的时候拿三百多块，现在都七八百了。厂里先是只发基本工资，后来就发 80%，60%，现在只发 40%，其他的都靠学校自己解决。有学生了，收到钱了，学校的日子越过越红火，后勤、财务、图书馆也来了很多厂里领导的老婆孩子。杨校长办学有经验，也经常到系统内的其他会议上讲经验，讲企业办学自主化带来的变化，报纸上的说法也变了，教委成了教育局，再说教育产业化的发展问题。学校也组织老师经常学习，行政人员也经常去其他学校参观。

“豆芽，你晚上回来，咱们开个家庭会议。”袁峰他大说。

袁峰说：“我要辞职。”

“虽然领导们很照顾，知道我业余时间跑车呢，也不加班多派车，但时间死死的，一个月也就三四百，都没豆芽拿得多。”

“谭师傅的工资也涨到两千了，与其这样，还不如我自己多跑些，现在没有以前好了，但每个月六七千没问题的，三个人一分也能落两千多呢，上个月本钱都回来了。”

“中巴车现在难弄了，牌照路线都不好，现在往高新区去的路线都被领导的亲戚占了，我想在外事学院那儿办个网吧，杜家桥也行，听说原来的机械化养鸡场被欧亚学院占了，学生们说一股子鸡屎的味道呢。以后学生多了，网吧肯定火。”

袁峰一五一十地说着。

他妈说话了：“挣钱多是好事，但你扔了工作是不是划不来，将来万一……”

袁峰他爸一直不说话，两只手腕盘着。这是他的习惯性动作，想问题时老这样子。

“峰峰，你这样，我给你们领导打个招呼，给你换个岗位，厂里新成立了一个工贸公司，是个二级创收单位，对外招些做业务的合同工，

你是正式工调过去，然后挂个闲职，时间自由些。”

袁峰把凳子朝他爸跟前挪了挪，原来老爷子早有想法了。

“中巴车、网吧的事情你自己看，但我觉得在工贸公司你可以多用点心思，那经理是我的老部下，来往的业务就是厂里和系统内各地厂的外协，你要记住，通过这些业务，尽快掌握些人脉和资源，这是长久之计。”

豆芽很吃惊地看着老爷子，袁峰也很高兴，第一次知道了人脉和资源的重要性，不愧是老江湖啊。

杜峰毕业后回到了西安，通过招考到了《都市报》。他给耀子说：“陕报办的这个报纸是全国第一家都市生活报，牛得很。考试录用过程都很严格，我是学新闻的，能够到处跑，接触人也比较多。”

“社会经济搞活以后，很多商业项目需要宣传，你看报纸上到处都是广告，特别是紫薇地产、高新地产的房地产广告，报纸的黄金时代到来了。”杜峰越说越兴奋，“以前咱在郭杜农村不知道，现在整天在西安城里跑新闻，了解的世事可真大，护城河清淤你知道吧，可挖出来好多东西呢，有很多故事挺有意思。冬天里的地下热气管道你不知道吧，就是城里供暖的。还有你注意到没，西安大街上出现了第一辆空调公交车，以前的电车就要淘汰了，人家高新一开始建设，就把电线电缆走地下了。”

高新发展太快了，高新路那是高新一期，高新要开发二期了，朝郭杜方向发展，唐延路已经开建了，二环快要贯通了。

这个周六，早上起来耀子拉着杨英就去紫薇花园售楼部交了首付款，一共是三万七千多块钱。耀子他妈都给他存在一张建设银行的存折上，谁知道到了售楼部才发现收钱的是招商银行，这个银行他们以前都没听说过，到那里一看才知道一下子冒出来很多新的银行。

从洛南回来后，耀子带杨英回了一趟郭家堡，家里族里盛情接待了杨英，他妈见了杨英稀罕得不得了，他大在外面很多年，知道现在的事情简单了，他爷就说订婚呢，结婚呢，走个套场也是要的。

结果他妈就说你这是老脑筋，现在年轻人办事都简单多了，结婚就是领个证的事情，先处着，趁年轻多干事对着呢，越处得久，越了解越有感情，才牢靠呢。要不急急忙忙地把婚结了，再离婚多难啊。

要结婚得有房呢，耀子回来把杨英她爸的意思也说了，清明前后，他妈和小姨回洛南上坟，专门去了一趟县城，和杨英他大他妈把娃们的事情说了说，算是大人们见面了，下来就看娃们的意思了，现在社会变了，娃们也不咋听大人的。

然后说起买房的事情，耀子家出首付款，将来交房了，杨英他爸出装修的钱，然后思谋着房子好了就领结婚证呢。酒席在洛南办一次，到郭家堡办一次，大人们总是考虑得实际，想得周全。

办了手续，杨英说到东大街转转去，听说东大街有很多婚纱影楼，什么伊丽莎白，什么欧陆经典，台北莎罗等等，说起来，结婚拍照本来是自愿呢，现在成了年轻人结婚的标配了。

耀子说：“你去吧，我们同学说了很久，今天中午约好在明德门见面呢。”

“谁呀？”

“杜峰，还有他村的杜芽儿，我们是初中同学。”

“哼，我也去，你以为我不知道腰子炒豆芽的事情呀！”

“行行行，去。”

时间似乎一下子都快起来了，年前说的豆芽和耀子、杜峰的见面直到天气都热起来了才算聚在一块。

豆芽把聚会地点放在明德门一家驴肉火烧店，这样，她从东仪路过来，耀子从电子城过来都比较方便。杜峰的报社虽然在安东街，但实际上，他整天在外面跑，东南西北到处采访，地点对他无所谓。

两个人坐车到了明德门，快到的时候，耀子说：“现在是咋了，几个月不来大变样了。”他记得一两年前这里还和郭家堡一样，到处是庄

稼地，现在盖了那么多的楼，听说都是西安市的教师住宅区。

“当老师真好啊，能在这里住，还是福利性质的，看起来考上学和考不上真是不一样，咱走哪都是合同工，聘用制。”心里嘀咕着，豆芽多年没见了，想起豆芽的样子，转身看看身边的杨英。耀子说：“你脸大。”

“大咋了，我又不是豆芽菜。”

“你看你，大了有福呢，我喜欢大的。”

杨英就在耀子腰上拧了一下，下车了就在街上转转，现在的街面上，一天比一天热闹。到了驴肉火烧店，老远就看到靠近窗户的地方坐着豆芽，虽然好几年没见了，但同桌一年多时间，耀子一眼就认出了豆芽。她比在学校的时候洋气了好多，穿得也好，都是时兴的衣服，特别是头发，收拾了卷卷毛。心里想，老汉有钱就是好啊，他听杜峰说过那个小车司机的事。

豆芽也看到了耀子，起身走到门口来，喊耀子，耀子应着就跑过马路。杨英在后面喊：“看把你急的，吃奶啊。”走到门口，豆芽习惯性地握手呢，耀子说：“你还学会握手了，这毛病啥时候惯的。”豆芽说：“你嘴损的毛病还没改啊。”

杨英戳耀子呢，耀子拉过杨英说：“这是杨英，我到商洛学电子的同学，现在都在西京公司上班呢。杨英，这是豆芽。”豆芽又去握杨英的手，杨英的手是热的，豆芽的手也是热的，只是指头搭在一起，手掌没有挨着。

三个人坐下来，豆芽显然很高兴，“上次你打传呼，我都不知道是你，回过去一听你声音太熟悉了，太亲切了。”杨英就看着耀子，那眼神的意思是，你啥时候背着我给豆芽打传呼呢，很显然，耀子看明白了，讪讪地一笑。

说再等一会儿杜峰，就又唠起来。“你俩啥时候结婚呀，听说把房买了。”“不急不急，我现在正打算辞职弄点来钱快的，贷款了，压力大得很，银行以后就是我妈，我得月月上贡呢。”

杨英说："本来今天要去看婚纱照的，耀子说你们同学聚会，非把我也拽来了。"

"应该的，我们老同学了，以后咱们就要多来往呢，你家在商洛，远呢，就当我们同学自己人。"

豆芽真会说话，一句话把杨英说得心里暖洋洋的，也不觉得生分了。

"以前我们在师范的一个女同学，年前辞职了，嫌学校工资低，跑去东大街干影楼了，我回头打听下传呼号问一下，给你们优惠点。听说这里面水深得很，从一两千到几万，门道多呢。"

"老师都不当了？"

"当老师有啥好，一个月几百块钱，人家干影楼的一个月连工资和提成能拿到五六千呢。"

"那么多啊！？"

"我们那些同学辞职的多，有去当售楼小姐的，听说红火得很，那些买房子排不上号的，还给他们送礼呢，吃香得很，一个月随随便便都是上万块。"

杨英已经不说话了，真觉得自己是穷人了。心里想着，还是让耀子出去干吧，多挣点钱还贷款。

杜峰急火火地跑来了，先喝口水说："不好意思，来晚了，刚才在明德门碰到个同行聊了会儿，是《计算机报》陕西站的。"

"计算机？"

"现在互联网发展很快，已经能拨号上网了，西安现在的《古城热线》火得很，很多网吧能上网，长安路上很多计算机培训学校开起来了，计算机、互联网那将是一场革命。"

"难怪袁峰要开网吧呢。"

"点菜点菜，先吃饭，人是铁饭是钢，一顿不吃饿得慌。"

吃着饭，杜峰说："抓紧吃，吃完了下午两点去省体看球赛，陕西

国力的主场。”耀子立即兴奋起来了：“你有票啊。”

“有啊，我弄了三张，报社体育口的记者帮着弄的，这在咱们西安现在可是金牌球事，票难弄得很。”

“可咱四个人啊。”

杨英说：“我就不去了，我看不懂球赛。”

“我也不去了，我也看不懂。”豆芽也说。

“那我俩去，还剩一张票。”

“对了，我给袁峰打电话，让他跟你们去，我和杨英去边家村逛秋林。”

于是，豆芽给袁峰打传呼了，袁峰一听看球的事情，激动得很，不一会儿就开着桑塔纳来了。豆芽说：“这是袁峰从鱼化寨二手市场上弄的。”杜峰之前在杜家桥见过袁峰一次，耀子第一次见。

那天看完球回到西京公司宿舍的时候，杨英早睡了，耀子也没去打扰，回到自己的宿舍，其他人都睡了，他开门就倒在床上打呼噜了，衣服鞋子都没有脱。他喝醉了！

整个一年，全中国都在议论 1997 年香港回归的事情。从五月份开始，大街上就开始有了宣传和气氛。西京公司早早传出要求，要求大家在 6 月 30 号集体收看电视实况转播。

耀子和杨英就坐在那里，边等着节目开始边说又一年回家的事情。耀子说：“今年该在我家过年了，咱俩一年洛南一年郭家堡。”“我想我妈了。”杨英又想哭。耀子说：“看电视香港回归了。你看你看，中央电视台的标志换了，成了 CCTV。”

那举国上下的欢腾让每一个中国人都热血沸腾。杨英说：“耀子耀子，你啥时候带我去香港看看。”耀子又是一脸坏笑：“大约在冬季。”

冬季很快来了。

8

已经是 1998 年了，元旦过后，孩子们还在上课准备期末考试。

在杨校长的努力下，东仪子校成了南郊这一片远近闻名的企业学校，教室有限，班额有限，招生的事情成了敏感的事情。这个事情在学校里只有杨校长和豆芽知道，其他副校长都不是很清楚。

除了袁峰家的原因，还有就是豆芽不是厂子弟，来自厂里的说情就可以替杨校长挡一挡，加上年轻，没有太多的社会关系，负责招生，和家长洽谈借读费的事情自然落在豆芽的身上。当然，这是需要杨校长点头的。

但是来自两个部门的面子，学校还是要给的。

一个是市容城管。学生的自行车的管理就是个大问题，以前徒步的学生现在基本上都有了自行车，学校先是在围墙外辟了一块地方存放，雇了几个厂里的下岗职工和家属在那里看着。

自行车越来越多，周围都是厂里的家属区，只好占道了，市容就不干了，反复来，不是罚款就是要求限期整改。豆芽和后勤主任找了他们领导好几次，又是送烟又是吃饭喝酒，领导饭后幽幽地说：“支持学校发展，理解办学的不容易，市容管理也要符合实际嘛，毕竟是服务于大家。”

豆芽看松口了，又开始敬酒，后勤主任也端起酒杯来：“还是领导体谅我们学校的难处，也是为了孩子嘛。”领导并没有举杯，拿起牙签开始往嘴里塞：“我有个事还得麻烦杜主任，我们单位有几个孩子想转到你们子校来，就是你们的借读费越来越高了，我们工资低，吃不消啊。”

“这个好办，都按我们子弟对待。”豆芽一松口，领导立马端起酒杯一口干了，“以后杜主任有啥事就来找我，以后别叫领导了，叫哥就行。”第二天早上起来，豆芽有点不安，事情是办了，可真是替领导做主了，有点怕领导不高兴。

早早到办公室以后，豆芽就去给杨校长汇报，没想到杨校长很高兴地说：“事情后勤主任已经给我说了，对着呢，现在办事情就要眼活，不敢那么死板硬套的，豆芽啊，你这几年长进真够大的，办事情利索。”豆芽长长地舒了一口气。她把这事给袁峰说了，袁峰说对着呢，你办了领导想办却不好办的事，不对了，你说的，有个回旋余地，对了，领导说他已经给你有了旨意。袁峰给大领导开了多年车，这种事他有经验。

再就是这些年社会发展快了，用电是个大问题，电器也多起来了，用电负荷成了学校的大事，学校动不动就跳闸断电。杨校长说：“豆芽啊，你去想个办法。”临出门了又说：“有困难找下袁峰，那小子现在和社会上来往多，路数广，该吃该喝该花钱别舍不得，到财务拿点预备金去。”

豆芽就找袁峰，袁峰说：“杨校长还是透亮，现在开门办学呢，眼活，快过年了，该打点的就得打点。”袁峰说他在鱼化寨外事学院那儿的网吧就和电管站经常打交道呢，让豆芽等消息。

8

没过几天，袁峰让豆芽去明德门找个好点的酒楼定个包间，大概 4 个人。算上他俩 6 个人，再去买十条好烟。

包间定好了，袁峰就带着 4 个人来了，先是喝酒聊天，袁峰一口一个哥叫着：“感谢对兄弟的关照，来，再走一个，豆芽，给哥再敬一个。”“弟妹啊，我这兄弟你可好好看住了，是个人物，是个绩优股。”

豆芽听出来一个是鱼化寨那边的，一个是东仪路这边的，还有一个是郭杜那边的，还有一个是他们的大领导。几个人又开始给大领导劝酒：“感谢领导的栽培，没有领导，就没有哥几个的今天。”

学校的事情自然是办了，酒喝好了，知道豆芽是杜家桥的，她大是村长，村里现在人口多了，做买卖的多，用电也是大问题，找了很多次都没办好，这一次是碰上了，大领导和郭杜的都答应了。没几天豆芽回去，说了这个事，她大很高兴，说你给村子办了大事，这也是豆芽给村里办的第一件事情。

喝完酒吃完饭，袁峰说：“豆芽你先回，我带几个老哥耍去，去洗个脚。”这事豆芽知道，老看到袁峰车里有没拆封的袜子，问袁峰呢，说是洗脚送的。袁峰就带豆芽去洗脚，一个小伙子刚一碰豆芽的脚，豆芽痒得受不了，直接起来跑了，把人家洗脚盆都踩倒了，水流了一地。

学校的用电问题总算是解决了，不过，学校也进了个人，就是那天吃饭时大领导的儿子，来学校当电工了。这事豆芽后来才知道，袁峰比她知道得早，豆芽觉得袁峰越来越忙了，很多事情她都不知道。

就在她向杨校长汇报电管站事情的时候，豆芽突然晕得很，杨校长说她是不是昨晚没睡好，不过一会儿就过去，后来才知道是地震了，是西安城北边的泾阳塬上发生了地震，4.8 级。据说这是西安几十年来发生的最大一次地震了。

袁峰的确很忙。过完年，外事学院的学生一来，网吧生意就好很多了，又是中巴车，又是工贸公司，袁峰一天忙得不可开交，豆芽都很少见了。不过现在袁峰有了大哥大，有事了随时都可以联系到人。

袁峰从网吧出来，正拿电话给工贸公司领导说一笔业务的事情，领导让他明天去深圳出差。突然一声巨响，袁峰看过去，北边天上腾起个火球，半个天空都是红的。袁峰放下电话，赶紧开上他的新雅阁往东仪厂跑，回来才听他爸说是西郊热化气厂爆炸了，赶紧把豆芽叫了回来。下午也爆了一次，全西安市都听到消防车的鸣笛声，后来知道烧死了好几个消防战士。很长一段时间里，袁峰一看到别人自行车上捆个液化气罐子就躲得远远的，那家伙比炸弹威力还大。

液化气爆炸的那几天，家里人算是聚齐了，袁峰也不在外面乱跑了。不忙了就回到家里，他妈也把豆芽从子校叫了回来，一家人在一起吃饭。说着就说到了结婚的事情，这事算是定下来了，等天暖和了去拍婚纱照，五一把婚结了，一件大事算是了了。

豆芽其实心里还想再等一等，一来她每周都要去师大上课进修，大专文凭算是去年拿到了，现在拿本科呢，听说西大、交大有了在职MBA，她还说要去进修呢。袁峰说："挣钱要紧，上学干吗呀。"袁峰他爸就说："看你那没出息样，豆芽你去学，我支持你，不论到啥时候，多念书文凭高吃不了亏。"

子校的高中越办越红火了，去年还开办了高考补习班。杨校长就给豆芽说："你去蹲点负责高中教学，高考上去了，初中就不愁生源，小学可以慢慢压缩，高考是指挥棒呢。"

豆芽说："我都没上过高中呢。"杨校长说："我也没上过呢，教书和管理是两回事，我的工作是运营好学校，想办法提高知名度，多招学生，招好学生，多收借读费；你现在的任务是提高老师积极性，把教学质量抓起来，让学生和老师好好学，中考完了，高考完了，多请老师吃饭，多了解团结老师，特别是这几年进来的，还有咱俩从外地聘请的老师，该解决老师困难的一定要想办法解决。那个教数学的刘老师我是从商洛挖来的，最近你想办法看哪个家长有办法，给他老婆找个事做，让刘老师安心带毕业班。”

豆芽和高中学生打交道多了，就遗憾自己没上高中，上初中那会儿屁也不懂，不过现在的高中学生事情可多了。地震那天，楼道里闹哄哄的，老师都组织学生下楼呢，她和杨校长跑出来，就看到一个男生拉着女生的手，从她面前跑过去了。

学校里发现男女生关系好，老师们就说是早恋，班主任就叫家长。豆芽就想起他和耀子的事情，想起初三那会儿学生里传说的“耀子炒豆芽”就想笑，没那么复杂吧。

她看到的顶多就是拉拉手，到了圣诞节、元旦的时候，同学们互相送个贺年卡，特别是给喜欢的同学。贺年卡也简单，也就正反两张纸，香喷喷的，好一点的打开里面是立体的造型，还有那种音乐的，各种的颜色，手一摸，还掉颜色呢。贺年片啊，盗版的球衣啊，七龙珠的闪卡啊，在学生中都很流行。

学校门房里倒是经常有学生的信，有外校来的，也有本校给本校同学写的，手写好的信塞进邮筒里，转一圈一周以后才到学生手上。那些静等信回来的写信同学该多着急啊，不影响学习才怪呢。

46 中附近也有了网吧，沙浮沱村把学校附近的土地都盖成了市场，还修建了不少建筑，都租给民办学校了，有高考补习班，有计算机培训，还有高考自学考试的，学生多了，网吧就开起来了，袁峰说还想在这附近再开一家。

豆芽不同意，为了阻止学生上网，学校的老师经常去网吧找学生，袁峰再开一家，这算咋回事啊。杨校长也说这不妥呢。豆芽也去网吧找过学生。

到了 7 月，老师们跟打仗一样，整天说着千军万马过独木桥，当年全省高考录取比率是34%，东仪厂达到了71%，大张旗鼓在厂区拉条幅宣传。杨校长还说再制作几条，到石油学院、美院附近去宣传，给市容打个招呼，能多挂几天是几天。

耀子的弟弟顺子这一年也考上了师范大学。

真是造化弄人，耀子跃跃欲试地要“下海”的时候，杨英一个猛子扎下去了。杨英脑子简单，但却果断，本来就是到西安城里来闯的，没根没底，她的这种简单在往后的人生道路上倒是成就了。

杨英到西安以后，她妈她大并没有任由这个家里的老小在已经沸腾的西安城里随波逐流，而是时刻关注着新闻，了解着西安城每天的天气变化，甚至风吹草动。杨英她大到西安，利用出差的时候，给杨英买了个摩托罗拉汉显的传呼机，随时保持和家里的沟通。

嘟嘟嘟。

挎包里传来传呼机的声音，杨英拿出来一看，是她爸的留言，他在东郊鸡市拐附近洛南西安办事处，让杨英尽快过去找他。杨英一急，到西安两年多了，她大第一次来看她，直接和耀子在路上拦了一辆奥拓就出发了。

这个时候，西安城里的出租车又经历了一次更新换代，秦川厂出产的奥拓、福莱尔逐渐被替代，长安奔奔开始成了出租车的主流。

“师傅，到鸡市拐，洛南驻西安办事处。”

“好咧，坐好，你是洛南人？”

“我是，你是哪儿的？”

“我是丹凤的。”

“和我们洛南交界呢，咋跑西安来开出租了？”

“为了挣钱啊。我原来在商洛运输公司上班呢，来往丹凤到西安，对西安熟悉，就跑来开出租了，西安钱好挣。”

“那你不要工作了？”

8

“不要了，在西安干一月，顶过去干一年呢，你算算，我干了几年就把钱都挣回来了，在那国营单位难熬呀。你知道贾平凹不？”

“知道，写《废都》的。”耀子抢话说。

“我和他哥原来在一个单位呢，他哥说平娃从小就拿个本本记人家村里老汉说话呢，文章写得好，《废都》出来都卖空了。现在社会变了，不能死守着那点死工资了，不然以后会后悔的。”

说着话聊着天，时间就过得很快，车到鸡市拐洛南办事处，耀子和杨英到了 203 房间。推开门，杨英她大和一个人正在说话。

“这是你杨叔叔，以前给你说过的，我们以前在部队是战友呢，多年没有见过了。”杨英她大又指着耀子说：“这是英英的男朋友，叫郭耀子。”

说话时间不长，然后就去吃饭。饭间知道杨叔叔是甘肃武威人，以前和杨英她大在青海当过兵，现在在西安高新区搞了个企业，叫比特集团，就在高新的糜家桥小区里。

“英英，你学财务的，到叔叔公司来，财务肯定要用自己人呢，民营企业的财务人员是核心人员，都是老板信得过的人，你爸和我是过命的交情，你到我这来。”

杨英不说话，看着她爸，她爸说：“你总干那电子元器件装配的事不是长久之计啊。”杨英就说：“我听我大的。”

耀子下班了去找杨英，杨英穿了一身藏蓝色的翻领制服说这是比特发的，比特比西京公司还正规呢，早上还升国旗呢，主要搞的是建筑装饰，在甘肃还有厂子生产麻黄素呢，在陕南还有开口笑松子厂，杨叔叔能量挺大的，说工资是每个月 2600，年终还有奖金呢，这样紫薇花园的房子还贷款就不成问题了。

杨英兴奋地给耀子说着，耀子不说话。他俩从糜家桥小区出来，先到高新路左边的街心公园坐了坐，然后又去了新纪元公园。耀子真感叹高新变化快，别看电子城到高新不远，平时忙也不怎么过来，每次来都发现有新变化，道路不停往南往西延伸，起的高楼越来越多，玫瑰大厦、枫叶大厦都快封顶了。以前都是庄稼地的高新区也很快成气候了，人多起来，满大街都是台球案子，很多年轻人都在那里打台球，耀子也是刚学会，招呼着杨英玩两把。

杨英自从和豆芽认识了，两人变得格外亲切起来，经常约在一起到小寨逛街，或者来高新玩，高新比以前热闹多了。

天暖和了，大街上女人们开始活跃起来了。这一天，豆芽到高新糜家桥小区来了，还带了一个女孩，穿得很时尚，还抹了口红，脸比她俩都白。后来女孩才给她们说是在钟楼附近的世纪金花买的外国化妆品，听了价格，两个人有点蔫。

三个人在高新路十字的肯德基坐了下来，豆芽才正式介绍，这是她的中专同学，叫杨柳，在东郊秦川小学教了两年书后辞职了，在东大街台北婚纱影楼做客服呢。现在他们这一拨结婚的多，杨柳就除了客服还做业务，提成很高，每个月收入上万呢。

这次豆芽来，是给杨英说，她五一要结婚，准备和袁峰拍婚纱照呢，都是老同学，在哪拍都是拍，再说能优惠。杨柳还把自己的提成让出一部分，算下来也就六千多。杨英当即就答应了，三个人聊得很好。“杨柳和杨英都姓杨，干脆拜个干姊妹得了”，豆芽一提议，两个人都说好，在家靠父母，出门靠朋友嘛。

豆芽关切地说：“杨柳啊杨柳，那咱们这一拨婚结完了，业务少了你咋办。”杨柳说：“那大家都该买房吧，我就去当售楼小姐呢。杨英你买房了没有？”“买了在紫薇花园呢。”“还是你有眼光，这是个趋势了，国家正式取消福利分房了，这是个好营生呢。”豆芽笑着说：“那卖完房干吗啊。”“我就开个月子中心，照顾你们坐月子。”

哈哈哈，三个人都笑起来，“你还是想得长远，难怪那么果断地就把工作辞了。”杨柳说：“人都说人生百年，实际上，20 岁以前懵懂无知，上学放学，40 岁以后人到中年上有老下有小，就滋润活个二十多年。现在这个时代，当我们赶上了就好好活呢。”“那你有男朋友没？”“没有，我准备单身主义啊。”

一番话说下来，说得杨英豆芽真觉得社会变化太快了，都有点赶不上趟了。

婚纱照分为室内和室外两部分，两对新老朋友换好衣服化完妆出来大家都笑了。耀子说袁峰很帅，袁峰说你更帅，豆芽说杨英漂亮，杨英说豆芽更漂亮。杨英问耀子谁漂亮，耀子说你漂亮，豆芽问袁峰谁漂亮，袁峰说，当然是你。两个男人没那么多事，坐在一起偷空就抽烟，看着两个女人开心的样子，都说这女人穿了婚纱就是不一样。

外景是在唐慈恩寺遗址公园拍的，大雁塔就是背景，像个通天神塔一样竖立在那里，南方麦地里的麦子正是抽穗的时节。

豆芽和袁峰的婚礼如期举行了，举办婚礼的地方是陕西电视台的旋转餐厅，本来就在明德门附近，可袁峰执意要这样，说这是个面子问题，关乎他做生意的信誉，果然，那天来了很多的客人。

一套程序下来，豆芽累得够呛，光是领导讲话就没完没了，先是东仪厂的，再是子校的，再是工贸公司的，再有就是他网吧、中巴车的朋友，还有电管站的，市容的，还有杜家桥的，还有郭杜街办的，有头有脸的人很多。

杨英就有点不舒服，抱着耀子的胳膊说：“咱结婚可来不了这么多人，洛南、郭杜两地方扯。”耀子回头摸着杨英的头说：“日子是过给自己的。”

耀子家今年也是喜事特别多，先是耀子他弟弟顺子考上了师范大学，堡子里也是热闹了两天。他爷招呼了爷爷辈喝了一场酒，他爸找一拨人来喝了一顿，他妈和小姨，还招呼了附近的老乡也热闹了一阵。

7 月份交房以后就着手开始装修，9 月份基本就好了，又是家具，又是灯具厨具，忙活了一阵，在国庆节把婚结了。

9

豆芽接到袁峰的电话，惊慌失措地赶到高新十字。

袁峰躺在路边的草丛里，满脸是血，上衣已经被撕扯得不像样了。雅阁车上划了几条道子，前挡风玻璃被砸碎了，一只轮胎也被戳破了。谭师傅已经到了，拿着电话叫人呢。

豆芽吓坏了，赶紧给耀子杨英打电话，好在现在大家都用手机了，联系起来方便多了。她想着这个样子，把袁峰弄回家，肯定会吓着他妈他爸的，想先弄到耀子那里再说，让谭师傅找人先把车弄到修理厂去。

袁峰阴沉着脸不说话，问得紧了，说是刚开车往回走，看到有几辆摩托车跟着，突然骑车的人就用管钳砸玻璃了，下来的人一顿乱砸烂打，然后开车走了。“都是啥人啊。要不报警算了。”袁峰摇摇手说算了，谭师傅也说没啥用。

耀子和杨英坐着出租车来了，杨柳和杜峰也来了，恰好他们四个在一起呢，听说了就都赶紧赶过来。大家把袁峰拉起来，拿包里的纸擦

血，就近去20所职工医院看伤。过往的出租车一看这场面，哧溜一下开车就走了。

耀子和杜峰轮流背着，三个女人在后面扶着，赶紧往医院赶。谭师傅先到医院去叫门挂号，到了医院医生手忙脚乱地开始擦洗伤口，好在不严重，都是皮外伤，就是头皮上口子比较大。医生剪了头发，缝了三针，袁峰疼得咧着嘴，豆芽过去抱紧袁峰。

拾掇好伤口都凌晨了，谭师傅叫来中巴车把一伙人送到紫薇花园。明天要出车呢，袁峰让谭师傅先回去，临走的时候说了一句："你这两天小心点，有事了人要紧，车先撂那儿，赶紧报警。"

消停了，豆芽让杨英和杨柳先去睡，耀子和杜峰挤一挤，她在客厅里陪袁峰说说话。杨英和杨柳先进屋了，耀子和杜峰两个人说不想睡，说说这事咋弄。

"不报警啥意思，就这么算了？"耀子说。

杜峰说："是不是飞车党干的。最近南郊高新这一片不太平，建筑工地多起来了，砂石砖瓦需求大了。一些年轻人整天在台球厅、录像厅消磨时间瞎逛，没事了骑个摩托车在新修的唐延路上飙车。"

"起因还是中巴车。前两年好跑，现在线路多了，电子城、高新这片开发快，人流量大，都抢线呢。咱这车跑得早，有些线路就交叉了，已经有人给我递过话了，好几次被人家把车围了，没说利索，这次是下黑手了。"

"那就没人管啊！"耀子说。

"这事复杂着呢，这一片过去是农村，多少年了，大家都习惯这样过了，现在猛然出现工厂、开发区，矛盾多了，这是城乡之间的冲突，外来人口、盲流多起来了，就会是这样的，不光中巴车，现在出租车、三轮车都存在这样的问题。"

还是杜峰知道得多。

“没事，这一两天我约人说事，让老三出面。”袁峰好像根本没把这事当回事。

“老三能管？”豆芽问。

“社会的事你不懂，咱车在路上跑呢，是非就不断，除非你不想弄了，不挣这钱了。叫个中间人出来，大家坐一起谈谈，就得这样。”

“老三？这人我听说过，南郊这片势大得很。”杜峰说。

“我不熟，但去年过生日，我去随过份子，也是朋友叫去的，那场面大得很。我就看是个干瘦的小老头，也不知道咋有那影响力。”

“听说原来是个民办教师，对学生很好，特别是一些调皮捣蛋的娃。这些娃学习不咋地，但是爱舞枪弄棒，据说老三原来也会点功夫，就教给这些捣蛋的娃，后来很多都去体工队了，有些事情搞不定了，老三出来说个话，把大家叫在一起，吃个饭，就没事了。”

“哦。”豆芽长长地舒口气。

“车不想弄了，我想卖建材啊，前几天去太白路建材市场转了转，现在这生意能弄。以前的北方乐园已经废了，对面何家村现在把土地都拿出来搞了建材市场，出租门面呢。”

杜峰接过袁峰的话：“这事好，我入点股嘛。”

看起来杜峰知道的还真不少，他说：“以前商洛有个人，家里穷得不得了，就跑来西安做小工，东郊一家人要修个茅房，他就去干，结果这娃实诚得很，干活踏实，说是把那茅厕修得十几年都不会出问题。

结果人家看上这娃了，这人是那个村的村长，就给招了个上门女婿，这不现在东郊那片也在开发了嘛，小伙子头脑灵活，就在老丈人的支持下，搞了个建材市场，一下子发了。

现在又给老汉出主意，在村子里盖单元房呢，建了个姑娘楼，

凡是村里嫁出去的闺女，或者招女婿上门的，就按集资建房的原则，把房子卖给他们，剩余的就卖给社会上的人了，一平方米也就三四百块啊。”

“这是给自己弄好事呢。”

“也是给村里人办的好事，还能挣钱呢。”

“这种事情也可以。”

“你知道现在咱国家实行的是村民自治，村里的事情是集体经济，如果全体村民同意就没有问题。”

“能让全体村民都满意同意，这可不是一件容易的事情啊，我们郭家堡办个事，七嘴八舌的，尿不到一个壶里。”

“那是你们村长不行，村里的事情一方面就得家族兄弟姐们多，心齐，再就是有手腕，能镇住人，把全村人捏到一块，才能弄事情。现在西安城不断发展，向东南西北扩呢，都涉及农村农民的土地问题，村长可是个好营生啊。”

豆芽说：“我们村也是，我爸刚把村长的差事交了，交给年轻人了。”

杜峰赶紧说：“豆芽啊豆芽，我叔不干村长是对的，咱村的情况我知道，我叔那是老一代村长，跟不上形势了，现在村长这一族里人丁旺呢。他大那一辈光弟兄就有八个，你看看，半拉子村都是人家家里的，当村长对着呢。”

豆芽起身回去睡了。

袁峰、耀子和杜峰还在那儿天南地北地瞎聊。

在《都市报》干了才两年的杜峰辞职了。

豆芽回杜家桥看她大的时候，遇到杜峰他妈了。他妈在豆芽家里给她大说呢：“他叔呀，杜峰上了个大学，花了一河滩钱，这刚上班才两年，说是不想干了，他大是个老实疙瘩，说不过这娃，你是村长，你给说说。”

她大说：“我已经不是村长了。”

“那还是他叔呢。”

恰好豆芽进门了，杜峰他妈像是看到了救星，就拉着豆芽的手说：“豆芽啊豆芽，你和峰峰从小一块长大的，一块上学，你看你现在都是学校领导了，给咱村安了变压器，办了那么大的事，杜峰这才上班两年，前几天回来说不想干了，都快急死我了。”

“婶啊，你不用着急，外面变化快呢，杜峰可能有他的原因，我一会儿回去就给他打电话，问下啥情况，现在世事变化你们不懂，娃们有自己想法呢，你们活好自己。”

见豆芽应承了劝劝杜峰，他妈放心多了。

“还有啊，你看你都结婚了，办得那么排场，给你大你妈都争气了，咱杜家桥谁家娃娃结婚有那阵势呢，你看杜峰现在这样子，咋办啊，熬煎人呢。”

豆芽她妈过来了，说：“我那苦命的儿啊，到现在还是一个人呢。”

“弄你的啥，都过去这么多年了，还嚷嚷呢。不说这事能死啊！”豆芽他大急了，豆芽起身把她妈拉回去了。

“他婶啊，我咋听豆芽说，峰峰和她一个同学好着呢。”

“是不，我咋不知道呢，让我问豆芽去。”

豆芽正在和她妈说话呢，她妈又开始抹眼泪了。

“豆芽，你爸咋说杜峰和你那同学好了。”

“是这回事，我同学叫杨柳，原来是我师范同学，后来辞职了，在东大街婚纱影楼呢，后面听说要到紫薇城市花园售楼部去，最近好久也

没见了，不知道啥情况。”

“到啥程度了？啥时候结婚？”

“这我就不知道了，回头问问去。”

“长得排场不？”

“我结婚在我旁边呢，你有印象没？”

“好像记得，挺好的，咋也辞职了，两个辞职的，碰到一起了，都不是好好过日子的人。”

豆芽想起那天她和杨英、杨柳说话的那天晚上，杨柳说她不想结婚的事，有点感觉自己话多了。

豆芽一到学校，就给杜峰打了个电话，杜峰说：“我妈就是那瞎操心呢，我过两天回去再给说说，辞职是好事呢，咋就说不明白呢。”豆芽问：“你和杨柳咋样了，我给你妈说了。”

“这话说瞎了，过两天咱见面说。”

和杜峰的会面，还引起了杨校长的关注。

那天杜峰采访路过学校，就进来找豆芽了，两个人刚说了两句，杨校长进来了：“听门房说来了个记者，找豆芽呢，有啥事？”

豆芽说：“没啥事，是我同学，我们一个村的。”

“咋没听你说过。”杨校长弄清楚就过去和杜峰握手，然后干脆坐下来和杜峰聊起来。“杜记者，我们学校的事你以后可要多关注下，现在办学不容易，还需要媒体记者多支持呢。我还想最近搞个媒体记者座谈会，你看你认识的同行给说一声，大家聚一聚，认识哈，行情么，我懂红包少不了的。这事就交给杜主任来办，一会儿呢，让杜主任陪你吃个饭，我有点事，以后单独请你。”

说着起身要走，到门口把豆芽叫出去，“你咋不说你还有这层关系呢？现在记者可得罪不起，这样，待会儿一起吃个饭，把关系处好。”

送走了杨校长，转身回来，杜峰说："你这校长厉害，是个人精啊。"豆芽就把杨校长咋办学，和袁峰啥关系说了一下，座谈会的事情就拜托杜峰了。

"还是说咱的事吧，你咋就辞职了。"

"现在报社发展很快，行业方向变了，报纸都要贴近老百姓生活，老百姓爱看了，发行量就大，发行量大了，就有广告了，有广告了，就有前途。《都市报》体制死，办报方向尽是老一套，报社一帮子人出去办了《商报》，都是老百姓关心的事情，很吸引眼球，现在发展势头好，我想去那里，都考过试了，下个月就去。"

"哦，这样啊，那你给你妈说清楚么。"

"关键是说不清楚。"

"你和杨柳咋样了？"

"就那样呀。"

"啥样啊，啥时候准备结婚啊？"

"结个啥，你同学你不知道啊，压根就没那心思！"

"那你啥打算？"

"现在还顾不上。才回来两年，工作的事情还没整利索呢，都后悔去湖南上学了。同学们都去了南方，或者留在长沙了，我回来两眼黑，不干个名堂咋结婚呢，你没看现在的女娃多实际啊。"

耀子和杨英一直很庆幸买了紫薇花园，随后开盘的紫薇城市花园一开盘就卖到一千五百多一平方米，电子城步行街更贵，几乎快两千了。他们身处最热闹的电子城，除重大节日外，广场舞每天都在上演，人群不断扩大。

杨英就说："啥时候把我妈接来也跳广场舞去。"耀子说："我小姨带我妈来过，我妈说怪得很。等咱生娃了，你妈来看娃，就可以来跳舞

了，你妈是县城的，比我妈思想开明。”

每一天醒来，太阳都是新的。每一天晚上，当高新区日新月异，不断刷新的高楼，当最后一盏灯熄灭，新修的宽阔的马路上路灯还是一如既往地亮着，照耀着远处的高楼，近处的工地。还有尚未施工的土地上，荒草里长着麦苗、芹菜，还有豆角。

10

放学后，豆芽送走学生，收拾完桌子上的东西，倒了杯水坐在座位上发呆。今天是周五，豆芽有点不想回去。

原来刚结婚的时候，想着和袁峰父母住在一起挺好的，在自个儿家里，他妈迷糊好多年了，他大话少，看着袁峰一家子人挺幸福，她很享受这种家庭的氛围。可实际上，过日子以后她才发现没那么简单。

袁峰家规矩挺多，爸妈又是个讲究的人，袁峰习惯了，但对于豆芽来说，这个适应过程有点痛苦和尴尬。择菜了，婆婆说择得太粗了，莲花白要剥掉好几层叶子，韭菜要去掉很多老芽，说现在都是化肥农药的，说菜农没良心。豆芽家过去就是种韭菜的，豆芽听着心里很不舒服。

不舒服也不能说，只能顺着来，更不舒服的是晚上。袁峰回家越来越晚了，回家吃饭的次数越来越少了，回来有时她都睡了，袁峰洗漱的声响很大，就把她弄醒了。还经常喝酒，喝多了不洗直接就上床。

豆芽就给袁峰说买房搬出去的事，袁峰说在家里多好，吃现成的，现在钱都用在建材店里了，房啥时候都能买。豆芽找杨柳去的时候，看到房子都卖到一千多了。回来给袁峰说："房子越来越涨价了。"袁峰说："还能涨到天上去。"

袁峰看豆芽有情绪，就给她买了个诺基亚 5110，她还没用过呢。豆芽就给杨柳打电话，杨柳在电话里说，她恰好没事，两人不如约着去逛街。豆芽给婆婆打了电话，说和同学出去办点事，晚点回家。

打完电话就在办公室等杨柳，心里胡思乱想，都毕业快四年了，就这么一天天忙活着。这四年长进不少，工作干得出色，也算是学校最年轻的干部了。同学们聚过几次，几乎一半的同学都辞职了，杨柳算是第二份工作，有的同学都有三四份工作了，还有几个去了东莞深圳。从学校毕业，大家都站在一个起跑线上，社会这把发令枪一响，都开始往前跑了，跑得四离五散。

豆芽越想越烦，心里有点堵得慌，报纸上说，这是世纪末的焦虑与彷徨。

杨柳到门口打电话，说快点出租车在门口等呢。豆芽赶紧抓起挎包，出了门，一辆出租车闪着应急灯等着，豆芽上车坐在后座杨柳的身边。去钟楼世纪金花。

豆芽对杨柳瞅过去，都有点脸红了。杨柳穿着个低胸的白色衬衣，紧身的牛仔裤，打扮得青春有活力。很显然化妆了，红红的嘴唇，眼睛也似乎打扮过了，贼溜溜的。这几年，杨柳穿衣服越来越大胆。街上的女孩越来越时尚了，天气刚去了寒，就迫不及待地穿上裙装，裙子越来越短了，相比起来，豆芽有点老土了。

"露出来，你也穿得出来？"

"故意露的，性感不？"

豆芽都不知道咋说了。

"你也把你拾掇下，弄得跟老太太一样。"

"在学校穿衣服是有规定的，短袖不能露肩，裙子不能露出大腿，你也当过几天老师，该知道的。”

“现在下班时间呀？”

“最近见杜峰没？”

“别提你那杜家人了，小气得很，上次和我去了一次新纪元宾馆，把人家娃吓住了。说我花钱如流水，不是过日子的人，吵了一架。”

“新纪元宾馆？”

“高新那边新开的，靠近玫瑰大楼那边，挺好的，干净，卫生，上档次。”

豆芽又不会说了。

“今天想干吗，怎么不想回家啊。”

“嗯，有点烦。”

出租车司机从后视镜里不停地看杨柳。杨柳挺挺胸，并不在乎，又和出租车司机聊起来，说到南大街的中国城，说到南门外的胡同酒吧，说到东大街的后院，聊得热火朝天。

世纪金花到了。杨柳拉着豆芽在里面逛，过往的男人都往杨柳身上瞅，豆芽心里越来越不舒服了。杨柳高昂着头，挺着胸走在前头，拉着拽着豆芽给她讲每个品牌是哪个国家的，各个衣服的面料如何好。

在内衣柜台，杨柳直接就进去了，拉着豆芽的手说你也挑点好的，上次在杨英家我看到你那内衣了，太老了。豆芽就翻看着。杨柳选了一个不带肩环的，说是马上天热了，穿露背装用。又买了一件露背的超薄透亮的上衣。豆芽说：“你干脆别穿了，就那么几条带子，整个脊背都露着，还那么贵的。”

杨柳选了一身紫色的内衣。豆芽也选了一身玫红的内衣，买了件风衣，算账的时候是三千七百多块，有点心疼。

两个人出来又在东大街的大华饭店吃了一顿，杨柳去结的账，出来给豆芽说：“心疼了吧？”“有点！”“你呀，现在不花钱等着老了才花呀，女人就这几年好日子，要珍惜呢。”然后又去了开元，杨柳买了一双鞋子一件衣服。

时间差不多了，天也擦黑了，豆芽想回去。

“回去干吗呀，夜生活才刚刚开始。”

杨柳拉着豆芽不由分说，沿着东大街往东走了一会儿，就来到一个门口站着彪形大汉的地方。这就是杨柳说的后院，通过安检后，杨柳找人放好买的东西，就直接进去了。

过道黑漆漆的，光怪陆离的灯光。杨柳一进来就边走边扭动了，屁股一甩一甩，进门里面是个大厅，挤满了人，说话已经听不见了，震耳欲聋的音乐节奏让豆芽的心脏都快跳出来了。

她俩找了个座位，椅子很高，吧台上很快来了服务员。杨柳在服务员耳旁说了几句，给了几张百元大钞，不一会儿就端上来几瓶酒，都是洋酒，外文名字，豆芽也不知道是什么。

杨柳已经跳到舞厅中央去了。随着劲爆的音乐声，杨柳开始又蹦又跳，随着光柱的流动，杨柳的胸波涛汹涌，几乎要跳出来了。好几个男的围着杨柳起舞，杨柳不停地扭动腰身来迎合着配合着，看起来特别兴奋。

这种场面以前豆芽在电视上看过，她是第一次来，很快，随着 DJ 的号叫声，她也喊起来，再喊起来，喊出来后觉得特别放松，很快很自然地扭动着，随即抓起桌子上的酒瓶往嘴里灌。她开始下到舞池里去，靠近杨柳的时候，杨柳拉着她的手旋转着蹦着跳着，很快浑身就热起来，有点冒汗，不过身心都觉得通透了许多。

音乐又急促地响起来了，人群一片骚动。这个时候，舞场出现了很响的尖叫声，原来随着灯光的变化，四周的墙壁上出现了很多的年轻女孩，开始疯狂起舞。豆芽想象不来，她们是怎么上去的，那些舞者的动作特别夸张，气氛又一次被点燃了，人群像疯了一样在舞动，豆芽开始不停地喊不停地扭动。

很快，舞场中央的几个台子上又出现了四五个女孩子，她们穿得很暴露，也很性感，青春而又活力，抓着舞场中央的钢管在剧烈而急速地旋转，人群里不停有人跳上桌子在扭动，整个舞场像一个热气腾腾的开水锅，沸腾着，跳跃着。

豆芽真有点累了，回到高脚座位前。杨柳也过来了，点了一根烟递给豆芽，豆芽叼在嘴上，一吸，一股清凉而又呛人的烟气充满了心肺，她感到从来没有过的放松、放纵。

在人群里看到了袁峰，但似乎又不是，她有点迷糊了。一个男子走过来，看着豆芽，豆芽迷离地笑着，那个男的也晃动着腰身笑着，突然，那个男的抓起豆芽的手，摸出一支笔来，很急速地在豆芽手心上写下一串电话号码，然后晃动着屁股走了。

后来，杨柳告诉他，那舞池中跳舞的就有他们师范的同学，还有，那个给你留号码的是想和你一夜情呢。

耀子刚走进郭家堡村口，一只狗就蹿出来，吓了他一跳，差点没把好摩托车龙头。他下了车，狗还在那里汪汪地叫，这让耀子进退两难，不知道该咋办了，回自个儿家让一条野狗挡住了道。

后面有车来了，按着喇叭，狗跑了，原来是村长的车。

耀子骑上车往前慢慢走着，顺着边上的道，村长的车往前走，在车里开始喊了："二牛二牛你听着，把你那烂狗看住了，拴牢了，再跑出来吓唬我们的孩子，我叫人杀了吃狗肉，你也别在我们村待了。"

一扇大铁门里就出来个男人，挺敦实的个头，说话有点蛮，以前没见过。出来满脸堆笑："村长你消消气，刚才狗绳断了跑出来了，我回去就把它杀了，给你提两条腿去，还说找你喝酒呢，电路还是不够用，老跳闸呢。"

"耀子你过来！"耀子停下摩托车过来了。"二牛，你看清楚了，这是我们村的娃，在电子城上班呢，你要再吓着他，小心我捶你。”耀子往大铁门里面看，挺深的，乌烟瘴气的，还有很多人在忙活，那条狗蜷缩在一角。这块地老早是村上的公用菜地，后来就租给家里劳力富裕的，再后来村长就租去了，这才多久啊，开始盖了一片厂房呢。

二牛赶紧给耀子发烟。“不好意思，不经常回村吧？都很少见你。”耀子说最近一段时间回来少。“你弄啥呢？”村长说，“弄锤子呢，生产地条钢呢，糊弄盖楼房呢，小心楼塌了把你砸死了，你们南方人啥钱都敢挣。”

村长没下车，说完就走了。临走给耀子说：“回来不着急走到叔屋里喝酒来，给你爷问个好。”耀子点了烟，二牛说村长最近可忙了，我这摊子也撑不了很久了，你们村的地要征了，我就赶点生产呢，这厂房拆迁赔了你们村长就发了。

耀子回到村里，以前都冷冷清清的，现在大家都在门口嘀嘀咕咕，三三两两说话。以前村道特别宽，现在各家房就盖满了，不停往上垒，村道弯弯曲曲的，路越来越窄。

到家以后，院子里有很多人在排队，都抱着娃娃，孩子都很小，两个妈妈说：“现在大医院动不动就给孩子打吊瓶，一点毛病就先各种检查，化验，然后不管三七二十一，就给孩子扎针了，胳膊上血管细，就往头皮上扎，看着孩子真心疼。”

“孩子受罪都是其次的，关键是抗生素用得太多了，看起来好得快，实际上后果很严重。以前看病都去大医院，儿童医院就得凌晨五六点去排队，队排得老长，娃发烧哪等得了。”

“想想过去村里的医生，咱们小的时候感冒发烧了，几毛钱买个药片碾碎了娃一喝，过几天就没事了，或者红糖水熬个核桃仁，煮点生姜水，挺好的。现在娃娇贵了，生个病动不动就千儿八百，给娃们吃的药甜得跟啥一样，就是不治病。”

10

耀子只知道以前村里娃娃谁家生病了，爷爷就用草药给治治，后来郭杜、韦曲、斗门的人也来了，打从去年开始，高新的很多人也来了，越来越多。可他爷每天只看二十个人，下午要睡觉，或者到万寿路的药材市场去买药。回来了就在院子里捣鼓，整个院子就都有了药材味。

他爷也不是啥病都治，主要是肠胃方面，治疗拉肚子有一手。前面一个女的跑出来说：“老爷子说治不了，让咱去一附院呢，白跑了一趟。”旁边男人说：“这是人家负责呢，只有江湖医生才能包治百病呢。”

他大在帮他爷分药，耀子就回屋和他妈说话，回来带的调和油、饺子粉放到里屋。

“最近见你小姨没？”

“没有呢，西京公司现在效益好了，我姨忙了，也没过来吧？”

“好几天没见过来了。”

“我爷这儿来看病的人越来越多了。”

“是呀，一大早就有人叫门呢。”

“你爷忙一个早上，一个人收十块钱，还把你大忙得不行。”

“我回来给你说个重要的事，杨英怀孕了。”

“啊——啊——”

“都三个月了。”

他妈一转身出去了，回来拉着他大、他爷也跟进来了。

“爱吃酸的还是甜的，肚子显不显，啥样子的，圆鼓鼓的，还是扁的。走路是啥样子，睡觉的时候平躺着还是侧身呢，赶紧回来养着，得保胎呢？”

他爷最高兴了，说这是我积德行善换来的，我有重孙了！出去给别人摸脉看病，见人都说：“我得重孙了，今天的诊疗钱就算了。”

耀子给杜峰打电话说杨英怀孕的事情。杜峰说他最近忙疯了，过了国庆节过来看杨英。又说：“随时关注着，要采访呢。”

耀子问："生个娃采访个啥？"杜峰说："今年生娃不一般呢，今年是龙年，生娃稀罕呢，是个千禧宝宝。报社搞了个千禧年专刊，回顾20世纪以来发生的大事件，特别是改革开放以来的巨大变化，都在采集小人物的故事呢。"

杜峰分到的班组是高新区和附近农村的变化，他跑了附近很多村子，找到很多当年的小学、初中、高中同学，回忆这几年的生活变迁，生娃这个事正找素材呢，耀子有娃了，刚刚好。

耀子这才明白采访的意思了，就说："你随便采，随便访。"

"我给你打电话还有个事情呢。我这次回去，听村里人说，郭家堡要拆迁了是吧？"

"有这事。"

"具体啥情况？"

"这是高新区二次创业，五桥村、郭家堡，还有邓店等等几个村子都是核心区域，高新区这次不像以前先发展，修修补补，而是整体拆迁，先实现三通，在做规划布局，动静大着呢。以前甘家寨、蒋家寨在高新一期的时候，没有享受到拆迁的红利，这一次政策会有大变化，你们村赶上了，你们那附近要建个长安科技园呢。"杜峰说，"回头给你细说，我要忙了。"

西万路以南的马路上，已经竖起了巨大的广告牌，从电子城一路向南，各种时兴的广告就在那里。过几天就换，每次回去都不一样。感觉高新区在不停地往南向西发展，西边说建了个软件科技园，他还没去过呢。杨英怀孕了，出去就少了，每次到高新区，都看到很多新修的路，新盖的楼。

这下子高新跑到郭杜来了。

豆芽跟着杨校长到高新一中开会，开完会杨校长和她到新纪元宾馆吃了饭，见到了高新一小、高新一中的领导，饭桌上气氛很活跃。大家都说这几年东仪子校在杨校长的带领下发展速度很快，杨校长真是办学的好手啊，杨校长就把豆芽介绍给几位领导认识，说这是我们学校最年轻的干部，很能干，很踏实，还很有水平。

豆芽就开始给在座的每一位领导敬酒，其中有一个高新区主管教育的副主任，很谦和，说了一句："欢迎年轻人到高新区来创业。"说完干了。豆芽心里一惊，看了看杨校长，杨校长笑了笑说："豆芽你也干了。"反正是红酒，干就干了。

吃完饭以后，杨校长到里面和几个领导喝茶，就让豆芽在外面等一等。宾馆里有游泳池，几个女人刚出来，用毛巾擦着头发上的水滴。高新区的人看起来都很年轻，不像东仪厂有很多老人，这里处处都洋溢着希望和朝气，这一点豆芽很喜欢。

杨校长让豆芽等她。豆芽出了新纪元宾馆的后门，在新纪元公园上溜达，公园里特别安静，小路两边草地高低起伏，中间有一条水流，缓缓的，水光在阳光的照射下很明净，树也不是很大，但却显得精神昂扬。

杨校长给豆芽打电话，豆芽说她在宾馆后面的公园呢。杨校长说："那我过去。"豆芽就在公园入口处等。

工作好几年了，都和杨校长没有过这样的休闲和接触，两个人在公园里散散步，说说话，豆芽很容易就感受到杨校长就像个妈妈一样。想起自己的妈妈没了弟弟以后，一直以糊里糊涂的样子活着，杨校长和妈妈年纪相当，却干得正起劲呢，心里挺不是滋味。

"豆芽，你想啥呢？"

"想起我妈了！"

"呀，这么大的人了还想妈啊？你结婚时我见过你妈，好像精神不太好，老是自言自语的。"

"我原来有个弟，小时候掉在皂河里淹死了，我妈就这样了。"

“哦，听袁峰他妈提起过。”

“当妈的就这样，我那儿子去深圳很多年了，我也经常想他呢。”

说着，杨校长拍拍豆芽的肩膀，豆芽觉得心里暖暖的。

“豆芽，我给你说个事情，我后年就退居二线了，我想让赵校长上来，你看怎么样啊？”

“挺好的，赵校长人很好，工作能力也强，但您正是干事的年纪，怎么说起退休了呢？”

“豆芽，我也不瞒你，高新二期要新建学校，从小学到高中，我打算退休了到高新来，甚至等不到退休。”

豆芽轻轻地啊了一声。

“我有个想法，今天带你来就是见下高新这边主管教育的领导，这些人可都是高新教育的创业者，高新教育发展很快很有空间，我想带你到高新来。”

豆芽更吃惊了，她每次路过小寨的时候，都能看到一块巨大的广告牌，上面写着到高新买房，上高新学校。这几年高新成了人们眼里嘴上的高频词，高新教育也是行业里多次组织学习的地方，她没想过自己要到高新来。

“这个事现在还是没有眉眼的事，你心里知道就行了。”

二环全线贯通了，这可是西安的大事。

豆芽和杨校长分别后，心里七上八下的，她想找袁峰商量，就打车到了太白路建材市场。从测绘局水文巷一直到南头，那边608大门往南也是卖建材的铺面。袁峰的店在最里面，当初开店的时候还没有这么多，结果外面店面越来越多了。

袁峰和几个人在门前打麻将，这会儿市场里也没多少生意，听袁峰说，开店门面上是次要的，关键是做工程走量，或者装修公司的来人定点采购呢。豆芽没有打电话就直接过来了，走到袁峰背后，袁峰正摸了一个一饼大叫一声炸弹，把豆芽吓了一跳。

大家抬起头来，这才看到豆芽，然后给袁峰说："你媳妇来了，赶紧去招呼你媳妇去，起来就散了。"袁峰说："给了钱再走嘛。"大家哈哈一笑回各自店里去了。

豆芽说想到二环上转转去。袁峰好像赢了不少钱心情大好，说："那就走，今天的钱挣够了。"然后开着车带着豆芽往南一拐就上了二环，顺着西二环走了。二环成了个圈，北郊南郊西郊东郊都可以连在一起了，车里放着音乐，豆芽难得这么开心。

豆芽就把杨校长说的话给袁峰说了。袁峰说到高新好着呢，那几十年的大厂太复杂了，历史的包袱重，杨校长也难干呢。到高新来，一切从零开始，政策宽松，体制活，能干些名堂呢。

"杨校长退休了来，我要是来算啥。"

"算啥啊，高新区和企业一样，也都是人才交流中心呢，在哪干都一样的。"

"那福利待遇咋办？"

"高新区就是高薪，你放心吧！不过这个事杨校长让你心里知道就行了，你可得保密啊，听杨阿姨的没错。"

豆芽放松了不少。

下半年，西安城里到处是迎接新世纪的气氛，城里栽种了不少花，街上的广告牌多起来了，很多都是高新区设立的。有高新区的房产，还有欢迎领导检查指导工作的，还有恭贺高新技术会议召开的，都有"喜迎新世纪，欢度千禧年"的鼓舞人心的话。

国庆节到了，满大街到处是气球、鲜花，还有放假后到处逛商场的人群，报刊亭里堆着厚厚的各种报纸，以前十个八个版面，现在都几十个上百个版面呢，都是千禧年专刊，回顾改革开放以来取得的巨大成就，各行各业加起来，顶得上一本百科全书了。

在民生生活专栏里，有一篇文章《郭耀子的千禧宝宝，西安商洛的两地情》，是杜峰写的，渲染得一塌糊涂，商洛过去如何偏僻，秦岭槽里的险象环生，如今通了312国道，行车里程从以前的近十个小时缩短到三四个小时。郭家堡从过去的远郊农村如何成了蔬菜队，又如何承载了外来务工人员和城市服务业，现在又将成为高新区二次创业的沃土。郭家堡的耀子和商洛山里的杨英又如何结缘，平常故事被杜峰写得离奇，是改革开放的春风把两个人吹到一起，又在这千禧之年有了千禧宝宝。

腊月里，杨英生下了一个男孩，取名郭新城，小名叫毛毛。

11

2000 年，长安县改成长安区了。郭家堡的人并没有太多感觉，村里人说韦曲有个小伙子发了，盖了一院子楼房，因为是做标牌的。长安的各级组织和政府部门都到他那里换牌子，改了一个字，兴旺了他的铺面，据说他连襟也发了，是刻章子的，据说他连襟的连襟是现在的区上领导。

耀子他爷出事了。是被他小叔坑的。

对于小叔，耀子上学那会儿有印象，人很灵光，学习很好，也很捣蛋。村上兴办乡镇企业那会儿，就没心思上学了，到处乱逛。耀子上初中那会儿，小叔去西安城了，隔了很长时间回来了，带了个女娃，穿着喇叭裤，在村子的涝池边穿着三点式游泳呢。村里人都说，耀子小叔是个人精，挂了个城里女娃，村里人传说那女娃他爸还是个大干部。

耀子上高中以后就再也没有见过小叔，他爷最操心这个小儿子了。有一天小叔回来了，说去南方了，一个人回来的，说要好好做生意过日子需要本钱，把耀子他大退休的补偿金也拿走了，后来说想开个电器店，需要贷款，就跑到郭杜农村合作基金会办事员的家里，帮忙盖楼房

干活呢。

那办事员觉得耀子他小叔挺实诚的，就说你需要找人担保呢。耀子他小叔就说我大是个医生，不信你去问。还用问么，耀子他爷在郭杜地面上还是个德高望重的人。他小叔就回去给耀子爷说了，他爷说你拿身份证去，需要啥我给你担着，签字画押只要你能好好过日子。

耀子他大说是贷了 2 万块钱，结果人家基金会的人找上门的时候说是 20 万，来要钱呢，他爷气得不行，说我哪辈子造孽了，我老大老老实实的，我耀子本本分分的，我都四世同堂了，遇到这件事。

这个事情以前就知道，耀子他妈本来说想想办法还了算了，结果基金会的人说是 20 万，哪来那么多钱？谁担保谁负责，耀子他爷就被基金会的人带走了。耀子接到他大的电话，就和他大到了乡上。

耀子看到爷爷的时候，爷爷正在和一群老头老太太在接受学习、讲法律，也吃着喝着，除了神情不好，也没受啥症，欠人家的钱呢，也没啥说的。他大就去给基金会的人说："儿子欠账老子还，但我现在没那么多钱，拆房子卖瓦就只有 3 万块。"钱交了，他爷就回到郭家堡了。

经过这么一折腾，来找爷爷看病的人少了，耀子他小叔又失踪了。耀子把事情的来龙去脉给杜峰说了，杜峰说："这种事情顾不上了，郭家堡要有大事了。"

高新二次创业要征用郭家堡、五桥村、邓店的地了，还有附近几个村子的地。郭家堡的地将建成高新二期的教育配套用地，而且拆迁动员大会上，来了一个西北大学的学者，讲了一段话让耀子很有自豪感。

郭家堡的地界在夏商周的时候就很有名，民国的时候，就有村民在种地的时候发现了玉玺，证明是夏朝的国家重器。商朝的时候，国都建到河南去了，周朝的时候就有王陵在村里，秦朝的时候，这里便是王都的地界，汉朝的时候就有大户人家在这里，五胡乱华的时候这里是战场，隋唐的时候这里是郭家杜家的地界，还出过宰相呢。以前听耀子他爷老说。学者讲这些话的时候，耀子他爷躺在炕上大口地喘气呢。

郭家堡还有仓颉造字台呢，以前的大宅院高门楼后来破四旧修农田水利都没有了。这里是文脉所系，所以在规划的时候就被确定成教育用地了，将来是高新区二期配套从小学到高中的地块，而且要建一个国际学校，满足高新区的外资企业员工子女上学。

动员会以后，村里的动作开始大了。这是郭杜的大事，是长安的大事，是高新区发展的大事，是西安的大事。村里人比以往任何时候都忙了，上天入地，上天就是各家在二层楼上加三层四层，都是红砖垒的，连个楼板都没有，各家叮咛着自己的娃娃少上去，再就是有些年轻人开始在地里挖呢，有人说挖出泥娃娃了，有人回来在院子里喝酒呢，说老祖先没给咱留啥值钱的东西。

耀子骑着摩托车离开村子的时候，想起小时候村子的模样，已经渐渐模糊了。

耀子的千禧儿子新城已经能坐起来了，拿着玩具咯咯咯地笑。耀子就围着婴儿床转悠，说儿子儿子，我还是儿子呢，就有儿子了，我还是个孩子呢，就有了孩子了。杨英就说耀子傻。

孩子满月以后杨英去上班，两个月不到，比特集团出事了。

老板开着车去甘肃的工厂看麻黄素的生产状况，结果车在路上跑着跑着轮子掉了，车就毁了，人就没了。杨英他爸专门从洛南到西安来，送了老战友最后一程。

回到紫薇花园的时候，杨英他爸说："私人企业都是因为一个人立威存在，杨叔叔没了，杨英你要另做打算。新城还小，你也刚坐完月子，好好养好身子再说。财务人员比较敏感，这里面水深着呢，到啥时候不管谁问，实话实说，不能做昧良心的事情。"

杨叔叔走了，就在三兆火化的，杨叔叔的家人来了，带走了一部分骨灰，在老家甘肃埋了，企业一下子乱了，杨叔叔的夫人出来主持事情。一下子蹦出来很多怪事。有电视台的女主持出来说，杨叔叔和她有个孩子，要继承财产呢，还有听说，杨叔叔在国外也有资产呢，505 也来人，说和比特集团还有借贷关系呢……

一时间，公司混乱了，就像杨英她爸说的，财务处不停地来人要求查账，公司的财务也冻结了。财务总监是杨叔叔的表弟，忙得焦头烂额，杨英有时要汇报，打电话都不接呢，很多人都联系不到。

先是公司的人乱了，后来工商的，公安的，还有很多工程的客户都来了。徐家庄派出所专门在糜家桥的公司总部派了人手，生怕闹出什么乱子来。高新区的领导来了，给大家说，要处理好善后的事情。

工资在第三个月也停发了。杨英给他爸打电话，他爸说："杨叔叔是个能干的人，你再坚持一段时间，能做的尽量去做好，然后回家照顾孩子，随时等着，配合有关方面调查。"

杨英回家了，刚开始还有电话来，后来就没有消息了。比特集团倒了，留下了很多传说，在这个城市，在高新区，留下了很多故事，很多的老高新区人都记得，当年的高新路上一溜出来很多辆高级轿车，都是西安人没见过的。比特集团升国旗的时候，员工都穿着统一制服，高唱国歌。

杨英回家以后，没有了工资，杨家人和郭家人都说："先把新城养好，其他的事情再说。"耀子看着可爱的儿子，终于下决心离开了西京公司，到了二环边上的安馨园大厦，在六楼的一间办公室里，开始了另外一个差事。

有家厨具企业要在西安设立办事处，就在《华商报》上打出了招聘启事，那一段时间，全国各地的大公司都在高新区设立了办事处，都在当地招聘办事处主任。

耀子赶到高新区的青松大厦去应聘，敲门进去的时候，是一个年轻的女孩子开的门，操着一口南方的口音："侬找谁，来应聘的，带简历了吗？”然后把耀子引到里面的一间办公室。

“姓名？”

面试官和耀子年纪差不多，低着头看耀子递过去的简历。

“郭耀子。”

“耀子炒豆芽啊。”

耀子一惊，看过去，面试官依然低着头，头发上光溜溜的，打着发蜡，刚才是心跳，现在是心惊肉跳了，怎么有人知道这个很多年前的玩笑话。

“豆芽现在干吗呢？”

“豆芽儿，现在教书呢，以前在东仪子校，好长时间没见了，听说去高新一中了。你谁呀？”

“老实交代，你到底炒没炒豆芽？”

耀子有点生气了，很显然，眼前这个家伙是认识他们的，应该是他们的初中同学吧，声音也挺熟悉的，但过去五六年了，想不起来了，他快速地在脑海里想这个人是谁呢。

“哈哈哈，郭耀子，你还没死啊！”

耀子这才想起来，是胡子。原来在班上大家都叫他胡子，是翟家堡村的，名字都记不起来了，只记得这家伙冬天里鼻子下面掉两桶鼻涕，脏兮兮的，棉袄袖子上总是明晃晃的。

可眼前的胡子干干净净，穿着藏蓝色的西服，头发梳得油光，上去个苍蝇估计都得掉下来。

老同学见面格外亲切，耀子和胡子当晚度过了一个美好的夜晚。当然第二天，耀子就成了那家厨具企业的西安办事处主任。

豆芽、耀子、杜峰，还有胡子聚会是在三个星期以后的新纪元宾馆。

这么多年没见了，以前都没有联系方式，同学们都失联了，大家都

在按照各自的轨迹生活着。杜峰说：“我们就像风信子一样到处飘落。”胡子喝着酒说：“还风信子呢，那就是个羊蒿，遇到大风了，吹得四零八落。”

胡子说：“我初中毕业以后就去了温州，先是在一家电子厂打工，也没挣啥钱，后来到了一家服装厂，那也是个村办企业。南方雨多，那天刚进来一批布，在工厂院子里放着，雨来了，打工的娃都跑过去躲雨了。我觉着可惜，咱北方娃吃苦习惯了，就像小时候跟着大人下雨天龙口夺食呢，就跑过去把那布匹往屋檐下挪了挪。结果这么个小事被老板看到了，老板觉得我还行，就把女儿许给我了。南方女子身材还行，就是满脸粉刺疙瘩，说话大部分听不懂，人家和她妈她爸说话，我也听不懂。后来做电器生意，厨具就是我们的品牌。厨具这块业务就给我和媳妇了，现在南方市场华北市场都很稳定，要开发西北市场了，要招个办事处主任，一定要找当地人，人脉熟悉的，老实可靠的，能吃苦的，我们的文员把耀子的简历拿来了，我一看，乐了，真是老天让我们几个老同学相聚呢。”

耀子就端起来敬酒：“多谢老板栽培。我这老婆刚失业了，你家侄子还小呢，我也刚出来就碰上老同学了，都是缘分啊。我干了，你随意。”胡子就说：“你客气啥呢，来，豆芽，杜峰，你俩都是杜家桥的，我代表翟家堡的敬你。”郭家堡的敬杜家桥的，杜家桥的敬翟家堡的，一会儿大家都糊涂了。

豆芽说不能喝，一直在喝汽水呢，不过很开心。

胡子说：“我一直很好奇，耀子炒豆芽，那是我们同学都知道的，豆芽豆芽，我问耀子呢，耀子不说，你说，你被炒了没？”

“炒你个头？”

耀子就笑：“我想炒呢，豆芽不让呢！”

“耀子你喝多了！”

杜峰说:“酒壮怂人胆，耀子你想炒不?”

“想呢!”

老同学见面第一次喝得太多了，豆芽看时间不早了，就说明天要上课呢，就走了。她出了门，耀子跟了出来，她硬是把耀子推进去了。出了门，科技路上的灯光明晃晃的，走了一段，在高新路十字转向，朝南走，夜光照耀在空中，清冷无比，她给袁峰打了电话，没人接，就回高新一中宿舍了。

三个老同学还在那里继续胡吹呢。

胡子说:“我初中毕业，耀子你高中毕业，杜峰你大学毕业，咱三个就是三个等级呢。”耀子说:“另外还有三个等级呢，你是领导，我是打工的，杜峰也是打工的。”杜峰说:“胡子你是老板，耀子你是给自己干呢，我算给谁干的。”

干完了杯，胡子拎起酒瓶子，一滴都没有。“说好了，咱们开始下一场。”“还有下一场?”“耀子，你现在是我的西北区主管，不听话了?”“听听听，那好，走，耍去。”三个人出门坐车来到了明德门的金水阁。

都晕晕乎乎的，一进金水阁，两排女孩都在弯腰，嘴里整齐地说:“老板晚上好，欢迎光临。”然后出来个领班，胡子刚才打过电话的，领班出来挽着胡子的胳膊说:“翟大哥，都给你安排好了。”胡子就往领班身上靠。金水阁的阳光很刺眼，耀子有点清醒了。

一到包间坐在沙发上，领班开始打开对面的电视，胡子喊叫着:“老规矩，先来一首《少年壮志不言愁》。”随后领班就出去了，不一会儿，包间的门开了，进来一溜的女孩，穿着亮闪闪的衣服，紧紧地裹着身子，都弯腰说老板好。

胡子显然很有经验，对杜峰和耀子说:“老大、老二，你俩先来。”杜峰和耀子都没有动。胡子说:“咱们是啥啊，是三铁。”说话间，显然是喝多了，舌头都不是直的，长安县方言都变了，大家还以为南方来的呢。

“那我就来了，你过来。”然后从一排女孩里出来三个人。然后就开始喝酒唱歌。耀子不大会唱歌，喝点酒有点晕乎。

歌厅里闪烁着光怪陆离的光束，话筒的传播把最难听的声音都装饰得有点节奏了，声音里充满着酒气，晃动着暧昧。

当耀子醒来的时候，他坐在包厢的马桶上，杜峰走了，胡子在沙发上呼呼大睡，音乐停了，霓虹灯还在闪烁着。包间的地面墙壁上都是各种色彩在变换，变换的光怪陆离。

12

春节过后，郭家堡着火了。

这种火是拆迁带来的，是村民们心里的火，是这片数千年来生长着黍麦稻粒，滋养着一代又一代村民，迎来送往过朝代更替的刀光剑影。如今，他们在自家的家园上过了最后一个春节，就将交出土地，整齐迁移，这样将迎来新生，迎来高新区带来的汹汹时代的惊涛骇浪。

这里的土地将生产楼房，社区，厂房……

耀子他爷开始神魂颠倒了。

自从耀子他小叔贷款 20 万合作基金失踪以后，基金会的人来了村里很多次，甚至搬走了电视，拿走了屋里值钱的东西，最重要的是击垮了这个风烛残年的老人因为给人治病带来的尊严和自信，尽管村里有同样遭遇的人家还有，但对耀子爷的打击是最大的。

过年的时候，耀子的弟弟顺子从大学回来，坐在爷爷身边，流着眼泪。这哥俩对爷爷的感情很深，耀子他大当铁路工人在外十多年，他妈养活两个孩子，种地里的庄稼，省吃俭用，忙得要死，只有爷爷带给哥

俩亲人的温暖。

爷爷摸着顺子的头，爱怜地说："我娃争气了，咱老先人留下的书没有了，留下的家产没有了，现在这房子也要拆了。"

老大在院子里拾掇些旧东西，能卖的都拿到郭杜镇上的收购站卖了，他妈屋里屋外地转悠着，嘴里念叨着，这是生耀子那一年置办的高低柜，还结实呢，为了这个柜子，我半年都没吃肉呢。

兄弟俩自然记得爷爷、他大一辈经历了多少苦难，家里的每一个物件背后的故事，只是跟着父母在收拾着家里的东西，和村里所有的人一样，心情格外复杂。

耀子他爷说："我那重孙子回来了么？"老人说的是耀子的儿子郭新城，过年的时候，杨英抱着一岁多的儿子回洛南娘家了。村里拆迁的事情闹得紧，耀子走不开，就在年里每天给杨英和孩子打个电话。

顺子过了正月十五走了。他妈说，等家里安顿好了，给你地址。你再回来这里就没有了。顺子上学的地方在很远的成都，他大送顺子上学去过一次，其他人都没有去过。爷爷总是念叨成都的好多传闻和故事，又是三国刘备和诸葛亮，又是少不入川的老话。

耀子他爷白天的时候，下来走走，到村道里转转，和老哥几个聊聊天，总是有气无力的，回来就倒在床上睡下了。到了夜里反而清醒异常，经常坐在电灯下，拿根毛笔，在一沓纸上不停地写着，有时候停下笔到院子里走走，抬头望着天空，一副老来世事洞明的样子。他大说："你爷在写村子的历史和家族的事情呢。"

郭家堡没人关注耀子他爷的事，都在忙着收拾家里的东西，都在计算着政府给的过渡费到哪里租房比较划算，三年的过渡期，三年后他们又将到哪里去，还有就是竖起耳朵在打听着各种消息。自从村长带着拆迁工作组进村后，他们的神经一天都没有放松过，到底赔多少钱，邻家赔多少，还有就是各家开始面对工作组的入户协商，每个人算计着即将到来的高额财富。

耀子家要去的地方年前就商量好了。

杨英她妈来伺候月子以后就没有走，郭家堡的情况他们也是知道的，再说已经退休了，就干脆照顾女儿一段时间。再说比特集团出事后，杨英担惊受怕，再去哪里工作的事情也是问题，孩子小，就在家里待着。她妈就在西安待了一年多。

小新城自然是这个家里最大的宝贝了。耀子他妈没事就往紫薇花园跑，今天从村里带过去了老母鸡，明天又从老屋子里收拾出来个拨浪鼓，一堆一堆的东西往紫薇花园拿。

亲家母两个都是洛南人，见了面有说不完的话，县城怎么样了，西门口那个豆腐坊还在不，保安现在种烤烟了，水司峪的年轻人都去外面打工了……

两个人聊着天，看着孙子开始笑了，开始爬了，开始坐起来了，高兴得不得了。耀子他妈一待就是大半天，赶着最后一班车回到郭家堡来，又好几次都是耀子骑摩托车送回来。他大在家守着老父亲，他妈一回来，父子两个就凑上去，要听孩子的事，耀子他妈说完了去干活了，两个人还站在那里，听不够。

全家的意思是到紫薇花园租房住，就和耀子住在一个院子里，打听了租金，说是要五百多块钱，合着耀子房贷的五百多块，全家的固定支出就要一千多了，给的安置过渡费还差一些，但是全家都可以照顾小新城，这是最值当的事情。过几天，他大回来说，郭杜南边的村子里房租便宜，才二三百，要不去那儿住，省出来的钱能买奶粉呢，所以顺子走的时候，确定了的事还在那儿悬着。

过了正月十五，拆迁正式启动。先是高新区二次创业誓师大会在郭家堡周围几个村子里隆重举行。来了很多领导，各种工作组表态发言，

领导讲话，附近几个村子的村长都上去表态了，各种机械都来了，挖掘机凶恶地昂着头，头戴安全帽的施工人员站了一大堆。

村里的男女老少都来了，小孩子才不管那么多，依然在场地上乱跑，震天的鞭炮声之后，就跑去捡地上的炮。年轻人眼里闪烁着激动的光芒，只有老人们拄着拐杖，神情复杂地看着，听着。

随后的一个月时间里，各家各户都迎来了工作组的人，进户丈量，协商，然后签字，这种事情没有一次就搞利索的，反复很多次，各种的纠结。一户来人了，村里其他人都很紧张和关注，大家都在打听比较，村干部带着，两头说话，争取能早日把字签了。

村道里从来就没有这么热闹过，原先租房的、办厂的、搞小买卖的，大车小车地拉着自己的行李走了。各种收废品的、揽活的都到村里来了，家里劳力少的，男人不在家的，都回来了。

耀子更是三天两头地往回跑，他刚应承胡子西安办事处的事情都顾不上，好在都是同学，也不计较，都是新招来的五六个人在忙着跑业务、追款、发货。

胡子给他交代了两个重要的事情就回到南方去了，平时都是电话沟通和交流。一个是南方拆迁的经验，要么是先进，争取奖励，要么是熬到最后，当钉子户，和拆迁组耗。再一个就是粉刺妹，就是应聘那天看到那女孩，那是胡子老婆派来的财务，有啥拿不准的事情及时打电话。

耀子和他大商量了一下，耗不起，新城还小呢，需要照顾，他刚接了办事处的差事，每个月能挣二千多呢，也不能误了。顺子在成都上学，他爷又时好时坏，就当个先进吧，于是很利索地签了协议，拿到了三千块钱的奖励。

耀子他爷确定了搬家时间，二月二龙抬头那天，他爷早早起来，在院子里设置了香案，带着他大、耀子磕头作揖，然后他大替顺子，

12

耀子替新城给老先人上了香。他爷收拾了最后的东西，就是一箱子的旧书和正在写的纸张。他大把搬不走的几个原来装粮食的瓮砸了，耀子他妈哭哭啼啼地锁了门，一家人坐着袁峰叫来的厢式货车离开了郭家堡。

临走的时候，耀子他爷咕咚一声跪下了，老泪纵横，耀子全家经他爷这么一跪，全家人都哭了，郭家堡也哭了。

袁峰在郭家堡拆迁的时候，又和车打上交道。不过这一次，他带来了一个车队，是拉土车。郭家堡的人第一次这么密集地看到这么大的家伙，成群结队，在往后的三年间，这些拉土车都是郭家堡土地上横冲直撞的主人，当他们再次消失的时候，郭家堡已经是高新区一片新的阵地。

耀子接到袁峰的电话是在一个午后。

耀子赶到新纪元宾馆旁边的日月潭的时候，袁峰正和两个人在洗脚，包间里有四个床位，另外一个是给耀子留的。

耀子进来的时候，袁峰正在坐着，扶着洗脚丫头的胳膊，那丫头哎呀一声就起来端着洗脚盆出去了。袁峰叫耀子进来，先是给耀子介绍了下。

“这是三哥。”旁边一个小老头冲耀子点点头。

“那个是福建来的孙总。”孙总正在洗脚，顺手给耀子递过一支雪茄。

“老李，这是我老婆的同学耀子，郭家堡的。”

“哦哦哦，好好好，先躺下洗脚。”

进来一个洗脚妹，端着洗脚盆在前面凳子上坐下来，然后给耀子脱鞋，除去袜子，耀子就顺势躺下了。

“耀子，你们郭家堡开始动迁了。”

“是啊，年后。”

“今天叫你来，一来是认识下我几个朋友，再就是给我们说说你们郭家堡。三哥，你知道的，那年我被打了，晚上去你家说过的。”

耀子想起来了，就是那个对学生很好的民办教师呢，看样子真是，其貌不扬的，但听袁峰说，在南郊这一片说话还是挺管用的。

三哥已经金盆洗手了。“哥几个，我们三哥可真是金盆洗手呢，那天我去了，很有仪式感啊。还真是一个金盆，三哥上去洗手，烧香，和一些朋友讲过，今后要好好做事，三哥说了一句话我记住了，高新区大发展，我们当可为啊。”

三哥笑了笑 。

“24 台车已经定下了，哥几个入股的钱得及时到位啊，三哥的钱已经到了，你两位哥哥尽快啊。”“没问题，按说定的办，我们初来长安地面，还要仰仗三哥和袁峰兄弟啊，有钱一块赚。”

“我们耀子兄弟本乡本土的，孙哥你关心的事情，让耀子兄弟给你说说，地面上的事情交给三哥来打理啊。”

“耀子兄弟，都是自己人，我就直说了，我们瞅了一个地方，想在地下抠点东西呢，听袁峰说，你爷爷对这块地方挺有研究，你给我们讲讲啊。”孙总方言很重，不过耀子算是听明白了。

“具体我也不知道，就是听我爷爷说起过，我们家原来是这里的大家子，后来几十年变化很大，我们祖上好像出过个宰相，哪朝哪代不清楚了，家谱后来毁了，我爷我大不太说家里的事情，我知道的也不多。”

“你们家原来的祠堂是不是就在村里小学那块地？”

“那时候我小得很，记忆不深，反正上小学的时候，就在那里上学，好像是个庙吧，墙上有壁画呢，柱子很粗。院子里有好几个很粗的树，那院子门上有块匾额，上面的字我记得：光前裕后。但不长时间，村里的树被砍了，匾额也没有了，后来屋子塌了，土墙也没了，我上四年级都到五桥村那边小学去了，这个院子就荒了，后来做了生产队的保管室，村委会还在那里待过，再后面就是我们村的晒粮食的地了。那会儿年纪小，都忙着上学呢，村子变化也大，老人也都走了。这几年变化更大，很多事情都记不得了。”

郭家堡没了之后很多年，耀子渐次听说了很多事，说是挖地基施工的时候，很多人从地下挖出值钱的东西了，有些怕影响工程进度直接埋了，有些施工的工人发了家。来了很多外地人，在拆迁的时候找各自想要的东西呢。

耀子的第二个孩子出生的时候，满月宴上，他喝多了，他想起了他爷，想起了那天在日月潭和袁峰说的话，心里特别难受。耀子一家从郭家堡原有的土地上搬走了，带走了关于这个村子的记忆，而留下的东西呢，耀子眼前一片模糊。

后来，他经常路过书院门，在古旧市场上，他能看到一些旧的物件和东西，那些物件他都很熟悉，就在郭家堡各家各户的院子里，墙壁上，炕头上，甚至房屋下面，外面的田地里，但都在瞬间消失了。

散落在生活的记忆里，散落在那一年春天的阳光里。

新城过周岁的时候，杨柳来看杨英了，她俩说是干姊妹呢。

周岁的庆贺是在电子城军人服务社旁边的湘瑜湾酒楼办的，杨英抱着小新城来了，小家伙肥嘟嘟的，大家都喜欢逗他玩，小眼睛贼溜溜地到处乱转。杨英她大也从洛南过来了，耀子他大陪着杨英她大说话，耀子的爷爷也来了，兴致特别高，也喝了点酒。

老人们结束以后都回到紫薇花园继续说话了，杨英她妈抱走了孩子，其他年轻人说是出去玩一玩，还是袁峰建议，到美院附近的好乐迪去，那里新开的，音响不错。

大家先是唱歌喝酒，杨英要给娃喂奶呢，不能喝，好久没出来放松了，就是在那里唱歌。耀子跑过去，和杨英唱“夫妻双双把家还，左手一只鸡，右手一只鸭，还背着个小娃娃”，大家都鼓掌呢。

袁峰接个电话要走了，杜峰说报社安排去山西采访个煤矿发生矿难的事情，就着急走了。耀子催促杨英赶紧回家呢，杨英不愿意，好久没出来了，还想待一会儿，就在旁边坐着。豆芽和杨柳也是，不想回，唱了一首又一首，边唱边喝，有点高了，耀子只好在一旁陪着。

三个女人一台戏。

“杨英啊，不是看在我侄子的份上，不是我侄子要吃奶呢，你得喝酒，你是个女人了。”豆芽有点晕了，端着酒就过来了。

“我喝我喝。”耀子拿过酒杯。

“没看出来，你个郭耀子生的娃还挺漂亮。”耀子喝了酒。

“耀子，你那年去我们学校找豆芽，我记得你，豆芽给我说过你们上学那会儿‘耀子炒豆芽’的事，你咋没炒了豆芽，炒了我们杨英呢。”

杨英坐那儿笑盈盈地看着两个醉女人逗自己的老公呢。

“我那会儿不懂事，发育晚啊。”

“还发育晚啊，你上初三就耍流氓呢。”

“我咋了？”

“你挑逗人家豆芽呢。”

“怎么可能？”

“来来来，胳膊拿出来。”杨柳不依不饶地，拉过耀子的胳膊，打起弯就捏了捏，“你那么小就这么坏呀？”

“我真不知道。”

豆芽和杨柳已经把耀子压在好乐迪的沙发上灌酒了，杨英就扑过去掐耀子。

杨英说：“你得亏没找我们耀子，耀子人老实，不像你家袁峰那么有出息。”

“出息啥……”豆芽突然提高了声音，然后哭起来。

大家都过去安慰：“豆芽豆芽你咋了？”

杨英也是老实人，说：“你俩赶快要个娃啊。”

豆芽开始坐在沙发上，真的就开始哭了。

杨英和耀子不知道该说什么，杨柳说：“你俩先回，豆芽喝多了，我带她回去。”回哪里呢？回袁峰的家显然不合适，送到高新一中宿舍去又不放心，杨柳说带豆芽去她家。

紫薇城市花园，豆芽醒来都是半夜了。

豆芽摸索起来想喝水，惊醒了一旁的杨柳，杨柳起身拉开灯问：“咋了？”豆芽说渴得很，杨柳就起身去厨房接水。

“喝多了？”“是呀，你咋喝那么多？我也晕了，今天是小新城过岁呢，人家没喝多，把咱俩喝多了。”两个人就开灯盘腿坐着。

“还一直想问你呢，你和袁峰咋样了？还没娃。”

“哎，有过，不想要，打了。”

“啊——咋回事。”

“喝酒了回来胡搞，娃能要不？”

“经常这样啊？”

“不喝酒就忙着呢，回来累得要死，没心情咋要娃？”

好半天两个人都不说话。

“要是你和耀子在一起，估计都有娃了。”

“说笑吧，我和耀子没啥，那会儿都是小屁孩，耀子人实诚呢，也没动那心思。那会儿都是孩子，都没长大，不知道啥，就是遇到啥便是啥啊。”

“袁峰对你不好？”

“好着呢，就是老忙着事情。生意这个事，一旦进去了，就出不来了。这样那样的事情，只能往前赶，他也没办法，接触的人多了，总要应酬。做事，这个事没完，那个事情又来了，只能往前走啊。”

“不过，很快就有个家了，郭家堡拆了要建个楼盘，叫紫薇田园都市，听说要建别墅呢，袁峰想买个别墅，听说五六十万呢，到时候有家了，也让袁峰歇歇，是该考虑娃的事了。”

豆芽起身上厕所去了。

豆芽回来的时候，杨柳点了一根烟正在抽呢。

“咋还抽烟了？”

“心烦的时候就抽。”

“你还心烦，活得逍遥的。”

“逍遥个屁，咱同学毕业这一转眼都四五年了，社会发展这么快，各有各的烦恼。”

“你烦恼啥呢？看你一天滋润的，上一次你带我去东大街酒吧，回来好久我都怀念呢，你天天泡酒吧，还烦啊。”

杨柳突然哇地哭了。

过了很久，杨柳才停下来。

杨柳第一次给豆芽说起她的故事：杨柳家在周至，上小学那会儿，她妈就离婚了。她妈是周至当地歌舞团的演员，人长得漂亮，就和领导结婚了。歌舞团后来不景气，她爸就带着全团演员开始走穴，去了南方。她爸常年在外，就和歌舞团一个年轻演员好，一起留在了南方。

豆芽抱着杨柳，杨柳像个孩子一样在她的怀里睡着了。

第二天早上，豆芽给杨柳说：“高新区要在二期成立学校，我被调到筹备组了，过段时间就要忙了。”

杨柳给豆芽说：“我不在房地产干了，和别人合伙开加油站呀。”

“你哪有本钱啊？”

“我就是本钱，北郊从甘肃迁来的延长石油知道不？有个领导要干，我只是出个面而已。”

“你不会？”

“会！”

13

杜峰结婚的消息实在是太突然了。

豆芽给耀子打电话说杜峰要结婚了，耀子半天都没反应过来，

“跟谁呀？杨柳么。”

“不是，我也是刚知道，说是陕西电视台的记者，同行。”

耀子这才想起来有好几个月没见杜峰了，家里拆迁，新城太小，办事处的事情贼多，每天忙得跟陀螺一样。

豆芽说：“杜峰叫的人也不多，那女娃是宝鸡的，已经在宝鸡办了一次，杜家桥也搞了一次，这次就是请几个老朋友坐坐。”

“看样子你早知道了，也不说一声。”

“我真是不知道啊，杜家桥办的时候，我也没回去，最近也是特别忙，高新二期不是要盖学校么，我抽到筹备组了，天天往你们郭家堡跑。”

耀子想起来已经好几个月没回去了。

婚礼订在高新区的大香港鲍翅酒楼，挺高档的，耀子自从把厨具的西安办事处搬到高新国际大厦以后，每次从南二环一拐到高新路上，就能看到大香港的招牌，本还想着等啥时候宽裕了，带杨英去吃一顿，没想到杜峰先安排上了。

耀子和杨英抱着娃赶到大香港的时候，在门口给豆芽打了电话：“随多少礼啊。”豆芽说：“我还正想问你呢，六百咋样？”“差不多了吧，平时咋也是二三百呢，看在这小子请在大香港的份上就六百元。”

等了一会儿，豆芽来了，和杨英打了招呼，接过小新城抱起来，三个人都往里面走。东边角落的地方有三张桌台，杜峰在给他们仨招手呢。见了面，都惹逗娃呢，杜峰赶紧给他俩介绍了新娘子。

新娘子个头挺高，好像比杜峰还高些，不过站在一起差不离，握手笑着说：“听杜峰总提你俩呢。”座位上还有《华商报》、电视台的好些人，有好几个杜峰以前带着见过，都互相打着招呼。

人差不多了就开席了。

吃着喝着，大家就聊开了，大部分都是做媒体的，都在说着新奇的事情。南二环和西二环拐弯的地方，有个满汉全席，有一次来了十二个神秘的客人，一桌饭花了三十六万，有的说是陕北来的煤老板，有的说是政府官员，有个人说，这事我知道，然后神秘兮兮地给邻座几个讲呢，声音低了，再加上大家喝酒特别吵，耀子没听见。

大家开始起哄：“讲讲你和新娘子的生死时速，凄美奇缘啊。我们听到的都是民间版本，这一次得你亲自说。”

杜峰说：“好好好，讲一讲。去年，咱陕南安康到山西去了一批民工，结果死了不少人，到底是多少也说不清楚，民工告到省上，省上和山西那边沟通，报社就派了我们三个人去暗访。我的天啊，车一到山西地界，司机就换了山西牌照，即使这样，还是到处都有人挡呢，多亏北京的媒体朋友打掩护，他是提前到的，在宾馆等着，我们说是来谈业务的，才蒙混过关。到了酒店，看到了咱陕南的民工代表，结果每个人掌握的情况都不同，数字对不到一块，只好一个一个落实。就这样，一会儿矿上就来人了，我们只好冒充民工家属。你们是没见，那些民工的情况真是让人同情，这时候，有个人说矿上有个人了解情况，算是个有良心的工头，但是出不来，只有个电话，只好晚上去。

“我们仨就晚上去了，到了矿区附近就熄灭了车灯，让司机等着，随时接应。一赶到那里，给知情人发信息，才算是从山背后绕道见到了人，一见面，那个人就哭了，说当时的矿井塌陷的惨状，他夜夜做噩梦，他知道的死难者有些有名字，有些没名字。

“正说着，外面有人进来了，大喊一声，呼啦啦来了十几个手持棍棒的，我们三个人分头就跑，后面的人就撵，我到黄河边了，心想着对面就是咱陕西韩城，跑过来就没事了。

“我从小在皂河里玩，水性还可以，等我跑到黄河边，其他人没见了，又看到一女的。”杜峰拍拍新娘子的肩膀，新娘子笑了笑。

“眼看着人赶上来了，一条狼狗在夜里乱叫，手电筒明晃晃的，我急了，一问是咱陕西台的。我拉着她就往黄河里跳，拽着她硬是过了黄河。”

大家都开始沉默了，杜峰说完后，一个年长的人站起来，端起酒杯：“来，让我们为我们的新闻理想干一杯。”大家端起杯子喝酒。

豆芽、耀子还有杨英听杜峰平静地诉说这一切，能想得到当时的惊心动魄，没想到干新闻这么冒险啊，也端起酒杯来，祝福杜峰新婚快乐。

他们也知道了新娘子叫柳娟，杜峰叫娟子，他们也跟着叫娟子。娟子说：“前几年陕台扩频道开办卫视节目，我从宝鸡电视台过来了，现在台里的人很多都是这样的聘用人员。”豆芽说：“难怪现在电视节目多得都看不过来了。”

耀子再次回到郭家堡是一个晚上，他是接到豆芽的电话，让一个朋友开着车载过来的。豆芽在电话里说，她从学校工地里出来，在路边碰到耀子他爷了，一个人在那里转呢，好像有点迷糊。

豆芽就过去问了：“这么晚了，你在这干吗呢。”

“我看着我们村子咋不见了。”

“拆了，要开发呢。”

“嗯，我想再来看看。”

“还不回去呀。”

“我站在这里就是我家过去的院子，我多看会儿。”

豆芽有点不放心了，看老汉的神态不对。

“你现在住哪？”

“和我孙子住紫薇花园呢。”

豆芽知道这里过去是郭家堡，又住在紫薇花园，想起是不是耀子家，一问老汉，还真是耀子家呢，就赶紧给耀子打了电话。家里人看老爷子这么晚了没回家，正着急呢，一听跑回到郭家堡了，赶紧让耀子去接。

车从太白南路走到西万路十字，耀子就很感慨地说：“十几年了，这条路变化很大，修了有十多遍了，现在整修得很宽，完全没有过去的样子了。”他脑子里都是过去的样子，坑坑洼洼的土路，两边的庄稼，过去种菜收菜秋收夏忙的样子。

到了西万路十字，西边是高耸的广告牌，对面也是，写着紫薇大卖场的字样，他也搞不清是弄啥的。车往前面一拐，过了一段路，就是他村子原来的地界了，可是现在都拆成了平地，堆满着瓦砾，拉土车不停地从旁边驶过，速度都很快，塔座的灯柱里满是灰尘。

不断地看到夜猫从车前划过，也有野狗来回地跑，一段路上有很多，吓得朋友不停踩刹车。耀子想，这些都是过去村里的狗呀，猫呀，这些小动物比人还恋家呢。再说搬走以后，很多人家都住楼房了，猫狗

也没法带了，它们就成了流浪狗猫。耀子心里挺酸的。

到了高新国际学校门口往南拐弯的地方，耀子看到路灯下有两个人，心想这一定是爷爷和豆芽了。到跟前耀子拉着爷爷的手，冰凉，就连推带抱地把老人送上车，问豆芽你去哪啊。豆芽说先到时代广场旁边的办公室拿个文件，然后去长里村那边的配套公寓宿舍住去。

“不回家了？”“周末回去呢。”耀子让豆芽上车送她过去，豆芽想想也就上车了，反正也不远，现在整个园区都是民工，也不安全呢。

厨具西安办事处的工作推进得很顺利，耀子和几个员工天天跑工地，在新建小区里做宣传，加上厂家在电视报纸上投放广告，产品的认知度还是很高的，看样品、签合同、通知厂家发货，然后催收账款。

除了住户外，耀子主攻大型超市的电器柜台。前几年，家世界刚到西安的时候，在西郊那里开了第一个店，好家伙，可以进店自选商品，新事物让整个西安城的人都跑去了。

有的人就在里面直接拿东西吃喝，吃完了放下就走，很混乱，后来就慢慢好了，西安人也适应这种大超市了，服务挺好的。有一次他和杨英去逛呢，杨英拿个水壶看，放回去的时候没放好，结果水壶掉在地上碎了。

耀子就推开杨英，大喊：“这水壶没放好掉下来碎了，吓了我一跳。”超市的工作人员赶来了，耀子就批评超市工作人员，“东西要放好，刚才把媳妇都吓着了，吓坏了肚子里的孩子咋办？”工作人员赶紧道歉，耀子就和超市的负责人联系上了，留了电话。

杨英说平时看你老实巴交的其实贼得很，又说起他俩刚认识那会儿，坐公交车呢。两个人都在车里站着，抓着扶手，结果车晃来晃去的，杨英没站好，踩了耀子的脚，耀子结果一脸正经地说：“小姐，麻烦你站好了，踩到我了。”

杨英回头一看，耀子装作不认识自己，气得说：“你神经病呢。”耀子提高了嗓门，说：“你看你这人，踩了脚不道歉，还骂人，你说谁神经病呢。”满车人都看杨英呢，弄得杨英下不了台。

杨英气得不理他，到前面站了就下车，耀子赶忙跑过来拉着杨英的胳膊说：“和你耍呢，你还生气了。”

小新城长大了，会走路了，耀子有时到超市看场地或者查看样品摆放，就带着杨英和孩子。北郊开了个大明宫，开业那天就带杨英去了。他们上了二楼，一家卖洗脸盆的看起来不错，耀子就到里面去看，杨英和小新城在外面转呢。

外面放了个样品，小新城就扒着玩，结果掉下来了摔碎了，吓得小新城哇哇大哭。老板出来一看面盆碎了，就让耀子赔，一问就得二千三百多呢，好贵啊。耀子让杨英带着娃去转去，把娃哄一哄。

然后，他就坐在店里，跷个二郎腿，拿份报纸看，还吩咐店里的娃给他倒水，说渴得不行。老板一旁站着，急了，说：“你赔不赔。”耀子问：“赔多少钱，二千三百元，少了，至少五千元。”

老板想不明白了，说：“拿来呀。”耀子说：“我是让你赔我呢！”“凭啥啊？”“把我娃吓着了，精神损失费啊。”老板急了：“你这不讲理啊。”

耀子就起身站在店门口，恰好门口是电梯，他就站在门口说：“各位南来北往的老少爷们，这家店不敢进，这老板不是卖东西的，是放在门口让你看的，你一摸就倒了就碎了，让你赔呢。我娃刚才就肇祸了。”

开业呢，人多，路过门店的人都停下来看热闹，老板又急了，就想打人。耀子躲开了，“大家看看，还打人呢。”这时候，好几个保安过来了，听说了事由，让去办公室谈。耀子说，“我傻啊，到办公室里去，

你们打我一顿咋办？”

看热闹的人越来越多。这个时候，有个人走过来问咋回事，耀子看见这个人衣服上挂个牌牌，上面写着经理的字样，就说讲理的人来了，拉着经理坐到店里，把老板晾一边了。

经理听说了事情缘由之后，问耀子：“你不该赔？”

“我先问你个问题，商场开业的时候，你想没想过会有小孩子这样的顾客？”

“啥意思？”

“小孩子来了爱摸爱翻腾这正常不？”

“正常。”

“那你把面盆放在外面，想到过会有人摸了弄碎么？”耀子问老板。

老板看着经理不说话。

“你要是写‘禁止触摸’，我娃摸了，算我的。你又没有写，说明能摸，但是安全问题是由你负责的。”

经理点了点头，老板气得满脸铁青。

“你知不知道，去年开园商城一个小孩从电梯上掉下去，法院最后咋判的，赔了家长多少钱，钱是小事，你替孩子们想过吗？”

“我明白了，你的事情商场来处理，这位先生说得有道理，是我们的问题。”经理转身对老板说。

“你是律师？还是记者？”

“我就是厨具西安办事处的，全国各地的商场都见过。”耀子说。

后来耀子和大明宫商场的经理就成了朋友，厨具的业务也进去了。

袁峰又惹事了。他到火车站去送福建的孙总。到火车站以后，到处没有停车的地儿，看着时间紧了，就顺便在城墙拐角边上一停，提着行李就随着孙总走了，把孙总送进站。

返身回来走到车跟前一看，袁峰傻眼了，车玻璃被砸了，自己的黑皮包不见了，里面还有三千多块钱呢。他一惊，赶紧打开后备厢，袁峰快哭了，后备厢里面刚收来的一个老货也没了。

北郊建筑工地上挖出一坛“西汉美酒”引发了轰动。虽然现在西安城的规模不及唐朝的六分之一，但王朝建都时间长，地底下东西多，惹逗得各地的文物贩子兴奋异常。最近袁峰刚花了八万多弄了个老货，还没出手就这样丢了。

袁峰看着眼前的火车站广场人来人往，火大得不行。这时候，一个市容过来了，吆喝着袁峰把车开走。袁峰正好找了个发泄口，结果就和市容干起来了。

又是豆芽赶紧给杜峰打电话说了情况，她知道杜峰整天在外面跑，办法多。杜峰一听是市容说好办。西安大街小巷都是各种报纸，都是各家自己发行呢，黄马甲，红马甲，街上也有卖报的人。

刚开始《华商报》《今早报》还有《商报》一大堆都是市民报，和《西安晚报》竞争得厉害，也不知道是不是有意的，市容就到处收这些报纸。报社就联合起来“炮轰市容”，专门找市容的事情，弄得市容成了老百姓最不待见的行业，很被动。

袁峰就到市容那里去说情，也没报案，双方很快和解了。

但东西咋办？袁峰赶紧给老三打电话，老三安排人就到东门的鬼市上去查，到长安县的孟村去查，然后联系火车站一带几个街道的人，消息放出去一周以后，老货算是拿回来了。

袁峰也是出了血，皮包砸车都不算了，在南二环国画院楼上的雪花酒店请了两桌的人，临走一人一个红包，带两条中华烟，花了一万多才算把事情摆平了。

袁峰回来给豆芽说：“出门一定要当心，公交站上下特别要注意。”

东门里的鬼市，也不知道从哪个年代开始就流传下来了，遛鸟逗蛐蛐，水深得很。

“你知道惹逗蛐蛐的刷子毛是啥做的？”豆芽瞪大了眼睛。“是老鼠的胡子，就那几根胡子在蛐蛐身上一撩，蛐蛐就兴奋了，凶猛得不行。要是用那家伙撩乱人，估计也瘙痒难忍。”袁峰一脸坏笑说。

长安县孟村那地方也很有名，不知道从啥时候起，名表名牌各种稀奇古怪的东西，在那儿都有，还专门盖了个市场。

豆芽就说：“那啥时候咱去买块表去，现在高新区有钱的人多了，学校里都有人开私家车了，我也装装样子。”

袁峰说：“那咱买新的。”

14

顺子毕业了，他除了从成都带回来一张文凭，还带回来了个幺妹。

耀子说：“你这大学上得值，啥都不耽搁啊。”杜峰说：“那会儿我们大学没扩招呢，现在大学扩招呢，老师顾不上了，学生们多了，啥事都有呢，这是大学招考制度的春天。”

“就是呀，大学比咱以前好考多了，要是你现在参加高考，也能考上，至于能不能带个幺妹回来，就很难说了。”

“咋难说？”

“你那会儿说是腰子炒豆芽呢，你估计连豆芽的手没都摸过，现在呀，哈……”

“大学是毕业了，可工作咋办？”顺子带着幺妹像赶集一样走了很多的人才交流市场，投递了很多的简历，都石沉大海了。耀子就四处打听门路，看哪里要人呢，顺子和幺妹都住在紫薇花园，耀子他妈倒是稀罕这个幺妹，古怪精灵的，还私下给耀子他大说老二能行咧。

耀子想起豆芽在国际学校呢，看那里招人不？打电话过去，豆芽忙得要死，说他们都是从各地方的公办学校挖人呢，都是有经验的，有很

好的教学业绩的人，应届大学生不考虑呢。

耀子就给胡子说了下，让顺子来办事处，胡子一听说没问题呀，打仗亲兄弟呢，西安办事处的事情你说了算，只要有业绩就行，你干得好着呢，给我长脸呢，男娃么，在社会上闯荡好着呢，就是顺子是大学生，有点亏待了。

顺子的事情解决了，幺妹还没有着落呢。

幺妹在西安有点人生地不熟的，就整天跟着顺子，顺子倒也顺着，一家人对幺妹挺好的，幺妹也挺安心的，但过不了几天，幺妹在电话里和他爸他妈说话呢，说着说着就哭了，是想家了。

顺子就带着幺妹白天到处跑，下班了就带幺妹在电子商城溜达，家里一家子人有点挤，再说幺妹刚来，住宿成了问题。

耀子他妈有心，就把租的两室的房子换成了三室的，这样的话，幺妹就有地方住了，顺子就和爷爷住。耀子他妈的这个举动，还真是感动了幺妹，在电话里向他父母说了情况，两家大人也通了电话，这下事情顺势多了，耀子他爷睡得迷迷糊糊的，顺子抬回到屋子里来。

不过，很快就有了好消息，豆芽打电话给耀子，当老师肯定是不行的，但学校的行政人员或者是宿管人员可以安排的。豆芽给杨校长说了，也说了她和耀子的交情，杨校长让幺妹来面试。

面试就在高新路的创业大厦，幺妹进去的时候，杨校长和豆芽，还有几个领导问："你学啥的，学数学的，喜欢西安吗？""喜欢啊，十三朝古都呢。"豆芽看幺妹，川妹子长得就是齐整，学校选人相貌也很重要，现在的孩子很挑剔了，国际学校的孩子更是这样，豆芽估计有戏。

很快，幺妹接到通知，先安排宿管岗位，然后再过渡到教辅岗位，国际学校来的能人太多了。

从创业大厦出来，顺子说我带你去国际学校看看，那里原来是我们郭家堡的地方，我从小在那里长大的，不过在成都待了四年，回来都不认识了。以前，这里往南基本上都是庄稼地呢。

他们坐出租车一拐到唐延路上，幺妹说这条路排场得很，宽阔得很，中间咋隔离这么宽啊。顺子说："中间那是唐长安城的城墙遗址呢，要修成遗址公园，大手笔呢。"

车往南走，好几处工地呢，但是都没有起太高的楼，只有一个奇怪的建筑，已经高高地耸立起来了，幺妹说像滑滑梯呢，顺子看过去也像，西安以前高的楼不多，大多是方方正正的，有个这样的建筑真还是不错的。

以前在南门外看过新的建筑，不过东边的烂尾了很多年，西边修的城堡酒店是涉外的，很气派，老百姓开玩笑说西边棺材东边庙，这几年没有回来，高新这一片变化真大啊。他听杜峰说过，西安的发展应该记住两个人，一个是张锦秋，一个是段先念呢。

往前走就是妇幼中心，西边是跳水馆，顺子说："这个早了，是归陕西省的体育运动中心，好像是哪一年搞全国性的运动会修建的，现在都连起来了。唐延路一直往前，可前面基本没啥了，都是拆迁后留下的宽阔的马路。"

马路上油亮亮的，两边要么起着围墙，要么还没来得及砌墙，瓦砾堆堆着，有些地方长着齐腰的蒿草，还有的长着油菜和麦子，有些是老人觉得地撂着可惜呢，种一季是一季，有些是长了那么多年，自然出来的，还有人在放羊，野狗夜猫哧溜一下蹿得没影了。

说起拆迁，幺妹说成都现在也在到处拆迁，也在发展高新区呢，这几年发展得也快呢，她二姨家也拆迁了，旧的换成新的，他们心里都是高兴的，都盼望着呢，这一下就把过去的生活改变了。

顺子说："是呀，就是我爷还经常伤感呢，没事还回来转转，我和我哥、我妈我大都觉得好呢，这一拆迁，村里多少人有钱了，哪见过这么多钱呀，来钱挺容易也不是好事，村子里有耍钱的，胡整的，听说有

些人没几天就把钱糟蹋完了。”

再往南就是两个学校，一个是国际学校，豆芽刚才介绍了，里面有国内部和国际部。国内部是国内的小学初中，国际部是来开发区投资的外资企业的孩子们，老师都是老外呢。

另外一个是高新一中国际部，高新一中成立没几年，但教学质量很好，很多人撵着上呢。到国际学校一看，地面还在铺砖，主体没问题了，就是里面到处在装修安装，拉货的车来来往往，路上都是工人和拉土车、水泥罐车。

“这 9 月份能开学么？”顺子问。

“说能就一定能的。”

“这到哪里招生呢，这么荒凉的。”

“听豆芽姐说，招生工作早就启动了，到处在做广告，报纸上、电视上都在宣传呢，办学理念新，有住宿条件，还给城里发校车呢，招生应该不成问题。”

胡子回来了，约耀子到南门金花豪生酒店见面。耀子带着顺子过去了，一来想让顺子当面谢谢胡子，再就是多带顺子出来走走。

坐车老路过呢，看外面金碧辉煌，但就是没有进来过，里面还真是阔气，地板透着亮光，那水晶吊灯看着眼花缭乱的，耀子这几年也算经常出来跑，见得也不少了，他说，这也算西安城里一等一的豪华的地方了。

到了 9 楼，按胡子说的楼号敲门，半天没有开，耀子还以为走错了，正要打电话呢。门开了，胡子穿着睡衣开门了，这大中午穿什么睡衣啊。正要往里走，胡子说等一等，返身进去了。

过了十几分钟，胡子在里面叫耀子进来，耀子进门来，后面跟着顺子，胡子正坐在靠窗的椅子上穿裤子呢。卫生间有水声，耀子刚要回头呢，胡子说：“我的一朋友。”说话间，门开了，出来个女的，披着头发给耀子点头。

耀子介绍了顺子，胡子握了握顺子的手说：“都是一个妈生的，你比耀子白净多了，还是大学生呢，成都的水土还是养人啊。”说着让顺子陪那女的去钟楼那边的开元商城逛一逛，买点东西。

顺子就和女孩下去了。胡子给耀子递根烟，点上了。

“耀子，现在业务量咋样？”

“比较稳定，商场、超市都铺上了，东郊康复路那块的批发市场也铺了货，前几天和顺子一起，又招了两个人，忙得不可开交。”

“嗯，这我都知道，回款还利索吧。”

“好着呢，回款我没有经手，都是那粉刺妹在对账，货款要么直接打到账上，要么收款后直接上交呢，收现金的不多，大多是打账。”

“我需要一笔钱，五十万。”

“我没钱啊，能给你凑个三万多。”

“不是要你的钱，是从这个业务上想办法。”

“咋想？”

“现在办事处的人啥情况？除了顺子，还有值得信任的人么。”

“有两个。”

“靠得住不？”

“没问题。”

“好，这样，一方面和客户的回款，以现金为主，然后推迟交财务，再就是多发展些二级代理商，然后收保证金，先收三万吧，以货抵销，再就是我从南方再给你搞些贴牌电器，对熟悉的客户深度开发。”

“现金的问题，商超难办，其他的散户都好说，其他两条可以搞。”

“去年年底你到南方来开年终会也看到了，现在南方发展很快，中国人干事情一窝蜂，很快市场都会饱和的。我有个新的想法。想在宁波靠海边的地方和朋友先整点地，房地产开发要热起来了，现在那边流行海景房的概念呢，我想投点资。我媳妇老丈人那儿看得紧，南方人精明得很，好在我负责各地办事处，只能从这上面想办法呢。咱知根知底，信得过，我不会落下你的，刚才那女的，是我的女朋友，搞地皮的事情她在那边负责，包括你上次说你弟，我就想到了，你负责这边办事处，要有得力的人啊。”

耀子嘴上说着没问题，心里还不踏实，胡子在外面这么多年了，比自己脑瓜子活泛，还是信得过胡子的。

正事说完了，胡子问晚上干吗，约几个同学出来玩一玩。

耀子给豆芽打电话，豆芽说忙死了，要筹备开学呢，累得要命，让代问胡子好，她就不过来了，再说你们男的在一块没好事呢，我就不过来了。杜峰倒是说，他晚上 8 点交完稿子就没事了。

他们几个晚上在南门外的胡同酒吧喝酒到半夜，顺子中途惦记幺妹一个人在家，中途回去了，耀子陪着胡子，胡子和那女孩玩得挺嗨。杜峰一口酒都不喝，说他要造人呢，正说着，娟子就打电话了，赶紧出门坐个车走了。

豆芽正在忙着核对学校新进的教学设备的清单，杨校长催着要呢，袁峰打电话了，让赶紧到紫薇田园都市售楼部来，他把房看好了。豆芽说你等一等，杨校长说咋了，豆芽就如实说了，杨校长说那你赶紧去，这是大事。

豆芽从国际学校出来，售楼部就在不远处，售楼部门前高高搭起的招牌都是地标了，前一段时间她和杨校长来过售楼部，和经理谈过给老师团购房子的事情。管委会出面协调，一套房子出 1 万块先预定下，然后等开学后，老师们订购后，把房款收到了再从老师的工资里面扣，杨校长打报告说，为了稳定老师队伍，工作满 5 年就算是奖励了，管委会也同意。

售楼部一楼是个巨大的沙盘，点缀着灯光，把周边的区域分割开，整个楼盘分 12 个区，面积是 2200 亩，未来规划居住人口是 10 万人。相当于关中一个县城的常住人口呢，号称西北第一大盘，整个规划设计都是国际一流，据说是德国人设计的，分为三个环，在飞机上都能看到，和西安城四四方方的格局不同，很多出租车司机跑到这里顺着环走，都绕不出去了，经常在路边停着问咋出去呢。

在二楼豆芽见到了袁峰，袁峰急急地说："我看上了别墅呢。"

豆芽说："学校团购，我也有份，不到 2000 块每平方米呢，就咱俩选个两室的就够了。"袁峰说："你这观点不对，商品房就是商品，可以买卖的。"他觉得这块地界不错，将来肯定升值。

"多少钱呢？"

"65 万。"

"这么贵啊，上班这么多年，我也就攒了 5 万多呢。"

"首付 20%，也就 10 多万呢，钱不是问题，我和我爸妈都够了，主要让你来选房呢，我看着临街这一溜不错。"

"临街的将来人多了吵得很，还是选中间的。"

"这个你不懂，买别墅你以为是买房子呢，主要是买地皮呢，你没看枫叶苑那块的别墅区，买到手以后要改造呢，重新修。这就要考虑边边角角空间大的，将来能圈的能占的都给他占上，选中间的四邻就卡死了。"

"我也不懂，你就看着办吧。"

"你学校的团购，能买大的不买小的，能买三室的不买两室的，能多买就多买，将来给我爸妈住，工作一辈子了，在大厂就那么个小房子，将来来这里养老挺好的。别墅一方面是咱自己住，一方面也是个投资，这一两年要娃哩，房子大了把你妈你爸也接来住，还要照看娃呢。"

豆芽心里一热，说："现在高新的政策是到学校一年内女的不允许怀孕，两个人不能在一个单位。"

袁峰就选了东南角的一栋别墅，很利索地刷卡交钱，豆芽说学校规定一年内不能怀孕，结果她在刚开学的冬天里就怀上了。

郭家堡、五桥等几个村子没了，原来住在这儿老几辈的人分散住在了各地，等待着回迁，这片建设中的土地迎来了第一波居民。

广告词上说，离城市很近，距红尘不远，其实也是暂时的。

年三十了，大家都准备过年，袁峰早早地从郭杜街上买了一车厢的烟火爆竹。

豆芽接到杨柳的短信，说她想见豆芽。豆芽心里一惊，赶紧回过去电话，杨柳有气无力地说："我在明德门的办公室里呢。"豆芽给袁峰说了，让袁峰送她过去。

大家都回去过年了，街上冷冷清清的，夜空里绽放的烟花把天空炸开了一片又一片的亮光，冷清的空气里透着呛人刺鼻的味道。临出门的时候，袁峰他爸他妈都包好了饺子，说了杨柳的电话，都说你赶紧去看看去，别出啥事，在楼上给杜家桥的父母也打了电话，他大正和村里的人在喝酒呢，她妈唠叨地说话，豆芽都没听明白，只说大年初二就回去，问前几天袁峰送回去的年货够用不？

金水大厦豆芽没来过，电梯里黑乎乎的，袁峰说我送你上去吧。豆芽说别去了回去陪你爸你妈吧，杨柳怕是不想见人呢，晚上我要是回去你来接我，回不去了我给你打电话。

16 楼的门没关，一推就开了。外面的灯亮着，豆芽叫了一声，里面杨柳哼唧了一下。豆芽走过去推开门，屋子里却没有开灯，一股烟气把豆芽呛得咳嗽了一声，味道有烟味，还有酒味，还有香水的混合气味，很难闻。

杨柳躺在老板椅上，面前的桌子上有一瓶红酒已经见了底，两包烟胡乱地散在那儿，嘴上还叼着一支。豆芽走过去先是开后面的窗户，一股冷风吹过来，她又合上一点，尽可能让空气流通。

14

杨柳喝多了，豆芽过去拉起杨柳到里间的床上躺下，脱了高跟鞋，问吃了没，杨柳摇头。豆芽在屋子里看了看，有一间厨房，可什么东西都没有，只好打火煮了包方便面。

看着杨柳吃下去，豆芽收拾完碗回来的时候，杨柳已经泪流满面了，豆芽就在杨柳身边坐下来。

“你没回周至呀？”

“回去干吗呀。”

“这大过年的，你一个人咋办，冰锅冷灶的，要不去我家。”

杨柳开始号啕大哭，好久才平静下来。

“这几年我也忙，都不知道你咋过的，上次你说开加油站，咋样了？”豆芽突然有点后悔，大过年的，不想谈这些事，可不说，又说什么呢。每次见杨柳，人前都打扮得光彩照人的，她也不大说自己的事情。

可今晚杨柳说了。

她是在紫薇城市花园卖楼的时候认识那个领导的，是北郊那个大型石油的领导，这个大企业是从甘肃那边迁过来的，刚来的时候，领导的家还没过来，和杨柳认识以后就在一起了。

感情的事情谁都说不清。

这几年车多了，到处开加油站，一批福建人就成了气候，油料来源都要经领导的手呢。时间久了，领导就在加油站里入股了，自己又不好出面，杨柳就代表领导来处理这些事情，也是老板之一。

现在领导的家人来了，大过年的回去过年了。杨柳心里难受，就一个人喝酒，越喝越孤单，就想起豆芽这个老同学了。

豆芽也不知道说什么，老朋友在一起，只能尊重彼此的隐私和生活方式，只能不停地叹息。本来自己有个好消息，想把自己怀孕的事情说给杨柳呢，但话到嘴边又打住了。

两个人就那么待着，又说了说话，没话了就靠着。豆芽抱着杨柳，看她慢慢迷糊了，就给她盖好被子，关了灯，在屋子里坐了一会儿，趴在杨柳的耳边说了一声："我要回去了。"杨柳没有反应，豆芽还是很不放心地回家了。

第三天，杨柳发来信息，说她在海南三亚，那里很温暖，她在沙滩上晒太阳，放心吧。

正月初五那一天，豆芽、杜峰、耀子相约在南二环的小贝壳吃饭。

耀子带着杨英来了，小新城已经 3 岁了，伶俐可爱，见了他们几个就嘴甜得不行。恭喜恭喜，红包拿来，大家都逗着小新城玩。杜峰带着娟子，娟子的肚子已经有点显了，推算着时间，豆芽说自己家的要大一个月呢，将来都生了儿子女子，都是姊妹和兄弟，要是一儿一女，就结个儿女亲家。

大家聊完了家事聊各自的工作，杨英就郁闷了，说自己在家看孩子已经两年多了，有点呆瓜了，过完年想送新城去幼儿园，自己想出来找事情做。可现在到哪上幼儿园啊？还没有定。

紫薇花园没幼儿园，现在新开的楼盘都有幼儿园了，但都比较远，要是近点就是附近的厂矿幼儿园，不知道能进去不？豆芽就说现在企事业单位的学校都对外，就是要交借读费。

"那得多少钱啊？"

"这个没个数，高新那边去年收 6 万，报纸上说乱收费，要开除校长，但校长还是校长，校长又不是报社和教育局任命的，咋开除？以前叫建校费，现在叫借读费。"

"那么高啊，养个娃可比以前难多了，等咱肚子里这两个出来还不知道是啥行情呢，太费钱了。"娟子接过话说。

"交那么多啊，那还不如我在家带呢，省下的就是挣下的。"

"那你干脆办个幼儿园行了，既把自己娃看了，还有事做了。"杜峰的一句话立马让大家热闹地讨论起来。

“这是个趋势呢，现在进城务工的人越来越多，看孩子是个大问题，这种需求会越来越明显。幼儿园是非学历教育，也没太大的升学压力，只要把孩子看好，安全健康就行，家长的期望也不是很高。”

“老师哪里来？”耀子说。

“现在大学扩招以后，就业就是个问题了，现在各种职业学校、自学考试、培训，大量的年轻人往城里涌呢。以前咱们70后还到工厂打工，能吃苦，现在80后走上社会了，工厂打工的事情过去了。”娟子分析说。

“是啊，我前几天回洛南去，听我爸说我们县上的职业学校专业也调整得厉害，有幼师专业了，学生都不愁找工作了。”豆芽接着说：“过去我们上师范那会儿，毕业还包分配呢，现在很多民办的旅游、幼师学校挺多的。”

“老师问题不大，那场地呢，弄小了就在北山门南山门村里租房搞搞，那里全是你们商洛人，人不亲老家亲啊，弄大点可以到小区里，现在地产商都建幼儿园呢，承包个幼儿园也行啊。”

越说越热闹，杜峰造人完成了，也放开喝酒了，和耀子一杯又一杯地喝，过年呢，大家都高兴。

吃完饭回家以后，杨英一夜没睡。耀子睡得跟死猪一样。

15

其实2003年之前，袁峰和老三几个人就吵吵着想开个洗浴中心。进入二十一世纪以后，挣钱发财的路子多起来了，开发区这边拆迁多，按约定俗成的规矩，拆除、砌墙、土房，三通之前这些没多大技术含量的粗活都是由本村的劳动力干的。

干这些没那么简单，要动用机械，必须得有钱，要组织民工得有组织能力，拉运垃圾得有城管交通方面的关系，拉运得有人保护，垃圾得找地方倒，出了问题得有人出面解决。只会卖力气干活的都在西万路高架桥下等活呢。

袁峰他们都天天出面来摆平这些事情，说事的地方要么是杜陵塬、神禾塬上兴起的农家乐、钓鱼、喝酒、烤肉，然后就是去洗浴中心。最早去的是劳动北路有一家，后来西二环那里兴起了一溜，吃着喝着玩着，很多事情就自然而然解决了。

豆芽说："我的工作在学校里，课堂上，你的工作在酒桌上，餐桌上，洗浴中心，我教孩子干干净净，你说起来去洗澡了，却越洗越脏。"袁峰就说："这不是脏，这是江湖。"

袁峰又说："这洗浴的事情，比你教书更有文化哩，咱西安靠着秦岭，到处都是温泉，东边终南山白鹿原下的有蓝田的东汤峪，西边有太白山下的眉县的西汤峪。唐朝的时候，皇帝都在临潼华清池洗浴呢，日本人的遣唐使来了，学习了咱洗澡文化，明治维新社会开化呢，跑回去大行其道，后来占了东北，经营了多年，东北人也开始洗澡了，你没看现在西安的洗浴都是东北人开起来的。这几年东北老工业基地不行了，东北人在全国各地复兴洗浴文化，叫水老板。"

其实，豆芽也是理解的，在外面也不容易，有时还是喜欢听袁峰说说社会上的事情。袁峰也喜欢看豆芽那崇拜他听他说话的模样，自从生了袁豆豆以后，豆芽坐月子也没啥事，他权当给豆芽解闷呢。说起洗浴行业，老西安人都记得珍珠泉和大同泉。

珍珠泉始建于二十世纪 20 年代，地址在解放路附近，在当时可是西安城区的繁华地段，那是可以高端休闲悠长贯通的回廊、高档的木地板、绵软的地毯、黄铜包角的木楼梯和木隔断、雪白的浴盆、浴巾……

1913 年创建的大同园浴池，曾经一度成为西安人"洗澡"的代名词。热毛巾往脸上一捂，然后满脸的毛孔都张开呼吸着，袁峰把那种感觉总结为两个字："舒坦！"

当时洗澡和看电影一样，都是两毛钱，每次去都是人山人海，排队进去要一两个小时，进入更衣室里更是人多得转不开身，基本上就是摩肩接踵。他小时候去过的五星街附近的大众浴池已经日落西山了，白瓷砖、老式体重秤、落了灰的招牌，宣告着它的落寞。

他前几天和老三考察过文艺路的凯撒宫洗浴广场，将西安人带入了洗浴新时代。现在国内的新兴洗浴产业刚刚处于萌芽状态，东部沿海地区陆续兴起了一批新型浴场。老三专门去上海、深圳考察了，回来说人家都是集理疗洗浴、香薰美体、海派餐饮、顶级演艺、极品茶艺、有氧健身、五星级客房等特色服务为一体的。

现在兴起的大型商务洗浴会所很多，前几年南二环的温莎堡、小寨十字的碧海云天、尚德路的艳阳天和南二环附近的龙都标志着西安洗浴市场进入了商务会所阶段。这几年以凯德华、维多利亚、天源浴场和凯撒宫为代表，发展都比较稳定，利润高。

袁峰说："老三他们已经考察很长时间了，而且从这些浴场里头找了不少的管理人员，别轻看这种事情，管理起来挺有难度的，我只是入股。"

"刚买了房，你有钱入股吗？"

"谁还拿自己的钱做生意啊？"袁峰说起来很神秘。

"那谁的钱？"

"银行的啊。"

"银行也不能白给你。"

"哈哈哈，我这几年和房地产打交道才发现，都是贷银行的钱。这么说吧，西安以前就是本地的紫薇啊，天地源啊，这些本地公司，现在来了很多外地人的公司。"

豆芽说："就是啊，现在的售楼部是越修越豪华了，都说是将来业主用的会所，很多人房子没看到，看到会所就心动了，谁知道以后会这样呢。"

袁峰入股的浴场起名叫真爱。

耀子因为胡子的事，还是出事了。

他那天刚到办公室，就看到三个人，其中一个是女的，一进门就看到粉刺妹给那些人说着什么，都是南方口音，他也听不懂。那女的直接走到里面他的办公室坐下，让耀子进来，耀子坐在沙发上。那女的说了普通话，虽然不标准，但他听明白了，那是胡子的媳妇。

原来，胡子拿了办事处的钱之后，合伙在宁波临海的地方拿地，结果被骗了，胡子和那女人的事情，他老婆也知道了。

那女的说：“这也没啥，你们北方人啊，总是把事情想复杂了，胡子在外面跑市场也很辛苦，有些花花新闻也很正常，我爸把胡子弄到非洲一个国家去开拓海外市场了，一时半会儿回不来。”

耀子心里一惊，不会弄到非洲杀了吧。那女的显然看出来了，笑得前仰后合，“你不会想我把胡子咋了吧。其实，胡子人挺好的，我们南方人挺喜欢你们北方人的，这样的事情在南方不算事。西安办事处的事情，你也是听胡子的，这不怪你，但这块业务现在他不负责了，由这次跟我来的我弟负责，你以后向他汇报。西安的市场很大，要辐射西北，你这几年劳苦功高。谢谢你。”

耀子心里特别不是滋味，南方人处理问题的方式和北方人就是不一样，观念也不同。胡子被骗了，自己也脱不了干系，尽管老板娘那么说话，耀子心里也是不踏实的。

他心里想着，说：“我考虑一下吧。”到外面给女人的弟弟交代了工作，把其他员工叫来说了情况，就骑着摩托车出来了。

顺着高新路一直往前走，枫林绿洲已经起了好几栋楼了，脚手架到处都是，到了头就是木塔寨，听说也要拆迁了，村民就种满了树，这才几年光景，长得密密麻麻的。临近唐延路边上开了夜市，卖什么户县机场羊羔肉呢，生意火得很。

拐到唐延路上，原来的滑滑梯已经被新建的楼宇挡住了，隐在里面。原来广告牌的地方，新建了创业城市广场，开发区管委会搬到那里。附近新建一个超市，叫易初莲花，据说是东南亚哪个国家的国际连锁酒店，对面的枫叶新都市已经有人住了，听顺子说，那里面有个阿波罗广场，经常有人在那儿搞活动，他还去那里展示过厨具的产品呢。

往南走就是开米的大楼，听顺子说那开米的老板故事很传奇，他们的洗涤产品现在大小的超市都有，这几年西安城里创业传奇的故事多了。报纸上有海星的电脑，有世纪金花，听说西工大的老师研发了小灵

通，现在大家都用呢，比手机便宜多了，到处都是创业的故事，耀子不想再干办事处了。

路边有一溜的卖汽车的，他最近也想买车呢，南边就是水晶岛，主体已经建起来了，再往南就是好大的一片地，也在挖坑打基底了，听说要建个绿地城，南边就是三环。西安开始修三环了，绕城高速已经通车了，三环南边到紫薇田园都市的地，听说长江实业要建个逸翠园，不过建设的速度很慢，不像田园都市短短几年就成型了。

国际学校已经开学一年多了，豆芽生完孩子又上班了，就住在别墅里，杜峰和耀子前几天还去看过，特别阔气。杜峰和娟子也在唐延路北边的中华世纪城买了房子，孩子也出生了。

骑着车子，耀子胡思乱想着，一晃几年过去了，变化真大啊，自己高中毕业去了商洛山里念书，认识了杨英，然后在紫薇花园买了个小两室，在西京公司上班，后来胡子回来了，就干了办事处，有了孩子。郭家堡也拆了，父母爷爷都住在那里，顺子也大学毕业回来了，幺妹也在国际学校做了宿管老师。

想想这些年发生的一切，耀子不知不觉就到了国际学校门口，坐在门前的绿化带里抽烟，胡乱地想着什么，眼前的一切还是记忆中的郭家堡吗？不是，已经是一个崭新的城市新区了。

他想给豆芽打个电话，想想算了。

他决心不再去办事处了，干点自己喜欢干的事情，干什么呢？

杨英在电子城军人服务社四楼租了整整两层，做亲子教育呢。幺妹和杨英还在合计说开个奥数班呢，起了个名字叫鸿明教育，已经在教育局注册了，虽然现在不怎么挣钱，但干得还挺起劲的。

要不要回去帮杨英一起做？

耀子一直在郭家堡附近原来记忆中的村子里骑着摩托车走着，南边的时代广场附近已经新开了阿姆瑞特家具中心，紫薇田园都市那边新修了一条宽阔的西部大道，南边很大的一块地建了很多大别墅一样的房子，说是叫企业一号公园，每栋楼都有世界上著名城市的特征，他一个都没有去过，虽然都荒着，少有人入住，其他的地方还都荒着。耀子又看到放羊的老汉了，在开发区还没有建设的土地上，看到放羊的人，耀子心里都很亲切，就会想起以前的样子，记忆中的郭杜。

长安大学城竖立着广告牌，是郭杜科教产业园。茅坡的村子现在是陕师大，还有邮电大学、政法大学，排了一溜，大学里正在基建，院子里长了很高的茅草，夜里总是随风飘荡着，学生们结伴走过。和郭家堡一样，总是传说哪里又挖出了什么宝贝，报纸上说政法大学院子的东西正是过去的法律象征呢。

往南走就是长安文体中心，不过已经废弃了，里面也长着荒草，耀子没有进去过，听说里面修建了很多的别墅，但没有人住，里面还有体育场，不过看台和跑道已经垮了，长着齐腰深的茅草。

对面的五桥村新村已经在陆续回迁了，五桥村有耀子的同学，他们就说这个体育场要拆了，围墙上贴着广告，说是要建个盛世长安的楼盘，到处都在搞房地产。

南边还有个家具工厂呢，以前西安城里的家具都是从广州、成都那边运过来的，北二环、大明宫、太白路都有市场，听说是浙江人在这里做的带有设计、加工、制作一条龙的工厂式的，刚开业的时候，报纸上打广告，还请了明星来演唱，场面很火爆。

这几年，新区都在建设，都在搞各种活动，大学城请了北京的心连心艺术团来演出，给附近的人发票，穿着统一的马甲去参加，人山人海。紫薇田园都市一到过年就是空城，物业大卡车拉着满车的烟火爆竹给业主发，随便放，先把人气弄红火了再说。

再往南边就是陕西广播电视大学的新校区了，里面不仅有自己的学生，还有其他民办学校的学生，老师都是一车一车地从城里拉来的。郭

杜这地方现在比以前人多了，一天天一年年变化太大了，只有郭杜十子过去的老百货大楼、邮电局、粮站、派出所、农贸市场还在，不过现在服务的附近村寨的居民少多了，都是附近新迁入的小区居民了。西安城里城墙根的人，东西厂区的人，还有南郊大学的老师们，还有北郊道北操着河南话的人，还有陕南陕北的人，浙江的、福建的、四川的都有。

郭杜，成了一个开发的热土，成了一个池塘，休憩着开发区二次创业的来自天南地北的人。不同的方言，各式的衣物，还有不同的性情，这里像是一个秋天的收获的田地，五彩斑斓。

耀子给顺子说西安办事处的事情和自己的决定时，没想到顺子特别轻松，他明确地给耀子说，他早不想干了，已经在准备考公务员了。

杜峰说过，他们毕业的时候，国家才开始招公务员呢，那会儿大多数同学都跑到南方去了，没人愿意干公务员，那会儿都是没有联系到工作的，学校就走程序去报，这才几年工夫，考公务员成了最时尚的选择，以前大学四年就学个英语，不过四级拿不到毕业证、学位证。现在大学四年都在做考公务员的准备，政府机构一下子庞大起来了，公务员这个词也是个新词，以前大不了叫国家单位招人呢，现在叫公务员，而且颁发了公务员条例，说是公务员有 13 个级别，小寨那边还修了个公务员大厦。

政府鼓励大家下海经商，还保留三年岗位，要是弄成了就把关系转走，弄不成再回来。杜峰说是换血呢，让中年人有资源和关系的去下海搞活经济，让刚毕业的娃们进来上班锻炼。

原来长安路上搞计算机培训的，搞英语四六级培训的，换成了公务员考试培训。省党校市党校那些马克思主义哲学、政治经济学老师沉默了很多年，终于有事做了，开始热起来，到各种培训班代课，课时费比奥数课时费高多了，忙得要死。

办事处的事情还真不适合顺子，顺子性子绵，遇事不慌不忙的，打小就爱看书学习，把啥事都放在心里。公务员考试培训就去了太白路那里的龙腾新世纪，这个楼盘以前叫紫薇龙腾，过几天紫薇没见了，就像太白路南边的紫薇新苑，过几天没有紫薇了，改成融侨了。豆芽说："紫薇的老总走了，到曲江去了。"

顺子考学一直很顺，过五关斩六将，顺利过关，成了选调生。这个名词耀子一直没搞懂，说是先到汉中西乡的乡镇待一年，然后再到县上部门锻炼一年，然后回到省直部门。

顺子去了汉中，把幺妹撇在开发区。幺妹说要搬出去呢，耀子他妈就说把婚结了再走，顺子说还小着呢，等他回来再结婚，幺妹也说小着呢，再干几年再说。顺子走了，幺妹也辞职了，到电子城和杨英搞培训，杨英带着小新城搞亲子班，幺妹在国际学校锻炼了两年，知道了奥数能挣钱。

耀子回来了，干起了教育。

豆芽真是没想到，短短两年，国际学校已经大有起色，成了南郊这一片的好学校了，咸阳那边的人也跑过来，为了孩子上学，在田园都市买房或者租房，就像杨校长说的，一个好学校会带动一大片地区的发展。

国内部红红火火的，国际部出事了，说是老师不稳定，教育体系不完整，开发区的外资企业很不高兴，都告到市领导那里去了，市领导发话了，限期整改，必须为招商引资的大局服务。

这样一来，国际学校的一栋大楼归了国际部，开始大规模装修，学校引进了加拿大的教学体系，不停有加拿大的人来。人来了，豆芽一看，不还是黄皮肤的中国人么，杨校长就说，那是出去一趟换个身份证回来的。

外资企业的学生其实很少的，说是从幼儿园到高中全部课程要开齐。学生少，老师不能少，管委会就说服务于发展大局，亏损的部分由管委会来补，于是经常每月列出不够的部分让管委会来拨钱。

有了国际部的外籍教师的资源，国内部的办学特色就很明显了，那就是英语教学，还把国际部的英文教材拿到市教育局教研室送审。教研室的老师看了说，“很好啊，很有国际视野啊”，就进行了本土化的改变，满西安市的英语老师都来了，利用假期请外教来培训，还挑选优秀的老师到加拿大去学习，这样一来，很多老师来了国际学校，问是否还要人，杨校长从中又挑了几个好老师。

国际部经常有老外来，管委会的领导就陪着来，老外走了，领导说你们的工作还得加强和努力，便脱了外套，在学校的室内篮球馆打篮球。豆芽就去安排，让领导在繁忙的工作之余，能够休息好。领导就说：“你是豆芽啊，你们可是高新教育的第二批创业者，好好干，有前途。”很多年以后，领导去了中央工作，豆芽就说领导这人还是很不错的。袁峰就说：“你个老实疙瘩，没把握机会，要不领导把你也调到中央了。”

豆芽老想起刚来学校那会儿，眼看着要开学，啥都没准备好，一车一车的教学设备来了，教材书籍来了，就打电话让行政人员提前上班。人不够，就叫老师来，豆芽和老师抬教材，绳子把手勒出深深的印子，放下了休息一会儿，问你是哪里来的，答我是西电的，西电做什么呢，副校长呢。豆芽知道，头一批老师很多都是各学校的骨干，甚至领导，到这来就是当个老师，有西安城里的，有宝鸡的，也有商洛的，安康的，汉中的，都是些能人。

开学了，装电教室，把设备打开，才发现是电影设备，查看清单，对着呢，就跑去给杨校长说，杨校长说别声张，先在库房放着，打报告再申请。终于开学了，学生们到了，老师们也来了，开始上课了。

可是放学后老师住哪里，团购的房子脚手架还没有拆，教工宿舍里刚刚清除了垃圾，杨校长赶紧联系，大货车赶天黑拉来了床垫子，招呼着大家搬下来先放在地上将就着睡一晚，就这一两天全部到位。

豆芽正在安排老师们赶期末的卷子，全体人员加班，明天早上要开始公布，第二天要做试卷分析和质量评估，大家吃完盒饭就开始干活了。豆芽到教务处去了一趟，肚子疼得要命。

打电话给袁峰，袁峰没接，只好给杨校长打电话，杨校长安排学校的桑塔纳 2000 赶紧送豆芽去高新医院。高新医院刚成立的时候，报纸上整天宣传，说是 24 小时接诊服务，请的都是名医，挂号费就 100 块。实际上，豆芽到了那里，才觉得没那么邪乎，住了 5 天医院就回来花了 4700 多块钱，庆幸的是大部分都报销了。

豆豆刚满月，豆芽就到学校上班了，办公室教务处学生处大队部很多都是行家，事情推进得特别顺利。豆芽特别忙，但也学了不少东西。后来豆芽身体老出问题，就是那会儿落下的，说起那天打电话袁峰没有接，豆芽就特别难过。

豆芽离开了，很多当年的同事都离开了，他们或者成为后来这个城市的各种教育经营者，或者分布在曲江、经发、浐灞、西咸新区的各种学校里，成为城市新区学校的创业者，或者有了不同的职业，当在各种场合，豆芽听到他们的名字时，都会觉得亲切，都会有感触，时间都去哪里了。

很多年以后，豆芽每次路过国际学校，总会想起当初的那些日子，那么有激情，那么充实和快乐，那是一种创业的激情，当很多事情随着时光淡化的时候，这种激情仍然那么清晰。

16

很久没有见杜峰了，杜峰在紫薇田园都市买了房子，装修好要住进去了，才给大家说呢，叫一帮子朋友去他家烘新房，吃了饭喝了酒就开始打麻将。

杜峰说："今天来个新鲜的，谁坐庄谁定规矩，然后来个三老拜寿，就是九条九饼九万必须凑成一摸牌。"到了耀子，耀子说来个中学生踢足球，就是红中，一饼，还有个7，不管是万、饼、条，只要是7就行，到了豆芽，豆芽干脆来了个流年似水，就是必须有一条四万东风来一组，袁峰说那我来个林荫道，必须有二条红中和二饼，为什么呀？杜峰说："你就是个流氓。"

袁峰说："就奇怪了。你说这麻将怎么就长盛不衰呢，我爷爷那会儿玩码花花呢，咱们玩的是尿泥滚铁环，现在80后的孩子玩的是手游，90后开始玩电脑游戏了，这时代变得也太快了。"

袁峰又说："手机游戏异军突起，随着游戏市场竞争力度加大，大家生活水平的提高，以后小孩子玩游戏将成为主流。"

聊着聊着，大家也不打麻将了，才玩了几圈就有点腰疼。豆芽回别墅去看豆豆了，最近他大他妈来照看孩子，他妈整天迷迷糊糊的，豆芽还是有点不放心呢。

三个男人干脆去田园都市夜市吃饭喝酒去。

酒喝了一半了，杜峰说我去年干了件大事呢，想想有点后怕。耀子就催促杜峰说，杜峰喝了口酒，说："我采访了三个多月，写了近5万字的报道，结果报纸上发不了。最后就用内参递上去了，然后上面就来人查，最后成了去年的全国十大土地违法案件之一，处理了300多个领导干部，我都有点害怕呢，你说我踢了人家的饭碗，人家要是知道了，会不会要我命啊。"

袁峰惊奇地说："是你搞的啊，这事情大了，我有朋友就进去了。"杜峰赶紧说："保密保密啊。"袁峰说："放心吧，那事情我知道，确实坑了不少人，完全是个骗局。"

耀子就催杜峰说说细节呢，杜峰喝了口酒，开始说起来：

"当时我去现场的时候，正下着瓢泼大雨，听说有记者来，全村300多人都跪下了，那场面真的是感动了我，后来村民带我去看现场，我的天啊，太惨了。很多人就借住在别人家的牛圈猪圈里，好多老人卧床不起呢，地上全是稀泥雨水，被褥都潮得不像啥了，没人管呢。房子被强拆了。说是要修个华夏博览园呢，包括周秦汉唐四个王朝的微缩景观，当地招商引资心切，就按照项目要求开始拆迁了，半夜把人从被窝拉出来，把房子推了，把猕猴桃树给剁了，实现土地三通，修了个很宽的道路，叫什么后稷大道。"

"那后来呢？"

"后来发现这个项目是假的，说是一个香港人要来投资，省市都有了文件，但那些文件只是些立项报告，并没有实质性的推进，项目立项以后，他们就在全国开始发布，寻找施工方，施工方来了，就收工程押金，然后就靠这押金推进项目进展。拆了东墙补西墙，结果窟窿越来越大，最后那么大的烂摊子扔下了，把老百姓害惨了。这个项目很复杂的，这个公司原先是挂靠在政府的工贸公司，后来不知怎么跟香港人搭上了。结果后来市局经侦出面查办了，光从友谊路的办公室搜出来的章子就有上百个，他们竟然私刻了政府各个部门的公章。”

耀子去鱼化寨二手车市场是想买个金杯车，用来接送学生，没想到杨英搞的亲子班很红火，紧接着又在南山门村里开了个幼儿园。电子城有个楼盘，也建了个幼儿园，已经谈妥了，杨英要承包下来。

现在两三岁的娃不送到幼儿园去，在家里闹腾，出门也不安全啊，再说娃们也要早早学些东西。什么早期智力开发呀，蒙特梭利啊，好多外国名词都没听说过，都往幼儿园送，再说大人也要忙着挣钱，也没时间照顾娃娃了。

幺妹的奥数班也红火起来，一方面和幼儿园一样，大人们忙得要死，都在外面抓钱呢，街上的饭馆越来越多，忙得都没时间做饭了。超市开一个红火一个，都是速食的商品，电子商城开的人人乐，门后的停车场车都放不下。

孩子们在家里就是看电视打游戏呢，不如送到补课班安生点，大街上也突然出现很多的培训班，放假了周末了家长都把孩子们送到各种培训班去。

再就是西工大附中，高新一中的名气越来越大了，那些传统的名校日益衰弱了，这些学校小升初都在考试，教育局不让考，那么就在培训班考，小学生就学那么点东西，差距拉不下来，就学奥数了，看谁的成绩高就招谁，结果一年一年下来，奥数班的学生越来越多。

幺妹脑子灵光，到教育学院找了很多当年的奥数培训老师来代课，本来是奥学培训老师的，让老师在学校里发现数学苗子，然后重点培养的，现在人人都学奥数，为了择校，参与择校的人数越来越多。

不仅仅是西安的，开发区的孩子，还有陕南的，宝鸡的，渭南的，特别是陕北人，经济发展了，需要的能源多了，陕北的煤矿火了，有钱了就在西安买房然后把孩子送到西安来上学。上学就要参加考试，就要上奥数班，考上了不说了，考不上就要交钱，交钱不是问题，结果越交越多，行情年年看涨，那考多少才算考上呢，这得学校说了算。

幺妹又跑到西工大去，找到数学系的学生会主席，找几个大学生开始培训当老师，又跑到西安电子科技大学去，找了一些老师，老师们来了就开始培训，然后就开始招生。

有了老师有了学生，幺妹就去找这些学校的招生的老师或者直接找校长，又是请吃火锅，又是周末到渭水园去蹦迪，或者去东大街玩，然后学校就到幺妹的培训班组织考试，家长们传得快，这里有西工大的考试呢，都跑来报班了。

幺妹于是在各个好学校周围都开了班。

顺子第二年到了陕南的县上，写了很多信幺妹都没有回，打电话总说很忙，问耀子呢，耀子说出去租房住了，就没咋见过呢，耀子问杨英呢，好久都没联系了，以前在军人服务社楼上的班现在转让给别人了，也好久没见了。

顺子又一次电话里发火了："你那么忙啥意思啊。"幺妹直接说："意思就是你忙你的，我忙我的，各走各的路。"

郭家堡的人回来了，住进了郭家花园。

郭家堡的回迁迟了整整 2 年，倒不是因为房子没盖好，是因为太多的问题协商不到一起，问题又比较复杂，村民硬是拖着不搬，提了各种各样的问题。

耀子倒觉得不搬就不搬吧，反正租住在电子城的、郭杜的、投亲靠友的，有过渡费撑着，这几年大家四散开来，脱离了原来的村子，过得都还不错，年轻人都慢慢习惯了，喜欢上了这种生活。

离开村子以后，生活发生了很多的变化，大家手头有了钱，开店的

做生意的，打工的上班的，就连老头老太太们也忙着到超市小区里打扫卫生了，谁都有钱挣，谁都觉得活得有价值，活得很忙碌。

但村子的组织还在，村委会还在，而且越来越吃香，豆芽他大住到田园都市以后，没事了就在中心广场晒太阳。中心广场开始有了麻将桌，很多人中午晒着太阳打着麻将，有些是小区的人，有些是附近拆迁的人。

豆芽他大说他以前是村长。大家都说你过时了，现在当村长才牛呢。就是啊，现在村子没了，村民到处散着，但都关心村里的事情呢，都得有人出头做主啊，村里的事情够多了，也复杂多了，现在的村长都是能人呢。

村长换届选举的时候才热闹呢，复杂得很，只要是村民就有当家做主人的感觉了。

又是折腾了一年多时间，郭家堡的人终于回到了新建的郭家花园，各家开始挂出招租的牌子，纵横五六条路。抓阄抓到临马路的人家高兴了，房子出租得快，靠里面的人家都在骂，手臭得很，抓的房子不值钱呢。

靠马路边的房子不够住了，就开始加盖，用机砖往上垒，垒得差不多了，加个窗子起个顶子再垒，垒出大大小小的房间来出租，租房的人多了，卖水果的，修鞋的，卖凉皮和肉夹馍的都来了，花园中心的地方成了市场，开始租给卖菜的人。

没几年工夫，新建的郭家花园又有了原来村子的气息，充满着烟火味，不过，没了土地的村子，没有了泥土味，多了些市井气。

耀子他大他妈他爷回来了，杨英和小新城没有回来，还住在紫薇花园，又在田园都市买了一套三室的房子，孩子慢慢大了，得有自己独立的房子，再说洛南老家来人了得有个住处，不亲近的亲戚就去酒店住了。正好腾出的地方，耀子他妈都租出去了。

耀子他爷越来越老了，非要住最上面加盖的第三层，说是在阳台上能看到秦岭，结果秦岭没看到，倒是其他人家还是能看到的，但没过多久，也看不到了，只剩下窄窄的一溜天空。

豆芽的日子有点难过了。

国际学校换领导了，杨校长干了一段时间以后退休了，管委会派来了新的领导，大家都知道豆芽和杨校长的关系，她有点不受待见了。

她刚来开发区的时候，到管委会去办事，墙上的标语让她热血沸腾，“不换思想就换人，高人一筹，赢在眼光”之类的。这三年下来，眼看着学校从空荡荡的教室变成现在已是满学校的学生，小学已经在扩班了，初中今年又新增了两个班，最近又在报纸上打广告招聘教师，隔壁的高中今年又出了省文理科状元。

豆芽最怕夏天了，夏天里太阳焦火，白瓈瓈的，回家的那段路不长，从学校后门出去，绕过幼儿园，过条马路就到别墅区了。

可就是那段路都得打伞，不然晒得人皮肤疼，行道树都没长大呢，小区里新栽的树像是插葱一样，但看上去都孤零零的，中午的太阳一晒，都蔫头耷脑的。

教育大厦的坑起了高楼，先出了地面又往上长了几层，抬头看上去，耀晃晃的脚手架上还有工人在忙活呢。旁边的一块地也开工了，据说是长征集团建设的，工程部就在对面郭杜车管所后面的院子里。袁峰说：“这家公司业务发展快着呢，原来是西郊枣园路的一家建筑队，这才几年，在西安城里盖了好几座楼盘呢。”

有一天夜里，豆芽接了个电话，说是长征集团的人，问她电话号码卖不？刚到国际学校的时候，办公室的人打电话说，谁家里装电话呢，可以挑号码了，结果都是一串的 88888，学校总机就有 7 个 8 呢，她给袁峰打电话问意见，袁峰说一年 365 天，后三位就选 365 吧。

长征集团的人说，他们的项目叫长征 365，想拿这个号码做售楼电话，后来有个女的就和豆芽见面了，很客气，还给豆芽带了一束花。豆芽高兴，再说现在手机都普遍了，家里的电话用处也不大，不如成人之美，就从2000块钱的价格过户给长征集团了。

现在长征365的项目围墙上一圈都是广告，上面都有她家原来的电话号码呢，豆芽看着特别亲切。现在道路上的树长高了不少，有些已经有树冠了，来回上班的路上有了点阴凉。

豆豆已经开始可以满地跑了。袁峰爸妈已经退休了，明确表示，他们要到处去旅行了，每个月出2000块钱给豆芽，作为看孙子的一点心意。豆芽打算找个保姆呢。

袁峰总是忙，回家也晚，别墅里空荡荡的。

17

袁峰从别墅里急急地出来，准备去绿地，路上戒严了。

他昨天中午回来的时候，就看艺术大街上到处是人，前面是大型机械在作业，给路上倒柏油沥青材料，后面就是碾路机，一时三刻，平整黝黑的路边就齐整了。

大卡车一辆接一辆，拉来一些男女老少，到路边车一停，车厢打开就往下跳，然后被安排在马路牙子上，一个人一截，就有人过来发油漆桶，然后从身边挎包里掏出每人 100 元，让大家开始刷马路牙子，黄一段，黑一段。

西万路天桥下，文艺路劳务市场，包括土门小树林的人都拉来了，到天黑时田园都市的人回来了，才发现道路都弄好了，大清早稀稀拉拉的人从小区里出来，又发现不一样了。

袁峰心里想，田园都市就是开发区的脸面，就是西安的脸面，就是陕西的脸面，有大领导来，肯定是要看的。

车从丈八沟陕西宾馆出来，往东走就到了唐延路，往南一走，就给领导说，正在建设的是高新区的永久办公地址都市之门，这里将建成中央商务区，绿地领导就说了，现在一期已经建好了，使用了上海石库门的建筑风格。

然后往南走，领导又给汇报了，这里的土地是李嘉诚拿下了，要建设西安逸翠园了，这是目前开发区地块最高卖价，现在一期已经动工了，也是目前西安房价最高的。配套的学校建好赠送给了高新区，明年就要开学了，把国际学校的初中部搬过来，这里小学初中高中就完整了。

到紫薇田园都市了，这是西北地区最大的楼盘，占地 2200 平方米，起点高，设计标准超前，有个占地面积 100 亩的中心广场，车在艺术大街尽头一拐往南走了，领导说，这块地还空着，这是预留地块，将来要建小学的，前面 A 区还有个幼儿园用地。

过了西部大道，这是企业一号公园，目前入驻的企业还不是很多，另外西边的地，现在是阳光城，原先是国企拿了，现在正和福建的财团在谈，要合作开发呢。

车队警车开着道，先是小轿车，后面是个中巴车，浩浩荡荡地过去了，人群就可以走动了。其实也没多少人，大中午站路上，马路光灿灿的，没有人影，晚上出来怪吓人的，过年了就是一座空城。

杜峰辞职了，跟着他辞职的还有他的徒弟镇平。

辞职的原因很简单，娟子生完孩子后身体一直不好，转眼都一岁多了，也是隔三岔五地往医院跑，娟子对娃上心呢。杜峰爸妈去看娃，这也不对那也不对，他宝鸡的妈来，也是不对付，他妈还惦记着家里的老汉呢，一有空就回去，回去了磨叽着不想来。

只好找保姆了，杜峰把西安城大小的家政公司跑遍了，找来一个待不了多久就走了，只好再找。娃一天天大了，事情也一天天多起来。杜峰正在外面采访呢，娟子打电话，又说家里的破烦事。

就这档口，报社疯狂地攻城略地，开始在沈阳、天津、成都，甚至跑到南非去办报纸搞传媒呢。报社是越来越火了，挤得其他几家报纸都没法活了，他一出来一沓子，多半沓子都是广告，于是，西安的报摊子上其他报纸都是搭着卖呢。

人手紧张了，老员工就被派去各地的记者站，领导说了几次，杜峰都说家里的困难，去不了。这次领导让他去天津，新收购了一家报纸，让他去负责编辑部呢。杜峰说："领导我去不了啊。"

领导站起来："报社的规矩你懂的，不是和你商量呢，是通知。"事情就僵在那儿了。

"要么去天津，要么走人。"杜峰火了，走就走，转身出门了，回到二楼的办公室，就收拾了桌子，还了电脑采访设备离开了。

出门以后，往北还是往南，往北几步路就进了含光门了，进了城。不进去了，往南，再往南是二环，现在都是三环了，三环外的杜家桥现在变化也是很大的，欧亚学院的学生们有好几万了，把几千人的杜家桥弄得热闹无比。

杜峰很长时间没有回家去了，看着西万路高新这边都拆了，杜家桥也盼望着拆呢，但一直没有动静，村子越来越拥挤了，小旅馆、发廊、唱歌的地方、打麻将的中老年活动中心、配钥匙的、做米线的，干啥的都有。

不像以前回去都是村里人，熟悉的面孔，现在很难见到原来一起长大的小伙伴了，都过了 30 岁，都忙着挣钱呢，生娃呢。以前大家结婚生娃过满月还能一起聚聚，现在没啥大事了，就忙，忙着挣钱养家呢，很少见面了。

杜峰就随着马路往南走，这条路以前叫陵园路，路的尽头是市烈士陵园。杜峰从未去过，去那儿干吗呀。陵园路好像很阴森，前些年改了，改成含光路，路的这头叫含光门，这个名字听起来比陵园路阳光多了。

杜峰心情不好，倒不是沮丧，是有一种解放的感觉，但心里却空落落的，电话响了。

电话是编采中心张总打来的，说："杜峰啊，咋听说你要辞职了，刚让我签字我才知道，你家的情况孙总不了解，你来给我说嘛，干吗要辞职呢，现在像你这样的老手正是报社的骨干，辞职了干吗呀，太可惜了。"

杜峰边接电话边朝前走："张总啊，我有这个想法很久了，特别累，心里累，压力也特别大，每天像个机器一样，采访，写稿，再采访，写稿子，早都够够的了，也想歇歇呢。当年我还有个文学梦，后来学中文，毕业到报社，经历了很多事情，原来还有点新闻理想，铁肩担道义的，现在在报社就是个冲锋枪。报社做广告呢，拿不下来，就去打一枪，然后经营口的人就去了……"

电话打了快一个小时了，杜峰都从含光路走到二环上了，又顺着含光路往前走，心里特别温暖，在报社干了这些年，就主管的张总还能让人感觉亲切些，再就是那些同事们。对报社的感情么，谈不上，就是一块巨大的招牌，有时像气球，给人说的时候挺大的，到了自己跟前，一吹就破了。

挂了电话，杜峰往回看，按摩房早就过了，就干脆在旁边一家写着秦镇老店的招牌店里吃了碗米皮，吃了个肉夹馍，算是踏实了很多。

刚要结账的时候，镇平打来电话了。

"哥，你辞职了？"

"嗯，辞了。"

"辞了好，我也不想干了，你有啥想法呢？"

"还没有。"

"咱俩开个广告公司得了，名字我都想好了，就叫四方城。"

镇平在电话那头很兴奋地说，杜峰听着，也没多大劲头，依然是懒洋洋的，没精打采的。

"你在哪呢？"

"二环这边呢。"

"你等着，我过来咱俩去洗脚去，合计合计。"

杜峰和镇平当天没有见，他暂时不想开公司的事情，想放空一段时间，想一想，整理一下自己，把事情都理一理再说，就说："回头再说。"

他给耀子打电话："耀子耀子你在哪呢？"

"我在锦业二路呢。"

"在那干啥呢？"

"提个车，买了个宝来，刚办好。"

"那刚好，来接我咱俩进山去。"

"好好好，你等着。"

耀子到二环把杜峰接上，顺着唐延路往南，耀子开着新车，车上还挂了个红绸子。杜峰说你还讲究得很，耀子说我妈还让我笼堆火，来回跑几圈呢。

到了国际学校门口，杜峰说："给豆芽打个电话，看她在不，也一起去转转去。"耀子说："人家上班呢，要打你打，我开车呢，你今天咋没出去采访。"

"我辞职了。"

“啊，你也辞职了，现在说辞职就像喝凉水呢，干得好好的，咋不干了。”

“整天出去干得提心吊胆的，干别的还能积攒些资源和人脉呢，干个记者，整天找人麻烦。你是记者，当面人家客气，说你是记者很牛气，一转身，人家说防贼防盗防记者！现在不比以前了，刚来的 80 后敢胡整的，快把这个行当毁了。”

“就是就是，杨英新开了一家幼儿园，娃们在楼顶玩呢，有个二货老师拧娃耳朵，让附近楼上人拍到了，发到网上，结果弄得沸沸扬扬，记者把门槛都踏断了，记者一登报，教育局就急了，来检查处理。”

杜峰给豆芽打电话，豆芽说没在学校，到管委会送个材料，正往回赶呢。杜峰说：“我和耀子在一起呢，耀子买了个新车，准备进山转转去。”

豆芽说：“那你俩在学校门口等着，我快到了，一起去！”“不影响上班吧？”“没事，快下班了，我最近也挺烦的，正好找你们聊聊呢。”

车顺着西万路一直往西走，到沣峪口以后，杜峰说：“往里走。”耀子说：“我这水平不行啊，那里面的路七拐八拐的，心里不踏实，今儿有点晚了，改天早点去。豆芽说三面佛那里有家农家乐不错。还是上王村吧。”

三个人到了上王村，就把车停下来往里走。这几年上王村挺火的，先是村里人搞农家乐，现在城里一年比一年热了，南郊的人没事就往山里跑，现在汽车也多起来了，就连耀子也有了车，有车了腿就长。南山根兴起了一长溜的农家乐。

环山路原来顺着山根走呢，去年开始修了环山旅游公路，路宽车也多，一到周末放假，西万路车就不断，国家现在又搞了黄金周，把假期集中到一起，网上说，要进入全民休闲时代了。

顺子给耀子打电话，说他爷让他到书院门去买点宣纸和毛笔，老头现在练字，自从郭家堡回迁以后，老头精神多了，整天在村子里转悠。

老爷子还吆喝了村里一些老人，给村长提议修个牌楼，村长觉得这主意不错，花了二十多万在村口树立了一个石质的牌楼。从四川请来的石雕师傅雕得很漂亮，很有气势，上面正门写着“郭家古堡”，两边写着耀子他爷拟的长联。

耀子知道，他爷正在画原来郭家堡的样子呢，在一张宣纸上，戴着石头镜子，一笔一笔地描，描了又叫村里的老汉来看，大家提出意见了就改，画了整整半年呢。

村子的画画完了，耀子他爷又开始写各家的族系旁支，写完了拿给别人看，别人就说往上该是谁是谁。以前家里都是有族谱的。那谁家在拆迁的时候从老墙里翻出来一卷，老爷子就跑去找，那人家说，早不知道撇哪儿去了。

族系整理完了拿给村长看，村长说：“好着呢。”

耀子他爷被夸了，来劲了，和村里的老汉说，又找了几个退休回来的教师和干部，整理村史，说是给娃娃们后辈们留些纪念，后辈们娃娃们都在挣钱，没人关心这事。

耀子他妈说，整天弄闲的，他大说人老了，喜欢干吗让干去，只要高兴，多活两年，多看看世事。估计前半年买的纸又用完了。顺子打电话，看耀子有时间买了送过去。耀子说在上王村呢，顺子说那改天吧，我也没事，来和你们汇合。

顺子到的时候，耀子和杜峰把一瓶酒都喝得差不多了，各说各的烦心事。

耀子说："现在开了三个幼儿园了，杨英整天忙得要死，我也在帮忙，光是后勤的米面粮油都顾不上，现在老师们越来越难招聘了，现在的年轻娃不好管。"

豆芽说："办幼儿园挺好的，现在新建的小区越来越多了，都有配套幼儿园，这个事情能做呢。幼儿园家长要求不高，吃好管好耍好就行，不像小学中学家长看升学率的，老师的压力也大呢。"

现在田园都市的幼儿园学费一个月就 1000 多，老师的工资又低，一个班三个老师，10 个娃就够了，多招的就算赚了。现在小区入住的人越来越多，很多都是年轻人在买房置业，这个事情也有干头。

耀子喝着酒说："话是对着呢，但小娃的事情太操心了，屁大个事家长就闹得不行，安全是第一位的。主要是老师都是 80 后，和咱那时候不一样，又是连高中都没考上的娃，上个幼师就出来了，有些人品行不好，对娃们不精心。去年曲江那边一个幼儿园老师，嫌娃闹不睡觉，就把安眠药碾碎了放在饭里头。现在人胆子大，啥事都敢干了，只要能赚钱。"

"杜峰，你辞职了想干吗啊？"

"还没有想好呢，我在报社的一个同事想拉我一起做广告。"

"我觉得这事能搞，现在的东西看谁能吹能宣传呢，不是酒好不怕巷子深的时候了。杨英老让我出去学习呢，我去听了几次课，是成功学，还有教练技术，都是小品里说的忽悠。"

"房地产现在发展特别快，到处打广告，你家娟子和你都在媒体待着，干这个有优势，房地产现在越说越神奇，可以搞个房地产策划公司呢。"杜峰和耀子有一搭没一搭地聊着，越聊越有劲，心里慢慢有底了。

豆芽说："你们都想干事，我在熬日子呢。"杨校长退休后，在高新路的前进大厦办了个培训班，请了很多高新一中的老师。老师来了，学生自然就来了，非常地火爆，而且给高新的学校带来了好的生源。

高考现在扩招了，但中考却难考了，而且好生源越来越集中在了几个学校，大家开始叫五大名校了。杨校长又计划开办个全日制补习学校，地址都选好了，又回到东仪路上去。东仪对面有个院子，集中了好几所学校，原来是干计算机培训的，这两年计算机不行了，都改成了文化课。

杨校长让豆芽过去一起干呢，她心里没底，国际学校又走了一批人去北郊经开区了，曲江又开始办学了，又要走一批呢。

顺子来了，也说自己颇烦得很，在乡镇和县上待了三年，回来好岗位没有了，就去了地方志办公室。都发展经济呢，谁还在乎地方志的事情，顺子说我和我爷干的一样，我爷是老了白干呢，我是干啥呢。

当晚醉乎乎地回家就睡了，半夜里杜峰口渴，起来喝水后就再也睡不着了，他打开电脑，想玩会儿游戏。杜峰对网络上的游戏都没兴趣了，网上随时闪烁着各种各样诱惑人的图片和标题。

杜峰打开新浪博客，写下了自己离职后的第一篇文章。

18

西安的楼市睡醒了，两三千块的价格一下子被突破了，开始三千四千往上涨。高新的枫林绿洲、绿地、逸翠园的价格也开始上扬，唐延路上开始一座又一座工地在拔起，东盛似乎没有了往日的繁盛，西安海关、设计院开始对外办公了，又一栋高楼封顶了，写着国投的字样。

唐延路上的金融行业招牌日益多起来了，原先是几个工厂都说要拆了开发房地产，圈起的围墙上写着迈科集团、地电地产、银河产业园，对面的开米也不见了，成了大唐电信，原先的西电的滑滑梯已经被一圈高楼挡住了，只露出天空的一处圆顶。

新一轮的城市建设和财富起落的传奇又开始了。

曲江修建了大雁塔北广场、遗址公园、南湖以后，地块都被金地、中海、金辉等外地地产大鳄们一再抬高拉升，曲江寒窑、秦二世墓都在加紧清点整理，要开始重建了。

芙蓉园也在规划、拆迁，加紧施工了，报纸上一波又一波的宣传浪潮刺激着开发区人的眼球，大家开始回忆当年高新路、电子城，二次创业的热潮。开发区好消息还是不断，软件园开了，台商工业园也启动了，美光也开了，不断有知名的企业到高新来。

报纸上说航天产业园要建立了，西安世园会要在浐灞开了，欧亚论坛也将举行，每次出去到周边，都有新修的马路，新栽的行道树，大幅的广告牌，河道在整修，说是要恢复八水绕长安的胜景，城市不断地向外扩。

西安城里，皇城根下依然是那样，火车站依然人来人往，可是五路口的天桥要拆了。晚报上开始有人回忆原先的老街道，老店铺，东西南北四条大街先是西大街改造了，南大街北大街也在改造，东大街顺城巷骡马市等老街道也在整修。

一派的声音说是要恢复皇城风范，拆了高楼建设仿古街，一派的声音说要拆了城墙，建设国际化大都市，展开了唇枪舌剑的争论，但是不管走哪条路，环城一片的棚户区算是拆完了，整修成环城公园。城墙里的省市机关开始往外撤了，市政府已经决定往北边去了，省政府还没有说定，只是个别厅局出来了，高新的也有，南郊的也有，想去曲江的也有。

唐延路上汽车 4S 店多起来了，锦业二路也有了，西部大道上也开了好几个厂家，北郊的，东郊的，卖车的多起来，马路不停地在修，汽车也越来越多，汽车的尾气开始充斥每条街道。冬天里西安城上空总是阴着，像个锅盖，也越来越厚，越来越浓密了。耀子买了车以后，杜峰也买了个富康，大家的腿长了，到处跑。

郭杜再也不是过去的村子里，也成了城市化的一部分，国际学校对面是车管所，失去土地的附近村民又发现了新营生，就是帮忙在车管所里排队，帮忙办理各种手续。

车管所周围开始有了二手车市场，车管所门口常年停着车，车上是

驾校招生的招牌，也有女的举着招牌到处招生呢，郭杜附近又多了好几个驾校，都是把暂时没建设的土地推平了，扎上桩子，办起了驾校，考驾照也要到外事学院去，那里有标准的考场。

豆芽和杨英也报了驾校。

豆芽是有个驾照的，是那年给交警队的一个人帮忙让娃上国际学校，人家给他免费办了个摩托车的C照，就可以开车了，但并不会开。杨英是真心要学习呢。

她俩各交了3500块钱，先是到郭杜车管所的微机房里答卷子，都是一些常规的知识，有些是袁峰给他们说的，有些是蒙的，但总算是过了。

然后就是场地练习，杨柳说她去西郊老机场的汽车俱乐部玩过，教练就坐在边上，脚底下有个刹车，看不对劲就踩了。杨柳上去就扭钥匙把车点着，按照教练说的，放离合，挂挡，加油，车就蹿出去了。

杨柳是玩过碰碰车的，方向倒是把得来，但是加油没轻重，车就呼呼地往前冲，教练赶紧喊换挡换挡，踩离合换挡，杨柳一下子把档位搞到了三档，车子的速度加快了。

好在老机场场地大，眼看差点要撞到墙上去了，教练急忙踩了刹车，车才停下来。一下车就说："你这女子技术不行，胆子还大。"杨柳就给豆芽和杨英说："开车首先是胆正。你想啊，你就是开车故意撞别人，别人还躲呢，所以你一定要胆子大，才能开得起，开车的技巧就四个字，狭路相逢勇者胜，不对，是七个字。"杨柳开车好几年了，是个红色的跑车，只能坐一个人，她开加油站的，加油不掏钱呢。

豆芽每次坐上去，教练都先让她起开，放上坐垫再说："你把座位要调合适了，你这样把车开出去，那是无人驾驶呢。然后就加油，加油。”豆芽又熄火了。

教练就急了:“你怕什么呀，往前开啊，有我呢，要是在方向盘上绑一串肉，狗都能开。”豆芽就生气了，回去找袁峰教她，说:“你原来开车呢，我就没打算学，现在你经常不着家，我得学呢。”

还是杨英灵性，每次到驾校里，买包烟给教练，说师傅你辛苦了，教练就和颜悦色地教呢，杨英就学得快些。到了考试的那一天，杨英说我先来，结果杨英过了，豆芽说你都过了，我也得过，也就过了。

考完试她俩在外事学院食堂吃了饭，一个学生就过来问:“你们考驾校呢，我们在校学生每人都有驾照呢，学会了不练是白搭。”杨英就说:“我们家有车呢，随时练。”

她回去给耀子说:“人家学生都有车呢。”耀子说:“你知不知道有首歌叫《天堂里有没有车来车往》?”“知道啊。”“那是个真事呢，二环路刚修通的时候，车速都很快，一个小女孩被撞死了，而她的爸爸之前也被车撞死了，小女孩的老师很伤心，就写了这首歌。”

杨英吓住了，开车总是慢慢的，后来在高速上因为开车限速被罚了，不过是低于最低时速。

杜峰和镇平的“四方城”开张了。

他们在水文巷测绘局的院子里租了一套房子，工商手续一办就算开张了，先是做分类广告的业务，就是印制了一批叫四方城的小册子，前面是西安城里的每一个老街道、老建筑的来历和故事，然后把商户的业务信息登上去，每条信息收三五百元。

前面的人文知识是由杜峰来撰写，搜集资料，出去采访或者到古城热线、华商网、西祠胡同上去找，后面的广告业务由镇平来负责，选在水文巷这个地方，就是离太白路建材市场近，这里的商户多，建材厂家

西安办事处也多，业务好拉。

万事开头难，一个月下来，交了水电房租，两个人分了500块钱。杜峰有点熬不住了，孩子花钱厉害着呢。镇平还没有孩子呢，就说创业艰难，我坚持着，你看有啥钱能挣就去干。

这个时候，报社榆林记者站的一个同事打电话："杜峰呀杜峰，你有空么，一个陕北煤老板想写点东西呢，你有空上来。"杜峰给镇平说了。镇平说："那你去弄，我继续做业务，四方城前面的人文稿子你写了发我邮箱，咱一季度出一版，来得及。"

杜峰就从西安出发了，西安城的柳树是垂柳，灞桥折柳送别的都是这种柳树枝子。可车一到铜川，不停地一级台塬一级台塬地往上走，柳树的枝子就慢慢直了，过了延安，柳树的枝子是往天上长的。

他的富康车走了十几个小时，台塬越来越高，到了黄土高原，树木也从灌木变成了草皮。远处山梁上沟壑纵横，近处的柳树树干光秃秃的，只在树冠上有了一丛，陕北人叫狗头柳。

刚到神木的时候，天色已经晚了，杜峰也看不清县城有多大，只是在酒店前停了车。同事过来带他上了另外一辆车，七拐八拐地到了一个十多层的酒店。

一路疲惫，但走进酒店后杜峰精神了，酒店的大堂富丽堂皇，杜峰随同事到了一个包间。

那么大的桌子上坐了好些人，都是神木城里的煤老板们，也都是同事的朋友们，大家坐下互相介绍，一个个都身价不菲的，然后就喝酒。陕北人喝酒豪气，杜峰是有心理准备的，但豪气到陕北人的程度杜峰却没有想到。

酒桌上大家聊陕北的煤，说是沧海桑田，这里以前是大海，现在成高原了，地下有四宝，油气煤盐，大家都说以前地薄人穷，经济搞活以后，政府发动大家挖煤呢，花 2 块钱到乡政府办个采煤证就可以了。

煤是很容易就挖出来了，很多都是地表刨开就有煤呢。农村里过年，用煤块子垒起来成了小山，就点燃了红火一个正月。有煤了卖不出去咋办，早期发家的都是出去卖煤的，现在需要的量大了，就改成采煤的。国家也在加大煤化工深加工，陕北人不比以前，以前最缺的东西现在是不缺了，现在是中国的科威特了。

说这里的老长城，挖煤把长城都挖了，说那谁原来卖豆腐的，大字不识几个碰上机会了，成首富了，说那谁开始给村里人盖别墅，每家送一套结果村里人还不领情。

杜峰没喝多少就迷糊了，大半夜醒来的时候，杜峰是在一个木桶里坐着，木桶里是牛奶。杜峰用舌头舔了舔，还真是牛奶。他这辈子就洗过那么一次牛奶浴。困得不行，他起身去床上睡。

第二天有车来接，杜峰才看见满街都是卖车的，都是好车，满大街跑的都是豪车。街上的楼都很高，都很新，他感觉像到了外国，但街上人粗重的鼻音告诉他，这是在陕北。

车很快出了城，路边的树木少了，过了一段沙化的路，司机说："往前几十里就是毛乌素沙漠了。"同事给他说过，这个煤老板是个很神秘的人物。

在一处院子里车停下来，铁门里就传来狗叫的声音，门口有两个膀大腰圆的人，打开铁门让杜峰他们进来，然后又关上了门。院子里高墙很深，树木都很粗壮，也很珍贵，院子很大，走了一圈又一圈，在二楼的办公室，杜峰见到了老刘。老刘是典型的陕北大汉，长得很魁梧，穿着白衬衣，正坐在一张宽大的木头案子旁边看手中的一件古董，满屋子都是些好东西，看上去都很值钱。

老刘招呼杜峰坐下，然后有人来泡茶，送点水果就出去了，厚实的门发出沉闷的声响。

“杜记者的文章我看过一些，比较实在，朴实，我比较喜欢，叫你来呢，是想让你给我写点东西。我有个儿子，去年因喝酒过度已经不在了，年纪和你差不多。还有几个孩子。写这个东西呢，就是想给孩子们留些纪念，要知道珍惜。我是陕北长大的，可我父亲原来是老师，在西安西郊的航校教书，我们家属于那种一头沉家庭，一头沉你知道吗？就是我母亲在农村。

“我在榆林中学上的高中，80 年代末就到西安上财校了。时间真快啊。陕北煤业发展起来以后啊，我的很多同学都开始做煤炭生意了，成立公司。我在西安开了一家财务代理公司，原先给他们代理业务呢。后来陕北的需求越来越大，我就回来给他们做财务管理。财务的问题么，你知道的，做企业就是这块最关键了，都是和老板亲自打交道。

“陕北的煤老板你也知道，很多出身不好，都是大老粗，这样一来呢，我就在陕北有了很好的人脉，业务在整个榆林和延安都有，一来很多都是同学，再就是我的业务水平不错。做煤炭生意少不了互相拆借资金周转，我做财务自然知道谁有钱谁缺钱，就这样我成了煤老板们的财务中介，谁借钱都需要我来出面，大家都很信任我。有钱了以后，我就在这个老板的矿上入点股，就在那个老板的洗煤厂占点股，谁做不下去了要卖，谁要买，我来出面，这样一来我又有了赚钱机会。

“现在大家都知道煤老板，可我是煤老板中的老板，很多人不知道我，我也不想他们知道，在外面就是个传说。我不常在陕北待，西安、上海、北京、深圳我都有产业和房产呢，孩子们也不在身边。

“我成立了一个矿山救援队，现在煤矿总是出事，国家的救援队有时候赶不及，我招募的都是有经验的矿井工人，这个救援队是义务的。鄂尔多斯，陕北这一大片煤海，我愿意帮助大家。我还有自己的园林公司，还投资了房地产，事情现在都有人在打理。我找你来，给你讲讲陕北煤炭行业的一些事情。我是想啊，任何一件事情都有定数，现在有些人啊，脑子过热，凡事都有经济规律，这种情况长不了的，所以也想让你梳理梳理，写个东西，给大家提个醒。”

杜峰在陕北待了三个月，回来的时候老刘给了他一张卡，回来一查，竟然有 50 万呢，解决了四方城的燃眉之急。老刘人也不错，后来就成了很好的朋友。

袁峰把车停好，就上了绿地一栋楼。

电话响了，是老三。出事了，东北帮被灭了，工程可以复工了，土方公司能做就做，不能再干逞强斗狠的事情了。

但袁峰还是出事了，那天回到别墅的时候，看路边停了辆车，有几个人下来了，挡住他的车。“你是袁峰。”“嗯，我是。”几个人就把车门围住了，亮出了证件，是警察，把他带走了。

三个月后，袁峰回来了，悄没声息的，给人就说出国了一趟。豆芽给耀子说：“你和杨英干个幼儿园挺好的，袁峰老说财富险中求呢，迟早要肇祸。”豆芽说的时候很轻松，她晚上和美国的杨柳在电脑上视频聊天，说她也想出去呢，带袁豆豆出去读书呀。

杜峰从陕北回来以后，镇平说：“分类广告的业务不行了，想做互联网呢，想在西安搞个地方频道，但是承包费太高了，拿不出来。”杜峰说：“需要多少钱呢。”“至少得三十万呢。”杜峰说：“我有。”

于是，他们把四方城从水文巷搬出来，搬到创业孵化中心来了，公司业务开始转向互联网，招聘了好几个从翻译学院、外事学院毕业的学生，只搞开发网站、做宣传册、拍宣传片这些事情了，大型网站地方频

道的事情还是迟迟没有谈下来。

娟子在电视台那边转到广告部门了，给他们提供了一个业务线索。

说是北郊高陵有个工厂，要搞厂庆呢，要出一本书和拍个纪录片。杜峰就和镇平去谈了，谈得很不错，两个活有了30万的标的价格，能忙活一阵了，跑到汉中、安康好几趟，业务也算顺利开展了。

这个时候，很多报社的同事也都先后离开了，出来做文化传媒广告的事情，大家互相传递着信息，业务分布起来干，有业务了大家都是一个团队在做，没业务了就各自在自己的领域做着，公司慢慢往前推进了。

耀子来叫杜峰一起进趟城。

在路上，耀子说："想买股票呢。"杜峰说："这里面水深着呢，我倒是听说最近股票、基金好像玩的人多，南大街的股票交易所很久没有那么热闹了，那咱就去看看，好久没有进城了。"

海信证券的门前也很热闹，门口有很多卖各种证券报的，里面人头攒动，都盯着大屏幕在看呢，大屏幕上滚动变化的光点引起很多人惊呼，但今天看上去很多都是红的，大家都仰着头，高兴着也失望着。

耀子排队去开了户，放一点钱进去了，杜峰说："你可以啊，杨英知道不？"他说："知道的，杨英做财务的，说现在能弄呢，给我10万块让我开个户。"杜峰说："这事我不弄，我没数字概念，看见那数字就头疼。"

"那你对文字有概念就好了。"杜峰说："搞啥你懂得呢，股票这玩意风险大呢，大屏幕上不是提醒过你么，股市有风险，投资须谨慎。以前股票好的时候，有些人发了，股票跌了，有些人跳楼了。"耀子说："那是心太贪了，心态有问题。"

18

这一年，中国股市已经处于非常疯狂的状态，像耀子那样开户的人占了一个多亿，近四分之一的中国人在炒股，连农村很多人都开始炒股了。5 月 30 日以后，很多人倾家荡产。

耀子的 10 万块也没剩下多少，多少就在账户里躺着，等待着下一次牛市。

19

时节是新年了，冬天里特别冷，田园都市的暖气一直不好，偌大的园区是自备锅炉供暖，高新热力成立有一两年了吧，看啥时候管道能铺到这里。

园区入住的人口越来越多。有好几年过年都不发烟花爆竹了，几条街道的十字路口再过些天该有烟花爆竹的摊位了。禁止燃放烟花的禁令在这里不太管用，离城太远了，中间隔着那么一大片工地呢。

早上推开窗户的时候，全城惊呆了，下了一夜的雪，好些年都没有见过这样的雪了。杜峰看到围墙外绿化带上的杂树已经劈叉了，去年刚新生的枝丫断在马路上，很多树木倒了，路上堆积着厚厚的雪。

快到上班时间了，娟子迷迷糊糊地起来说："电视台今天该有事做了。"那边新来的保姆已经在做饭了，杜峰转身回到屋内，摇醒儿子，该上幼儿园了，估计儿子看到这样的大雪该是很高兴的。

这样的天气，上班是个难过的事情，出租车很少到这边来，在西安城里坐车说到紫薇田园都市，都说不知道，到郭杜车管所，都说那么远啊，回来估计要空跑了，有点犹豫，但毕竟是个小长途，还是让上车了。

杜峰他们经常会在路上遇到迷路的出租车，挡住他们问路，这拐来拐去那拐不出去呀，这地方的路咋转圈圈呢，习惯了直来直去四方城的出租车司机对德国人设计的田园都市很不习惯。

公交车倒是新开了一路双层的 608 公交车，终点站就在逸翠园学校那边。学校据说今年 9 月份就开学了，更奇怪的是，高新接手学校以后，才发现学校里没有安装暖气设备。原来香港人设计的学校没有装暖气的意识，一开春，就开始打洞钻眼安装取暖设备了，国际学校已经在做好小学初中的分离准备。

豆芽被安排随初中部到新学校，心里想着，咋到处都是筹备新学校呢，其实新领导也知道，她有经验，再说自从杨校长走了以后，也不知道把她放在哪里好。

新学校的班子是从隔壁高中部调来的，老班底都是原来初中部的老师，一些人先后走了。新校长根据班额设计开始筹备招聘新人，这些人毕竟在一起六七年了，形成一种相处方式和文化了，管理起来不难啊。

推行了多年的教育产业化政策引发了一系列的社会问题，国家已经在整顿了，明令不再走企有民办、国有民办的路子。市里已经在着手接管企业办学了，所有的学校土地、校产还有人员编制都在登记中，快退休的老教师高兴了，临了临了赶上了末班车。

已经退休的急了，组织起来到学校，到教育局还有市里去告，要求一视同仁。那没办法啊，此一时彼一时，政策的调整赶上了就是赶上了，赶不上没办法。

于是，很多人就很郁闷，要知道原来企业退休的教师是按企业退休职工的待遇发退休金的。而公办教师是事业编制，按照公务员标准发退休金，差距是够大的。

企业办学在西安市可是三分天下的，以前很多教师走了，跑到高新了，跑到很多民办学校了，这时候开始动摇了，有些年纪大的就回去找领导说情，有些还真说动了，回去了，混成了公办教师。

国家也看到了公办学校教师待遇低、设施陈旧造成了整体性的衰弱，开始连续三年增加教师工资，而且每年的递增不低于 20%，这样一来，公办教师的待遇和开发区学校的教师待遇在缩小，教师招聘的难度越来越大了。

但是高新已经形成了多年的优势，北郊经开区从高新过去一帮子人，弄得风生水起，也逐步成了北郊那片除了西安中学以外的新兴势力了，曲江又在紧锣密鼓地筹备曲江一中。

开发区的地盘越来越大，企业也不断增加，民办的办学模式现在被国家明令禁止，要求各地加大投入，义务段教育不再审批民办学校。

这样一来，新开办的高新三中就成了开发区的公办了，前几年开办的高新第二学校也属于公办，开发区办学的另一个序列就这样开始了，不过，开发区的公办和社会公办还是不一样的，教师身份不是编制内的，属于开发区职工。

就在前一年，高新教育又上了个新台阶，又出了高考状元，报纸上连篇累牍地宣传，各报纸在招生季都开办了教育专刊，各学校都在疯狂地抢好的生源。在这个自隋唐实行科举制度的古城，人们对状元有着一种特殊而坚韧的情结。

逸翠园学校初中部是原来国际学校民办初中，这样一来，就成为开发区的最后一个民办学校了。继 1998 年、2003 年之后，2008 年又成为西安教育发展史上很重要的一年。

这一年，经过多少年的沉淀，西安的老百姓都知道了五大名校，陕北的、陕南的、关中道上的，都冲着五大名校来了，一些县上历史悠久的学校开始衰弱了。

西工大附中和高新一中的两强局面慢慢地开始向高新一中倾斜了，

铁一中在东边，东边来的商洛人大多选择那边学校。友谊路上的老校区装不下了，开始在青龙寺那边搞了个福伦校区，又和浐灞动工修建滨河校区了，开创了名校和地产商联合办学的路子。

交大前些年的教育产业化路子走得更远，在大学扩招扩编改制的道路上，西安城里的很多大学已经挂上了交大的牌子，到处都是交大，在基础教育这一块，阳光教育也开门招生了。师大附中也和很多地产商合作，开办分校。只是有些学校走得太快了，管理跟不上，离高考状元越来越远了。

每年的中考招生时节，各校都派出了精锐的力量，下到陕西各个区县，去打听收集优等生的资料，然后走访家庭，许诺减免学费，给予高额奖学金，挖走好生源。

一些县城重点中学旁边的小卖部都火了，招生人员会到那里打听消息，打听年级第一名的家庭住址，然后走上门去，半夜里都不走，像是谈判一样。

高中生源大战引发了更大的问题，就是西安城里的小升初考试，招生的时间一再往前推。春节前后，各校都开始点考了，六年级的小孩子开始在各个考场游走，家长们竖起耳朵打听来自各方面的信息，QQ 群里更是热闹，各种贩卖名校招生指标的信息不断，骗子们开始兴奋起来，瞪着血红的眼睛在寻找猎物。

教育局急了，发文件，不允许这样搞了，太乱了，干脆统一时间考试，就定在 5 月 28 号。

考试自然是需要选拔的，于是又一次刺激了奥数市场，西安是这样，全国都是这样，连中央电视台的《焦点访谈》也在探讨这个话题，全国政协会议上，奥数问题也被提上议事日程了。

西斜七路的奥数火得一塌糊涂，幺妹已经成了西安教育界的名人了。就连耀子、杜峰、杨英他们亲戚朋友的孩子都要找幺妹帮忙，还得

感谢顺子从四川带回来的这个人精。

顺子又一次离开了西安城，他这次去的是安康的宁陕县，临走的时候，家里把婚事办了。媳妇是杨英幼儿园一个园长，人很漂亮，也很踏实。

省上要选拔一批省管干部到基层任职，顺子在文史办待得没滋没味的，虽然已经混到了办公室主任的份上，也是副处级干部了，但都是干些杂七杂八的事情，特别想趁着年轻干点事情。

于是他就很快报名了，经过层层选拔，最终被安排到宁陕县当副县长，因为文史办的经历，加上是师范毕业，自然分管教育文卫工作。

就在顺子临走之前，爷爷去世了，这在郭家堡可是一件大事。爷爷生命的最后那些年，都在整理文史资料，慢慢地很多人都知道了，老汉突然走了，大家这才觉得老汉实在是可惜了。

就在临走的头一年，郭家堡拆迁款的事情烂包了，起因竟然是街道办的主任喝多了，说漏了嘴，上面给的拆迁款，村民拿到手竟然少了不少，于是，顺子他爷和几个退休干部就到处上访，还被关了几天，回来的时候，村里人敲锣打鼓地欢迎呢。

耀子他爷临死前，村西头那仅剩的二十亩小麦和两亩猕猴桃树突然被三辆装载机给铲了，村民们不干了，耀子他爷又开始冲在前面，拿着《土地管理法》和《村民组织法》和警察讲理，结果不知怎么就摔倒了。

爷爷的葬礼在郭家堡是极其隆重的，全村的老少爷们都来了，邻村的也送来了花圈。郭杜地面上很多村子都派来了代表，郭家花园笼罩在一种悲愤中。

就连村里卖早点的、摆摊的、租房的、开店的都到耀子家爷爷的灵堂上了一炷香，磕了三个头。村长请了戏班子，在村中央的广场上，连唱丧戏三天，黑纱白布花圈幔帐围着郭家花园的围墙齐刷刷地摆了一圈。

最可怕的是村民中蕴藏着一股怨气和怒气，郭杜街办和派出所都很紧张，这事也惊动了开发区，开发区也派人前来代表领导敬献了花圈。

耀子和顺子都是爷爷带大的，感情特别深，在灵堂前哭得死去活来。耀子、杨英和新城，顺子和新媳妇都披着孝服跪拜在灵堂前，前来吊唁的人一磕头，他们就要回礼。

可前来吊唁的人实在太多了，兄弟俩的膝盖都跪破了，红肿得厉害，抬不起来了。顺子咬着牙，耀子的眼睛红肿得厉害。杨英的父母从洛南老家来，除了吊唁，就是来照顾女儿。杨英她大感叹地说："这老汉活了一辈子，值了。"

大家都在想着丧事办完了，村里和郭杜镇上的事情咋办啊，可是所有人都顾不上了，全中国人的注意力都被一场大地震吸引走了。

5 月 12 日，汶川大地震爆发了，全国人民都在悲痛之中，无数的生命处于生死的边缘，汇集全国的力量都在营救危难中的四川人。

幺妹放下奥数班回去了，经历了艰难险阻也要见到亲人。顺子办完丧事也赶去赴任了，临近四川，宁陕也是受灾区。

杜峰正在桃园路的战国策茶馆和原来的报社同事聊天呢，这里是他的一个朋友开的，是西安媒体人的俱乐部。大家整天在街上跑新闻，没事了就聚在这里交流情报。

对面就是省政府小区，又是老机场的地方，形成了餐饮娱乐一条街，生意还都不错。老同事在这儿开茶馆，算是选对了地方，一楼是喝茶的，二楼是打麻将的。

谁要是今天手气正旺呢，就不愿意出去了，谁来了就给大家分享下新闻线索，然后大家赶时间回去写稿发稿，交流的都是同源新闻。

喝茶都是次要的，关键是打麻将，虽然 80 后都开始玩手游了，但是 70 后还是习惯于打麻将。麻将馆里除了这些人，还有些职业赌徒。

不过，他们不在这个点来，一般都是这些人五六点钟走了以后，七八点钟才来，在最里面的一个大包间里，他们不打麻将，炸金花，飘三叶。

一楼总是会有人来，散客不多，但经常会看到一男一女坐在那里，刚进来的时候，互相不认识，然后坐下来低声说话，好像很快就很熟悉了。

然后那男的就去拉女的手，就说附近有旅馆呢，那女的说先喝点酒，然后就点酒，服务员就把一瓶红酒递上去，拿过两只杯子，猩红的液体在杯子里摇晃着，两个人一碰杯，都倒进喉咙里了。坐了一会儿，那男的起身去结账，竟然有 8000 多块呢，男的很吃惊，但没有办法只好付了钱。

茶馆的生意很好，又新起了两个包间，买了自动麻将桌正在安装，突然晃了一下，安麻将桌的工人说："哥啊，你这楼不结实啊。"就有人喊："地震了。"

楼上的人就往下冲，杜峰被拥挤着下楼来到大街上，桃园路像个飘带一样在晃。人群都在惊呼："这么大的地震。"但瞬间便平复了，人群还是紧张，就有人拿出手机来打电话，电话已经接不通了。

杜峰一愣神，赶紧跑到富康车边，开了门打开车开始启动，就往南开，他想起了幼儿园的儿子，急得不得了，好在路上车不多，都停在路上，开得飞快，也没有啥问题。

路过二环到了高新四路，再到头就上了科技路，这个时候，地面又开始晃了，杜峰管不了那么多，依然往前开。

咣当一声，旁边的新西兰楼房像是扭麻花，墙体上的瓷片掉下来，砸在了车玻璃上。杜峰紧急刹车，玻璃没事，再看新西兰的楼，已经稳稳地竖立在那儿了。

杜峰发动车子，顺着唐延路一直往南走，到了国际幼儿园门口，接孩子的人已经围满了，孩子们都在操场上，老师带着孩子们，到门口认自己的父母家人。

杜峰接到儿子，儿子竟然很高兴地给自己爸爸说：“刚才，我正在睡觉呢，突然，大地在晃动，老师抓起我的领子，就把我提到操场上来了，还踢翻了一把凳子。”

地震后的田园都市中心广场，成了万国车展，一时人心惶惶。高新地界大，马路宽，绿地多，广场也多，西安城里的人都拿着被褥干粮，开着车跑到高新来了。

学校也放假了，豆芽杨英杜峰耀子一群人干脆把车开在了一起，打开后备厢，拿出条被单来，把各家带来的吃食都摆上，大家坐在一起吃喝，倒是放松了。

一辆车挨着一辆车，新来的看到已经没地方了。人群里有人说：“时代广场那边看看，那边地方大。”结果跑过去一看，早被郭杜几个村子的人占满了。

几个孩子高兴了，新城就带着袁豆豆一群孩子在地上玩弹球呢，杜峰就拿出扑克来，大家玩挖坑。袁峰不在，又跑到绿地去了，豆芽打电话呢，半天没人接。

晚上大家都睡在车上，小孩女人先睡，男的开始啃鸡爪子喝酒，然后打听着各种地震的消息，电视上解放军开始去四川了。

这样的日子过了好几天，胆大的人回去了，广场上陆续走了人。一周以后，大家都回家去，市容开始打扫卫生，一车一车地往外拉垃圾。

地震的恐惧从人们心里开始渐渐消除了，小升初又开始考试了。家里有小孩的开始带着娃们到处考试，杨英说：“小新城上二年级了，将来上初中得到逸翠园去，你早点给咱想着啊。”

过些日子，学校里开始组织捐款，物业也行动起来了，小区的报栏里贴着各种的倡议书，一方有难八方支援，中华民族的凝聚力是坚不可

摧的，四川雄起。

天气很快热起来了，这个夏天特别酷热难耐，尽管田园都市的树木已经比前些年茂盛了许多，树冠可以遮住马路上的太阳了，但即使是这样，马路牙子上还像是冒火，一踩上去就烫。报纸上说，有人把鸡蛋打在下水井的盖子上，瞬间就成了荷包煎蛋。

大中午街道上看不到啥人，只有车轮子转得欢，撵过的街道留出的车辙印很清晰，车里开着空调，一档肯定不行的，三档还凑合。

屋子里空调整夜开着，刺啦刺啦的声响，人睡在凉席上也不见凉。耀子开始发胖了，睡完觉起来，小新城就说我爸背上背了一排排麻将，就是没有字呢。

广场上乘凉的人大晚上都不散，说着闲扯淡，扯得最多的是奥运会，都说北京欢迎你，不管你是哪个国家的人，来趟北京都成了非洲人，北京不行来西安，晒不黑你才怪呢。

电子商城广场晚上的广场舞也不见了，一动出一身水，还扭个啥。老头们都坐在广场的凉席上，扇动着蒲扇，赶着蚊子，老婆子就骂他老汉：“就不会离那路灯远些。”

唐延路边上的夜市很红火，车都停不下了，灯光通明，开发区兴起了很多的啤酒广场。三环外被征用还没来得及建设的地面被平整过，都挂起了灯笼，开了啤酒广场。

啤酒广场上还搭起了台子，架起了大屏幕，放着音乐和电视，大家都在期待着北京奥运会的实况转播。

一堆堆的肉露着，大男人们光着脊背，汗水顺着脊背往下淌，仰着头往嘴里灌着啤酒。女人们穿着吊带坐在旁边。

钟楼小奶糕已经卖疯了，都是整箱整箱往家里搬，塞在冰箱里，汽水要不是冰镇的都不喝。

秦岭里更火了，每条峪口都塞满了人，河道里到处都是附近村民围挡起来的水塘，里面大人小孩像煮饺子一样不出来，各家的农家乐谁家树多水多生意就好。

就在这一年夏天以后，秦岭里开始修建的别墅多起来了。沣峪口的紫薇山庄又开了一片，秦岭山水趁机卖出去很多。人们都说："有这个秦岭便是西安人的福气，被称为西安的花园了。"

秦岭的沟沟岔岔开始拔了草皮，在山洼洼处盖起了房子，修建了别墅。各种避暑山庄的广告开始打了，秦岭里的村长也有事了，能盖房的地方都有村民去要。

机场、海关、公安、工商等单位开始在秦岭里拿了地，要建职工休养中心呢，国防厂过去不要的旧厂房住宅区又一下子火了，成了各种休闲场所。环山路两边开始出现了很多的楼盘和别墅广告，上王村的规模也在不断地扩大，不过已经不能满足大家的需要。

一个又一个门楼排场的农业园区形成了，前面盖着大门楼子，修了宽阔的马路，修建了生态农业的采光棚子，后面便是大片大片的土地，都被围了起来。

开发区也朝南发展，听说草堂寺那一边又要开发成一个园区组团。国际学校的老师们开始在登记，看谁还要团购房子呢，房子在哪？梁家滩，梁家滩在哪？沣河边上呢，有山有水好地方。

奥运会开幕了，全中国的人都沉浸在奥运会带来的喜悦和激情中。大街上开始出现运动类的大超市大商场，人们的运动健身的意识一下子被点燃了。

这是不平凡的一年，风雪冰冻、地震、奥运、台风、酷暑，但不管怎样，都是岁月长河中的一瞬间，很快便消逝在大家的记忆中。

20

过了年这个坎，田园都市大街上的人明显多起来了，一转眼六七年过去了，这个偌大的城市新区树木在一年年地长大，人口也在一年年增加，过去辽远的村庄不见了，高的楼，新的街道不断地出现。

整个园区出现了餐饮街区，除了步行街的店铺虽然换了一茬又一茬，但越来越多新店开起来了，有火锅肥牛、新疆拌饭、川菜湘菜馆子，招待个朋友，家里来个客人再也不需要去郭杜街道或者电子城了。

原先每个区都有一个会所，就算是整个园区的配套，但实际上，后来都成了各种的经营。C区的教育会所开了三年，都是各类的培训，音乐的、美术的、文化课的、早教的，据说是社区各级各类培训的汇集处，售楼部总有人带着要买房的人来看。

但K区的素心铭确实是个很特殊的地方，门口起着高高的庙门的模样，进去是个挺大的水塘和过桥，楼上楼下都很幽静，装饰装修都很有禅意，卖的都是素食，价格很昂贵。

南方来的高僧，在宗教界很有威望，但看那排场和样子，得花不少钱啊，僧人怎么会有那么多钱呢，这说不好，就像那里面一瓶酒能卖好几万，也说不好卖给谁呢。

F 区的售楼部已经不热闹了，最红火时期西万路边上的售楼部，2200 亩修了多少套房子，各个银行排了一溜给大家办按揭手续，大家都说卖房就像菜市场，各种的花样和菜蔬都很齐全。

对面的会所，开始竖起了很大很大的招牌，成了物业管理中心，住户逐渐多起来，物业管理也成了大事。门前的广场上，不断有保安在培训，不断有年轻的售楼小姐在列队，走过去的时候，夏天阳光很亮，但他们也够认真的。

J 区的幼儿园开了几年了，学生逐渐多起来了，每到接送孩子的时候，这条街道上便会拥挤些，不过，就像一阵风，很快又恢复了地广人稀的模样。

幼儿园里面有热带的植物园，被圈在玻璃房子里。E 区的也叫国际幼儿园，这里叫国际的很多，后来也都慢慢地没有国际两个字了。

F 区的别墅依然是拆了再盖，盖了再拆，一会儿是钢结构的，一会儿是木头架起的。有人在门前堆了石狮子，落着厚厚的灰，有人在门前挖了很宽的水渠，先是养了鱼，但是现在没有了，兴许是外面的猫跑进去吃了。

别墅区对面的一条巷道，来了邮电局，往来的信件包裹就到那里拿，过了几年，信件渐次少了，有了手机，包裹也少了，于是开启了邮政储蓄，成了银行。

隔着宽宽的西部大道，企业一号公园里又新进了几家企业，旁边的阳光城已经被围起来，准备动工了。不过田园都市的人早上到电子城、高新、西安城里去上班，晚上才回来，很少有人到那里去，除非是两个人约着见面，又不想被人看到。

田园都市西边的长里村和郭家堡子可就完全不一样了，长里村一直是没有拆迁的，村民的房子加盖了一层又一层，出租给民工，又盖了一溜又一溜的门面房，售卖着各种吃食和小物件，田园都市的人总会来买个拖把买个剪刀之类的。

附近的村子都拆了，长里村的村子依然在，大家都很奇怪，都在传说长里村的村长特别牛。郭家堡回迁了，两个村子的生活没有太大的不同。郭家花园相对整齐些，大家都在为一日三餐忙活着，晚上睡觉，白天吃饭。

田园都市小区里有小溪，E 区就有，夏天放了水，水里放了些鱼，便惹出事来，长里村、五桥村、郭家堡子，还有翟家、高家、沈家的孩子们在夏天就三五成群地来了，拿着笊篱捞鱼。

小区的保安说了，娃娃们就哭，哭了回去给大人说。大人就成群结队地来了，在小区门口喊叫："这是我们先人留下的地，你们住了，还这么牛可不行。"小区里住的人谁也不认识谁，也说不上来在骂谁呢，都忙着进出，他们说着说着气也出了，也就走了。

最麻烦的是娃娃们上学。

国际学校大着呢，好几年教室都没用完，村里人要来上学也就收了。这才几年时间啊，校车已经停了，不再从城里拉学生了，国际学校办得好，园区的入住率明显提高了，很多人为了孩子上学来买房，也有租房的，于是 BC 区的门面房里的中介公司兴起了一大溜。

国际学校学生满了，逸翠园住的人也多起来，娃们也来了，教室坐不下了，于是学校就不再收村里的孩子了，这样一来，就有问题了。

这些问题很快在各个地方出现了。

高新有高新的孩子，也有陕南陕北的孩子，也有各地来的孩子，附近村里的孩子，待不下去了，小区的居民不干了，开始在物业门前聚会，要求按原先的约定来安排孩子上学。

领导们正在商量呢，结果大家就把马路堵了，马路一堵警察着急了，问题反映到上头，上头说，问题总得解决吧。

咋解决？最公平的办法就是考试，考不上谁也不怪，于是上初中要考试，上小学也得考试了。幼儿园开始到了大班就上小学课程，小学到了五六年级开始准备小升初考试。

一些考试培训班又火了，新区的人越来越多，上学越来越困难，各种能利用的关系都在利用。

大家都说再建个学校么，B 区的地还空着，空了几年了，上面说再等等，再等等。

耀子家的新城上三年级了，作业越来越多，也越来越难了，原先都是耀子他大他妈每天送到学校再接回家，给弄点吃的。

小新城一回到郭家堡就和村里的小孩子到处玩，作业做得不好，老师就叫家长来，耀子他大给杨英打电话，你们管别人家娃，自己娃不管了。

杨英和耀子一商量，只好在田园都市买了套房子，搬回来住了。这样离学校近些，也好照顾小新城做作业，可杨英一看那作业，有点傻了。

“耀子你来给娃辅导作业。”耀子一看也不会了，就给豆芽说。豆芽说：“这个很正常啊，现在的作业是越来越难了，你们也要学习呢，实在不行，小区里有托管班，专门给孩子辅导作业呢。”

耀子这才注意到，小区里有了小饭桌，专门帮忙接送孩子呢，田园都市离城太远了，顾不上接送孩子的，托管班接送，还管娃吃饭给娃辅导作业呢。

小新城在托管班待了三个月，杨英被老师叫去了，每天作业倒都是对的，就是考试成绩上不去，娃的习惯太差了，不能总靠学校呀。

晚上回家杨英和耀子就犯难了，这娃得好好管了，可幼儿园事情那么多，怎么办？请个保姆去？这话让耀子他妈知道了，说羞先人呢，保姆我也能做，现在是重点管娃学习的问题。

杨英和耀子每天要干的事情，就是每天必须一个人回家接娃，看娃的作业，谁让吃饭喝酒都不去了。过了一个月，又给孩子报了美术班和围棋班，把小新城的时间占满了。

可事情远远没有完。

报纸上说校园安全成大事了，先是外地，说是一个人冲进学校，把孩子砍伤了。还有就是学校有个陕北孩子，出了校门，是孩子爸爸一个朋友接走了。

结果孩子到点了还没有回家，家长急了，问学校要人呢，学校说已经被人接走了。过了一会儿，家长接到他朋友的电话，“你再不还钱，你儿子在我手上呢。”

事情算是还了钱还了儿子，但家长对学校有意见，于是学校开会，严格了接送制度，反复强调了校园安全。这样不仅幼儿园得接，小学也得接，即便是隔条马路也得接，不接不让孩子回家。

有些家长实在接不了，学校就办个课后兴趣班、辅导班，家长接不了的，老师帮你看，辅导学生做作业，但是你得交钱。

报纸上网络上校园安全的新闻不断出现，家长们也怕了，都来接送孩子了，孩子们倒是安全了，可全社会都又忙了。

耀子就开始发牢骚：“我们那时候上学，还放羊呢，幼儿园都自己上，哦，那时候没幼儿园，那就是小学小伙伴一起上学放学，上初中骑个二八大驴自由上学，现在孩子们都是车接车送。”

杨英说：“你能得很，现在羊在哪，地都没了，还放羊呢，马路上车越来越多了，又不是你一家接送呢，郭杜、高新、西安，全中国都成这样了。”

杜峰打了几次电话说：“都在一个小区住呢，抽空聚一聚。”豆芽说：“学校还没下班呢，晚上加班要改月考的卷子。”杜峰说：“还月考啊。”豆芽说：“现在都有周考了。”

杜峰又给耀子打电话，耀子说："在教育会所陪娃上美术课呢，课上完了回家还要辅导作业，过几天吧，现在除了自己的事情，就是娃的事情了。以前啊，大家单身没事都在一起玩，后来你结婚，他给娃过满月还能经常见，现在哪来的时间啊，忙了自己忙娃，要不你二婚，我肯定来。"

杜峰没有二婚，倒是杨柳结婚了，所以大家还是聚了一下，没有婚礼，只是在高新路的葡萄牙餐厅见了个面。

杨柳给杜峰发信息时，杜峰吓了一跳，以为是骗子呢，就给豆芽打了电话。豆芽说："是真的，杨柳回来了，嫁了个老外，说回来了大家见个面，都是老朋友了，去吧。"杜峰说："去就去，我又不是那么小气的男人。"

杜峰到葡萄牙餐厅的时候，耀子、豆芽、杨柳都在，旁边一个老外，"杨英呢？"耀子说："在家看娃写作业呢。"

"袁豆豆和杜鹃现在还上幼儿园呢，你俩也很快得过我这种日子了。"豆芽说。

杨柳就给大家介绍老外。杜峰走过去，这家伙长得黑不黑白不白的，杨柳说那哥们他妈是黑的，他爸是白的。大家做了介绍，老外只会说你好，其他的都是鸟语，也听不明白了。

一晃十多年了，大家都是老朋友，就互相聊起来，不过，那老外也不含糊，瞪着眼珠子听他们说，好像能听懂似的。

杜峰问杨柳："什么来路？"

"那件事以后，我不是想离开那个圈子吗，就转让了股份，想出国了，这事豆芽知道。可出国咋那么容易啊，我就办了个旅游签证出去了，出去就报了个英语班学习呢。其实就是想换个环境，结果就认识了。这人是个英语老师，专门在给一些华人上课，现在出去的人太多了，很多孩子在国外读书，妈妈们过去陪读，得知道些简单的口语

交流。”

“国外也有培训班啊？”

“多得很啊！”

“那是人家勾搭你的，还是你勾搭人家呢？”杜峰的话有点过分。

杨柳瞪了一眼：“互相勾搭行不？”

杜峰说：“老外行，你喜欢。”

杨柳说：“我就喜欢，比你行。”

豆芽赶紧打圆场说：“都来了大家聊一聊，叙叙旧，别扯那些没用的。”

大家吃着笑着，完了杨柳建议，到高新路的慢摇吧去坐坐，放松一下，大家好久没见了。豆芽本想回去的，保姆一个人在家，她不放心，想想又不能扫大家的兴，也说去呢，再说两个男人在面前，她和杨柳女人的话题还没聊呢。

开始流行慢摇吧，不像东大街那会儿的音乐那么疯狂了。再说，实际上大家也受不了那种劲爆的音乐了，心脏似乎承受不了那种要跳出来的感觉。

四个人出了餐厅，走着来到了高新路，高新路上的肯德基已经关门了，变成了一家银行，往前走到美格菲健身的楼下，开了一家慢摇吧。

走进去，人也不算多，可能还没到时候呢，音乐咚咚地响着，大家晃着脑袋喝着酒，也算是放松一下。

伴着音乐，耀子和杜峰不知道在说什么，老外已经在舞池里开始晃着，和一个长发女孩对扭着，场子里有好几个老外。

如今，高新的老外已经不稀罕，不像前几年那么少，田园都市里经常看到有老外三五结伴地出来溜达。有些还怀里抱一个，手上拉一个，不过这些老外对孩子挺放松，经常大冬天穿个单衣服就出来了。

豆芽就附耳和杨柳聊起来。

“结婚了吗？”

“没有正式的。”

“你爱他吗？”

“哈哈哈，三十六七的人了，说爱肉麻不？”

“那你啥打算？”

“边走边看呢，原本想在国外待的，但现在金融危机，国外也很萧条，国内的钱还比较好挣。这次回来看看，现在英语培训很红火，很多学校也招外教呢，想在西安待一阵。”

“哦，你开心就好！”

“开心啊，多难啊，不过我想有个孩子了，和老外生个娃，将来是国外户口，国外福利好。不过这人太黑了，怕将来娃难看得很。”

“你啊！”

“你怎么样？我在国外你咋说想出去呢！”

“一言难尽啊——”

“你家袁峰对你不好？”

“咋样才算好啊，对娃挺好的，一天就是忙，社会上的事情我也不明白，也不是天天回家，没啥聊的。”

“嗯，活明白不容易啊。”

豆芽有点发呆。

散场已经很晚了，杨柳和老外走了，杜峰说公司还要加班，做个方案，恰好喝点酒回去干活。豆芽没开车，就坐耀子的车回田园都市。“你行不？”“可以的，没喝多少。”大家就告别回家。

唐延路又新起了很多的建筑，夜里的灯光忽暗忽明，车比以往显然增多了，这个点还有拉土车呼啸而过，掀起一股尘浪来。

豆芽不说话，耀子开着车一直往前走，过了三环的时候，耀子说：“这里是中兴产业园了，我在西京公司的时候，中兴才起步，老板还是

电子城的呢，这才几年，已经发展到这么大了。”

“嗯，变化是够大的。”

“我有一次在斗门见到袁峰了，不过没打招呼，他和几个人似乎很忙。”豆芽一惊。耀子说：“袁峰挺能干的，现在都不知道忙什么呢，都成富豪了吧。”

“别说了！”豆芽突然哭起来。这让耀子措手不及，不知道该咋办才好。

在别墅区门口，豆芽还一直在哭，过了很久才给耀子说：“袁峰变了，吸毒了。”

两个人在车里坐了很久，很晚了豆芽回去了，走进别墅大门的时候，路灯下黑黢黢的身影越来越瘦小。耀子心里挺难受的，虽然不怎么常见，他看到豆芽总是闷闷不乐的，豆芽是很信任他，但他也不知道该怎么帮她。

21

耀子和胡子的再次相逢是偶遇，说起来像是瞎编的。耀子和杨英到高新路的爱家去买些家常用的东西，中途耀子接个电话，超市里特别吵，就到外面接，完了在门口抽根烟。

自从西郊出现第一家超市家世界以后，东大街的老百货商城唐城呀，开元啊都衰落了。开元又起来了，在西稍门原来新华书店的地方又起了一家，秋林也没大的进展，这几年爱家还有几家，再就是人人乐和华润万家了。

这时候，一个车灯就直直地在眼前晃，本想着是别人倒车的光柱打在脸上，可依然是那么直接照着自己。耀子有点火了："几个意思啊？"

就走过去看看，是一辆别克商务，走到车玻璃前，耀子往里面看，黑黢黢看不清，正犹豫要不要敲呢，玻璃摇下去了，露出个白牙黑脑袋来。

然后是哈哈大笑，原来是胡子。自从耀子因为胡子挪用办事处的钱，使他被迫离开办事处回来帮杨英打理幼儿园以后，就再没有胡子的音讯了。

“耀子！”胡子一边惊呼着一边跳下车，紧紧地抱着耀子，耀子也有点激动。一晃又是几年了，胡子明显胖了，和自己一样，嘴上却说着：“你还活着啊。”一句话说得眼睛有点湿润。

胡子说：“我刚在车窗里看到你，以为看错了，看了半天呢，大家后来都不用传呼了，电话号码也变了，都失去了联系，这还真是巧了。”

“谁说不是呢，一直惦念你。这几年社会变化太快了，都忙着挣钱生娃养娃呢，老朋友都很少联系了。”两人越说越激动。

耀子给杨英打了电话，说遇到胡子了，杨英说不会是遇见鬼了吧，胡子就拿过电话，说不是鬼是我胡子呢，我胡汉山又回来了。杨英也很高兴，就说：“你们等着，我马上出来了。”胡子当年给耀子提供的办事处的差事，可是他们走出社会很重要的一步呢。

杨英大包小包地出来，就往车上一扔，激动地跑过来看着胡子：“你胖了。”“你也胖了。”“会说话不，哪有说女人胖的，我是有老二了。”“啊，好事好事，天大的好事呢。”

三个人站着说话，车都被堵了，不停有人按喇叭，车越来越多，都没人待的地方了。耀子说：“干脆把你车放着，坐我车咱们到我家去聊。”

胡子说：“你家在哪呢？田园都市，杨英你先回，我和耀子去我家聊聊，你有娃呢早点休息，改天我专门去家里坐。”

杨英说：“那好，你们去，你哥俩好些年没见了，耀子还一直担心你那件事以后咋样了？你们聊，我先回。”于是杨英先走了，耀子和胡子上车往外走。

“到哪耍去，边耍边说，阳光丽都国会咋样？”

“算了吧，耍不动了，咱俩找个地方坐坐。”

“那去哪啊？”

“我们小区有个名典呢，去那儿坐坐，现在老大上四年级了，作业多得很，杨英又有老二了，家里离不了人啊。”

“我去曲江，那好，就去那儿。”

一路上，两个人都迫不及待地说起这些年的过往，耀子说和杨英弄了四个幼儿园，两个在城中村，收费低，就是看娃呢，两个是小区的幼儿园承包的。

“以前还好干，现在很多小区里来了很多品牌的幼儿园，什么吉的堡，品格。房租和水电成本越来越高了，事情不大，操心的事情挺多的，日子慢慢过着呢。”

胡子给耀子发根烟，自己也点了根。“我咋想喝酒呢，慢慢给你说我的这些年。”耀子说：“算了，晚上吃点东西，难受。”

胡子说：“那件事以后，我老丈人让我去非洲一个小国家开办个厂子呢，给了我 100 万美金的启动资金，我就去了，那个国家屁大一点，比郭杜大不了多少。去了以后，咱中国人做事有中国人的方式，我通过当地华人找到了那些头头脑脑，就送钱。然后事情很快办了，事情办得老丈人很满意，钱没花出去多少，还剩了 50 多万美金。”

胡子在非洲待了 2 年多，事情理顺了，工厂也开工了，就给老丈人说了一下回来了。回来一看，南方的小家电、服装厂也不像以前好做了，以前 70 后人力便宜，也能吃苦，现在 80 后都出来工作了，他就想着其他路子。

现在手机要革命了，智能手机出来了，他在深圳待了一段时间，了解了发展动向。“耀子，你知道二维码不？现在火车票里面的信息可全了，加上智能手机，又有一个新的革命了。我就代理了苹果手机的销售，现在在西七路那里的手机市场设了办事处，在各商场铺货呢，生意还行，这个生意现在能做哩。”

“你活着就好，我关心你家里的事情呢！”

“有个女儿，现在上初一，也不好说，南方人的观念和咱北方不一样，咱西安人就是想让娃考大学呢，找好工作呢，我丈人爸的意思让娃将来继承企业，高中毕业了送出国长长见识，学点企业管理啥的。”

“那和老婆那件事以后，没闹矛盾吧。”

“咋能没有呢，我那时过去打工，社会就那样，咱也小呢，就结婚生娃了，在老婆看来我是上门女婿，我心里也一直不舒服。咱陕西人恋家，所以老想回来，南方不比以前了，现在很多人都回来了。”

“那你回来娃咋办呢？”“娃长着呢，这些年在外做生意，离少聚多，不像你现在和娃天天在一起，操心多。说实话哩，那娃是人家的娃。”

“咋这么说呢？我妈说前半辈子活自己，后半辈子活娃。”

“是真的，我也不知道一天天忙是为啥，一到社会上就不由自己了。现在商业社会，家庭的概念都很淡漠了，都忙着搂钱呢，谁离了谁都能活。”

“你没胡来吧？”

“我知道你的意思，我也不知道算不算胡来，我在西安也买了房子，在曲江，南湖边上，这个房子老婆不知道，各忙各的。”

耀子和胡子聊了半夜，临走胡子从车上给耀子拿了两部苹果手机，说好用得很呢，以后就是智能手机的时代了，出门都不用带钱了，有个手机就行。耀子有点不相信。

但多少想都不敢想的事情就在眼前了。

杨英说：“耀子，给你过个36吧。”

“36有啥可过的？”

“在我们老家洛南，男人36可是个大事呢。结婚是大事，36比结婚还大呢，过了36，人就走下半场了，就成熟成家了。”

“你这讲究还真多，我郭杜都没这事。”

“你们郭杜一马平川的，吃的喝的人活得旺，年岁长，36还是小伙子呢，我们山地的人，活得苦焦，36 岁就是高寿了，要贺呢。”

“现在条件好了，36 岁正当年。”

“话是这么说的，可这几年高新起来多少企业，做的那些事你能干不。社会发展快了，知识更新快了，那些电脑啊，网络啊，咱新城说的话我都快听不懂了，所以得服气呢。”

“那牛拉磨拉了几千年了，你我都该记得吧，可现在早就没了，咱经历的 BB 机到胡子现在卖的智能机才几年啊，咱算是经历了一个伟大的时代，最大的感受就是变化。”

“哪些不变呢？老先人留下的规矩都变没了，你看田园都市有多少人，一到清明过节就在十字路口画个圈，烧纸，包括你们郭家堡的，原先都有坟有墓呢，现在有啥呢。除了高楼大厦，吃喝玩乐，还有啥呢？”

时间过得快，变化又多，很多事情就记不住了，过个事就是让你记住一些事，就是竹子的骨节，就是那树上的节疤，让日子硬实一些。

杨英抱着娃嘀咕着，耀子有点感触，这个小姑娘曾经是他高考落榜、在秦岭山里那个不算学校的学校混了两年认识的。后来在洛南县城过了一个春节，然后有两个孩子。这些年里她吃苦耐劳地操持着幼儿园，他其实就是搭下手的，做做后勤什么的，曾经他有心想自己干点什么，但这么多年了也没干成。

杨英原来在老家是老小，父母惯着，这些年下来，杨英变得越来越踏实勤奋。他原本想着杨英要依靠他呢，现在看起来杨英是他的主心骨了。

“你都成哲学家了。”耀子说。

“啥哲学家呀，在家没事干，想想周围的人和事，瞎琢磨呢。来，头伸过来，有了白头发了。”耀子把脑袋伸过去，杨英揪下一根一半是白一半是黑的头发来。

“那就娃满月和我的 36 岁一起过。”

现在独生子女多，耀子有老二了，一儿一女，耀子他大他妈都很高兴，我家耀子活神仙呢，老两口高兴，就想给孩子过个满月。给孩子起啥名呢，老大叫新城，是他爷起的，说郭杜郭家堡要起新城了，现在老二了，叫啥呢，耀子他大说，连起来，就叫新芽呢，女娃么。

杨英看耀子呢，耀子就笑。“我们又有了新娃，郭家堡的农村生活和城市生活融合在一起，又有了新气象了。”杨英说：“想起豆芽了吧。”

耀子还真想到了豆芽，那天晚上送豆芽回去，豆芽哭了，不高兴，说袁峰吸毒了，后来也没机会在一起坐，也不知道咋样了，满月的时候叫一下。

新芽的户口怎么办？耀子和杨英虽然上了学，但都是农村户口，结婚后杨英的户口到了郭家堡，回迁分钱的时候还占了便宜呢。

现在农村户口生二胎政策是可以了，但娃还是农业户口呢，村长说，农村户口多好啊，咱现在和城市户口有啥区别呢，还有人找我转农业户口呢。

杜峰说迟早也要放开二胎政策，他和娟子都是商品粮户口，现在生二胎还不允许，杜峰说老大还小，等放开了再生，但真的放开了，不知道娟子还能生不？

耀子也想起爷爷，爷爷走的时候，就在村道上搭起帐篷，来的人就在村道上。村道上过事，来往的车辆就得绕着走，响器、灵棚都是专门来人搭建的。

他爷本来是想土葬的，但现在村里的坟地没了，土地也没了，都成了硬道路，他爷就被火化了，放在骨灰盒里埋在白鹿原的公墓里。

每次从高速上路过，白鹿原上的公墓看过去白花花一片，耀子就看着爷爷，中间隔着一条渭河呢。他想着他爷爷的遗憾就是没有了土葬，但实际上，要是土葬了，按现在这发展速度，过不了多久，又得起了坟火化了，还不如这样就一站到了，一了百了。

小新芽的满月酒席没有在村道里摆设，那摆起来人就累得多，虽然现在吃的喝的都是人送过来的，不用做菜摆碗筷，也不用洗碗刷盘子，但迎来送往总是必需的。

其实，那种待客的方式虽然人累些，但心里高兴，一家人的事情就是一村人的事情，一家人过事的就是全村人过事呢，大家借此机会聚一聚，老汉们喝酒划拳，女人们干活说话，热闹着呢。

现在郭家花园被道路分割了，被小区围着，也被高楼围着，娃娃们也不稀罕过事的饭食了。年轻人都四离五散地出去打工包工程搞绿化挣钱了，村里只有没事的老汉，四五十岁都是小的，太小了在家闲着人还笑话呢。

于是，耀子他大就近在新城餐厅请了几桌，按说要准备十桌，但最后保守订了 8 桌，实际上最后来了 6 桌人，算是老辈们给新芽过了事。

年轻人不好凑，周内大家忙着上班，只好在周末约了个时间，在国力仁和川菜楼上的 888 号包间。幼儿园的老师们在楼下大厅里聚了三桌，楼上的包间主要是些平时要好的朋友。

杜峰到得早，带来了镇平的一个大红包，里面鼓鼓囊囊的，说四方城搬到曲江去了，虽然远一些，但现在曲江接纳文化企业呢，就在拿铁城的楼上，免房租，创业期能少一点是一点。

杜峰还递给耀子一个红包，说是幺妹的。杜峰说前几天为一个朋友孩子上奥数想考高新一中，他去找过幺妹，说起耀子孩子过满月的事情了。幺妹说刚来西安的时候，耀子一家人对她挺好的，自己心里觉得挺亏欠的，还问了顺子的事情，代向全家人问好。

耀子收下了，没给全家人说，就给顺子说了一句。顺子说：“给了就收下吧。”

顺子从宁陕也回来了，和媳妇坐在一起。幼儿园的园长们也知道，

他是老板的家人呢，两个人挨着坐。宁陕地震以后，把全县的学校翻修了一遍，顺子整天接待来自各方面的捐助，还要监督建设，忙得很，两个星期才回来一次，说特别喜欢那里，都不舍得回来了。

那里现在也在发展幼儿教育呢，还问他媳妇愿意过去不，把家安在宁陕算了，那里清净，不喜欢城里的嘈杂。耀子他妈说："人家都往城市跑，你想把家安在山里啊，你倒自在了，将来娃咋办，赶紧要个娃才是正事呢。"

豆芽来得比较晚，来了就坐在杨英身边，惹逗着新芽玩，问叫啥名字，叫新芽。豆芽说我和孩子都是芽字辈了，耀子能行得很啊。

大家就在一起聊着喝酒，喝着喝多了气氛都热烈起来，杜峰就咋呼着："豆芽，你家袁峰咋没来呢？"豆芽装着没听见。杨英接过话说："你家娟子呢？""保姆回家去了，在家看娃呢。"

结束了，耀子送豆芽下楼，豆芽说她搬回田园都市国际学校原来团购的房子了，那别墅让袁峰卖了。

闸口村现在叫都市之门，去年管委会就搬迁过来了，南北各有两扇门，南边的门开始办公了，北边的门还在做最后的装修呢。

管委会从高新路创业大厦再搬到高新四路头的创业广场，每一次搬迁都会带动一片地区的开发和繁荣，搬到都市之门说是永久办公地址了，但谁知道呢，不知道过几年会不会再搬。

搬过来以后，绿地世纪城开始红火了，刚开始一期的住宅住的都是有钱人，逸翠园也住进了城市新贵，相比之下，早期的田园都市就显得有点落后了。

这才几年时间啊，早期田园都市据说是西安城里的土豪、银行家、白领住的，他们现在都在逸翠园、绿地买了新房，说是叫改善型住房。

报纸上说房地产要调控呢，现在房价已经到了五六千了，出台了国八条之类的调整政策，房价蛰伏了一阵又慢慢昂起了。

不过大家的收入也高了，差不多一个月的收入能抵上一平方米了，一年就是十二平方米，十年能搞一套三室的房子，而且可以按揭的，你先拿五年的工资付个首付，以后的工资留下吃的喝的用的，其他的就交给银行了。

住都是其次了，现在绿地开发的都是商业办公用房，旁边刚起的上海航空、华陆科技还有绿地新起的楼都是办公用的，这里说是要建成中央商务区 CBD，说是要建设西北第一高楼，有栋楼叫未来之瞳，不过现在还在挖坑呢。

田园都市终于有了人气，而且人气一旦起来了就很汹涌，小新城过来的时候，看到人总是咿咿呀呀地去打招呼，见了人还挺稀奇，而现在到处都是人。

人多了，车也多起来，闲置多年的车位也开始发售了。电梯里开始有了广告，除了房租的，培训班招生的，就是卖车位的广告，给爱车一个家。

中心花园靠 E 区开始有了一个自发的早市，半夜里就有人来，弄个三轮车面包车占好了位子，天亮了早早就开始卖东西。

各种蔬菜，还有日常生活用品，包括刮胡刀、洗涤用品，还有内衣内裤，应有尽有，郭家堡、长里村，还有五桥摆摊的都会来赶这个早市，9 点钟以后散摊了再回去继续做生意。

杜峰给小杜鹃养个兔子，半夜里没吃的了，杜峰就拉着杜鹃到市场上来，揭开三轮车上的塑料布，里面全是第二天要卖的菜，上面洒了水，杜峰就抓了两把，放了 5 块钱进去，结果第二天早上兔子死了。

中兴的楼慢慢起来了，西边也开始建设了一溜的厂区，说是很多高科技企业呢，有 39 所的，20 所的，还有汉中搬来的电子厂，说是研发飞机用的黑匣子的。每个厂门口都有厂内的保安，进去了要检查身份证，还要登记，说是保密单位。

人多了，车多了，高楼一个挨着一个，大量的工地还在建设中，一到冬天，天空就黑压压的，从 10 月份到第二年的 3 月份，天越冷，黑幕就越重，人们都很压抑。

大家渐渐知道了一个叫作雾霾的词。

斗门这地方过去是有名的，有牛郎织女的传说，在村里还有娘娘庙、牛郎庙呢，后来汉武帝修建了昆明池操练水军，后来没水了就建了毛纺厂。再后来成了一个鱼龙混杂的地方。

袁峰就是在这地儿把自己十几年的积累葬送了，在这里鬼混，很快就卖了别墅把日子过糟了。毒品这东西一沾，自己没了人样，身边的朋友也都远离了。

袁峰的情况也是豆芽说给耀子听的，耀子知道这是豆芽的痛处，也没给其他人提，又不是啥光彩的事情，只是大家很少再见了，朋友们有事在一起也不见他出面。

再说，大家都很忙，社会上开始流行商会，胡子也加入了浙江商会，杨英也加入了商洛商会，杜峰他们原来媒体的，文化产业的也有个圈子。经济发展了，除了家人亲人同学，大家还需要有同行、生意圈子，都有各种的应酬，都很忙，正是干事情的年纪，都会觉得时间不够用了。

22

西万路又一次整修拓宽了，两边就新修了绿化带，绿化带中有蜿蜒的小路，休憩的石凳，还有不少的雕塑。郭杜街边的绿化带竖起了“腾飞”的飞马，不过看起来有点小气。

这条路见证了两边村寨几十年的发展变迁，而又默默地伸向大秦岭，伸向远方。又一年的春华秋实，高新二期建立的新城已经完工，向南向西铺排而去，更多的村寨被拆迁，兴起了更多的新区。

而早期的科技一路到了丈八路那儿就再也停滞不前了，往前就是鱼化寨街办，属于雁塔区的地界，鱼化寨街办在开发区的网站上、微博上，在更大的传播空间问，什么时候拆迁啊。他们为之已经满怀期待了。

西万路以西的区域，除了从韦曲到郭杜那一条街的繁华，万科已经来西安了，在陕师大对面兴建了1000亩的万科城，往东便是巍峨高大的长安区政府，往西已经是郭杜科教文化产业园，是省级开发区了，地被圈起以后，同样竖起了高大的广告牌。

早期的电子城已经被规划由雁塔区管辖了，再往东的三兆一带已经

被曲江文化新区蚕食了不少，雁塔区内的小寨已经是南郊传统的商业街区了。年底发布的经济发展十强区县里，雁塔区已经从农业区变为工业区，其经济发展指数已经远远超过了传统的城三区。

东郊浐河、灞河经过多年的整修改造，世园会的脚步已经越来越近了，有位作家以其温软的笔法记录了这个区域从水而起，经历了千年变迁，以及生态区的发展理念，记录着一块新兴的城市新区的崛起。

光绪年间就有的西安中学已经搬迁到凤城5路很多年了，西安市政府已经在凤城九路开始办公多年，经开区新引进的工业企业已经跨过渭河往更北边去了。一些污染严重的企业已经被驱逐，西安城里的上风口再这样乌烟瘴气，整个城市的雾霾就更加严重了。

世纪大道已经经历了十年的风华，西安、咸阳两座古城已经紧紧相连，经历了5年的立项建设，将连同东西。西安将进入地铁时代，很多头脑灵活的人已经选择了住在咸阳工作在西安的生活方式。

一路之隔靠近西万路的地方已经兴起了几个楼盘，二手车市场、华东建材市场、西部大道沿线已经竖起了广告牌，早已不种庄稼不种菜的土地上栽种的树木已经成林，唐延路上的夜市也都搬到了这边，沿路兴起了一溜农家乐。

东边的高处已经在修建清凉山公园了，成为长安郭杜一带居民休闲的好去处，每到节假日黄金周便是人满为患。杜家桥依然被更多的城中村包围着。

欧亚学院的规模越来越大，好在有数万学生，村民新加盖的房子，新修建的门面房，还有新开的小旅馆依然有生意可做，但村民们并不知道，这个滋生民办大学的土地上正在经历着又一轮的变革和洗牌。

这股来自国家大学体制的变化正在深刻地影响着西安城内外的大学，白鹿原上的大学城，长安大学城，还有渭水园的大学城，神禾塬上的西京大学，终南山下的翻译学院，白沙路的培华学院，还有鱼化寨的外事学院，以及杜家桥的欧亚学院都在经历着浴火重生。

2010 年以后，全国公办院校开始大规模扩招，国外知名大学也以联合办学的方式进入中国，独立学院同时占有公办和民办两方面的政策利益，形成对民办普通高校的夹击之势，民办高校形势急转直下。

对于郭杜地面的人来说，郭杜十子的西安科技大学的校区，韦曲延安大学的创新学院都是熟悉的，但很快，西电的校区搬走了，成了一个商场，在更远的西万路南边建设了更大的校区，中兴在更南的地方又新圈了地，西工大在环山路边竖起了招牌。

郭家堡的人开始在传说，杜家桥的人也心动了，说是在文艺路的办事处，可以把手中的钱存进去，能拿到很高的回报。有些人拿钱去了，很快拿到了高额的利息，于是，更多的人也跑去了。

有人说，集资的人跑到枫林绿洲宣传呢，有个老两口就把人带到家里，从床底下拿出来两大箱人民币，都是旧版的蓝版百元大钞，连号的，又翻出几箱，一共有上千万呢，交给了集资的人。

有很多这样的钱，没法存，又不好放，就交给了联合学院，就有人说，那阳光雨露的后台硬着呢，怕什么，天塌下来有高个顶着呢，于是很多的人就开始心动了，把手头的钱交给了办事处的人，开了收据，等着赚利息。

先是村里的老人们手头的余钱，再是几家联合起来，把压在箱底的拆迁款拿出来，甚至给年轻人说，把做生意的钱也要放进去，郭杜周边新拆的村子都被吸引着，骚动着。

耀子他妈很活跃，积极动员耀子和杨英，办幼儿园多操心啊，人家那大学我去看了，那才叫大学呢，你没事去看看，在环山路那边新建的阳光雨露那才叫排场呢。耀子也被说动了，把本来想再买一套房的钱交给了他妈。

杨英知道这件事是过了很长时间，是在顺子的女儿满月的酒席上。

顺子终于有了孩子，了了全家人的心愿，顺子和媳妇的家安在绿地，积攒了很多年以每平方米近 6000 元的价格付了首付，每月有 3000 多块钱的按揭，日子过得有些紧巴，添了女儿，就有些紧张了。

顺子给他大说，意思能不能给点贴补。他大说："钱你妈管着呢。"顺子又去问他妈，他妈说钱都做了投资。顺子又去和耀子商量，耀子说手头也没钱了，攒了 20 万让他妈拿去投资了。

顺子一问，才知道交给联合学院了，仔细一打听，有点急了，这不符合规律啊，就跟他哥说。耀子说："顺子顺子，你在山里工作，不知道这些年城里的变化呢，那个事妈去过很多次了，我也去过，很多人都得利了呢。再说了，咱家的事你也明白，都是咱妈做主呢，就算不是投资，妈要我还能不给啊，这事你嫂子还不知道呢，我心里也没底。"

顺子知道，现在家里的事情都是女人做主，前辈是他妈，现在他哥是嫂子做主，说白了老板也是嫂子。顺子就不知道咋说了，想一想还是给杨英说了。

"嫂子，给女儿起个名字吧。"

"我咋能起呢，咱爷不在了，上头还有咱大咱妈呢。"

"咱大不管事，咱妈给起了新苗。"

"好着呢，新城，新芽，新苗，名字都连着呢，多好啊。"

"嫂子觉得好就好。"

"好着呢，你工作远着，就少操心，娃在家有我和你媳妇，还有咱妈呢，把工作好好干，咱家就你一个干部。"

"嗯，嫂子，你就不想再把幼儿园扩大么？"

"想呢，干了这么多年了，也有了经验，就是现在难干呢，现在城中村的幼儿园不好干，收不上钱，招的都是进城务工人员的娃，难管难伺候。开发商的幼儿园都是一些大牌子拿走了。而且现在的条件越来越高了，房租、装修、押金，起点都得上百万呢，都在竞争抬价，越来越高了，咱也没那么多家底啊。”

“那你找投资啊。”“有人来谈呢，也有人要来收购呢，可现在两个娃还要经管，日子差不多就行了，自己几斤几两心里得清楚，过日子要紧。弄不了的事情就不要勉强，万一把自己架二梁上下不来咋办啊。”

顺子到嘴边的话咽回去又吐出来了，“我妈把钱都拿去集资了，我哥的钱也拿去了。”

“啊，啥事啊，不会是联合学院吧？”

“是啊。”

“我看这事悬，听说咸阳、宝鸡，连我们商洛都在搞这个，窟窿大了，拿啥去补，办学的利润要是暴利了就危险了，长久不了的，烂包了咋办。”

杨英当晚就问了耀子，耀子照实说了，杨英很生气，就说凡事你也不和我商量下，这事你得盯着，再也不敢往里面放了，赶紧抽出来算了。

就这样，耀子他妈埋下了祸根。

袁豆豆上小学一年级了，和杜峰的女儿杜鹃同年级不同班。

豆芽把全部心思用在孩子身上，在学校里工作也格外卖力。袁峰混成这样子以后，她也没有啥别的想法了，在学校踏踏实实工作，能保住这个饭碗，就和孩子过得去，住在老师们的团购房里，环境也挺好。

学校里的老师都知道袁峰在外面做生意呢，问豆芽：“你咋不住别墅了？”豆芽说：“为了娃上学方便，再说楼上楼下都是老师的孩子，孩子们在一起热闹也能凑成伴呢，别墅里太恓惶了。”

大家都忙各自的事情，学校老师们的圈子也比较小，没人知道袁峰的事情，再说了，大家都天南地北走到学校里，高新的学校不同于公办学校，都在忙自己的小日子，没人关心谁家的家长里短。

袁峰偶尔回来，回来就是和孩子在一起玩，看看孩子，袁豆豆长大了，也不愿意搭理袁峰。豆芽就在一旁说："你爸呢，好好和你爸说话。"孩子睡了，两个人就枯坐在客厅里，也不开灯。

"你现在住哪儿？还在绿地？"

"绿地的房子卖了，住在家里。"

"你爸妈还好么？"

"在海南呢，前段时间回来过。没来看袁豆豆？"

"来了，坐了一会儿，给了 5000 块钱，带豆豆到人人乐买了点零食就走了。"

"哦。"

"对你爸你妈好些，老两口快七十岁了，也是伤透了心。"

"嗯。"

"你的那些朋友还来往不？"

"不来往了，人混背了谁还来往呢。"

"也别怪别人，怪你自己不争气！"

"嗯。"

"现在啥打算？"

"也没啥打算，没学多少东西，现在知识更新快，跟不上时代了。"

"那你弄啥呢？"

"给学校招生呢。"

"联合学院？"

"是。"

"集资呢，听我大说杜家桥很多人都放钱了。"

"是。"

"烟瘾彻底戒了？"

"戒了！"

"好好活人吧。"豆芽起身从包里拿出一个信封，是学校刚发的奖金递给袁峰。袁峰不要，豆芽放在桌子回屋睡觉了。袁峰就躺在沙发上，天不亮出门走了。

豆芽回到杜家桥看她爸妈，一回到院子，她妈在一楼的厨房忙活呢。每次看到豆豆，豆芽她妈眼里就放光，精神了很多。豆豆和外婆挺亲的，两个人有说有笑，租房的人过去，豆芽她妈就说："这是我孙子呢。"房客们都说："这娃长得真心疼。"

"我大呢？"她妈说出去了，不知道整天在忙啥，快七十岁的人了不消停。

豆芽说："只要他高兴，就顺着他吧。"

豆芽知道老村长已经不问世事了，租房子的钱够老两口活得还有剩余，经常会给豆芽一些钱，见豆芽回来就问袁峰的事情，豆芽说好着呢，整天也是忙。他大到别墅区去看，别墅住了别人，问袁峰呢，说是卖给他们了。

他大问豆芽："咋把别墅卖了？"豆芽说："袁峰做生意赔了。"豆芽他大说："赔赚都很正常，挣钱赔钱都是让世事活，人忙活一辈子，都是用手捂自己的耳朵眼窝，把豆豆当回事，好好养着就是你的本分了。"

老村长和耀子他爷一样，联合了些村里没事的退休的教师、回来的干部在整理杜家桥的村史资料呢。说起来，杜家桥的历史还是很有渊源的，村里的老人筹划着要搞祭祀大典呢。

杜家桥说起来已有三千年村史，有好几个全国性的第一，是唯一一个三千年前在西周镐京外围建立的城，名称和地址至今不变的西周伯爵诸侯城邑；是唯一的一个在《诗经》里有四篇诗涉及过的西安最古老的地名；春秋时在杜城设杜县，是中国最早设立的县之一；是战国秦咸阳九市中唯一有实物证明的、体现国家税收制度、货币流通情况的早期丝绸之路上的国立市场；杜城出土的战国秦杜虎符，是目前已发现的中国最早的一个虎符。

即便是这样，杜家桥到底能不能保住也还不好说，村里的年轻人急切地希望能拆掉呢。西安城里，郭杜周围，像这样有历史渊源的老建筑，古老的村寨被拆掉的多了。

社会的发展谁也挡不住，即便是像杜家桥这样的地方。

杜峰这一年算是够忙活了。

从高新搬到曲江，四方城迎来了难得的发展机会，西安这座古老的城市又一次迎来了世界盛会，省市的领导说了，要聚全市之力办好这次世界盛会。西安一下子涌进来上千家广告公司和文化公司。

西安的市花是石榴花，被称为长安花，是世园会的标志，在主要街道和区域都摆放上了。杜峰忙得不可开交，整夜整夜地加班，公司新进了不少刚毕业的大学生，都在热火朝天地忙碌着。

开茶馆的那个老同事早把门关了，512 地震以后，那大半年的时间里，人心惶惶，谁还有心情去坐在茶馆喝茶打麻将，都整天在外面躲着呢。

从那以后，政府在很多宽阔的地方设立了避难所，唐延路上有，曲江会展中心有，钟楼西边的金花广场也有，开始设立了大片的绿地和广场，很显然，地震那一年，大广场已经很少了。

就像杨英说的，那一年跟着耀子来到西安城的时候，觉得西安很大啊，人很多，二十年过去了，才发现西安就那么大，人和人其实都很熟悉。其实，是社会的发展把人放在不同的行业和圈子里，比如干教育的就那么些人，一代又一代，干媒体的也是，有些行业比较稳定，比如说官场搞行政的，时间久了，都比较熟悉了，开发区似乎不同，新的人，新的行业，新的趋势，变化得比较快。

开茶馆的同事去了西安世园会，负责外宣工作，全国各地，甚至全世界各地的策划推广机构都在西安设立了办事处，都赶上了这一盛会带来的巨大的机会和盈利空间。

各种 PPT、各种方案和材料都汇集在宣传处，于是，那伙计就转到一个箱子里，吆喝着一些过去媒体的老朋友们来看，哪一个方案有亮点，哪一个方案会产生巨大的传播效应，哪一个方案能让世园会在最大的范围内产生轰动。

光是一个明星的形象照就有很多的版本，大家一张一张反复来看，反复对比，要选出能够体现这座城市的过去和未来，最终选出一张露出香肩的照片来，说是时尚而不是这座城市的本色，一个城市半城神仙的歌谣也横空出世了。

四方城承担了世园会私家车总动员的策划执行方案。西安城里的私家车多起来了，私家车成了流动的宣传载体，沉寂了多年的广播也因为车载广播重新获得广告商的青睐。

四方城征集了全城的志愿者，在浐灞摆出西安世园会的字样来，调来了直升机高空拍摄，申请了吉尼斯世界之最。这样一来，通过一系列活动的开展，四方城除了有稳定的业务以外，开始在开发区宣传服务外包方面形成了优势，公司开始借助世园会的机会稳步发展了。

到了开幕的那一天，世界的目光都朝向了西安，在这座古老的城市留下了年末的辉煌记忆。

23

胡子给耀子打电话的时候，耀子一直占线，过了一会儿，耀子回过电话来，说是刚接个电话，要带孩子到高新一中高中部参加考试。胡子说："这才刚开年就考试啊。"耀子说："是啊，都参加了好几个地方的考试了。"胡子说："新城不是考初中么？咋到高中部考试呢，有点糊涂。"

耀子说："你娃不在西安上学你不知道，小升初是5月28号，但真要等到那时候黄花菜都凉了，年前就有培训班组织的考试，一些学校就来掐尖了，这叫点考，然后有些学校也挑一些学生组织考试，这叫校考，为了防止教育局突击检查，所以都是异地考试。而且都是考前两个小时通知，能跟上跟上，跟不上就算了，而且这些信息都是幺妹给我说的，信息源都比较保密呢。"

胡子说："看弄得神秘的，娃不就上个初中么。本来叫你坐坐呢，我刚从南方回到西安来。"耀子说："顾不上咧，从现在到五月底，娃的学校没落实，心里就不踏实，我抽时间和你联系吧。"

其实，杨英的意思是就让娃上逸翠园，离得近，到时候参加考试又是业主，就别折腾了，可班上的老师鼓励大家都报考高新一中去，孩子们不懂事，都觉得上高新一中才牛呢，就跟风一样到处考试，孩子们之间也传递着各种考试信息，小新城也收起了以往的顽皮，紧张而听话地奔波在辅导班和考场之间。

耀子放下电话，就给班主任打电话，说待会儿去接新城，下午两点考试呢，早点过去，在唐延路那边找个地方吃饭，然后休息一会儿去考试。班主任说你到门口打电话，我让娃出去。

田园都市终于车满为患了，小区里停不下，开始放在马路上。耀子后悔没有早点买车位，昨晚回来得晚，车就在小区外面呢，小跑着走到车跟前，启动了车子，到学校接到新城，到门口的时候，才发现很多家长都在接孩子呢。

接到新城，耀子开车就往唐延路跑，可走到跳水馆车就走不动了，车堵得一塌糊涂，说是前面东盛集团门口被拉土车堵了门，往北走车过不去，堵在前面的要掉头，后面的车挪不开，挤成一锅粥了。

耀子赶紧掉头顺着永阳公园北边往北走，也是不好走，警车鸣着警笛往前走，警察喊着话，让一让，择路绕行。耀子一看，无论如何也过不去，就在都市之门北边找了个车位，把车停下，拉着小新城过马路到永阳公园去。

耀子想，一时半会儿走不了，不如到永阳公园带孩子转转，随便吃些东西，在公园里休息也蛮好的，下午估计该通了，到时候再过去。孩子平时功课特别忙，有很多年没有带孩子到公园来了。

倒是带老二来过几次，公园里靠近前面餐饮区有个湖面，里面有鱼，女儿最喜欢看了，每次都拿吃的喂鱼，那些鱼像狼一样，见有吃的就都扑过来，水里有草鱼鲤鱼，特别肥大，耀子怀疑是附近餐馆放进去的，吃得膘肥体胖。

新城显然很喜欢这个决定，在公园里到处跑，看到永阳公园的介绍，原来这和唐朝永阳公主有关系啊。两个人在小路上走着，新城就给耀子说，他们班谁谁谁被内定了，谁谁谁他爸已经给校长说好了，耀子说："咱凭本事考呢，考哪是哪 。"

很快到中午了，新城想吃火锅，两个人就在最西边的竹园火锅坐下来，点了小火锅等着上菜。

两个月后，耀子在曲江胡子家里见到了胡子。

站在胡子家的阳台上，大唐不夜城尽在眼前，那雄赳赳的雕塑看起来浑厚有力，胡子可真会选地方啊，都是曲江的心尖尖的好位置。这套房产是胡子置办的，往来西安和南方就在这里落脚了，耀子还是第一次来。

"现在有钱人都在曲江住着呢，不过还是人少，像是十年前的田园都市，"胡子说，"别墅区里很少有人住呢，我也是回来了才住一下，平时都在外面过呢，把酒店当家了。"

胡子说："你来得早，先转转，咱俩聊聊，待会儿还有一些朋友来，都是做生意的，大家一起坐坐，也介绍你认识下。"然后让耀子喝茶，他起身去打电话了。

电话应该是打给一个熟人的，说其中有个哥们从深圳过来，想到兵马俑、华山转转，让安排一个伴游的，价钱好说。

耀子听得迷糊迷糊的，感觉这几年陪娃，都和社会脱节了。胡子打完电话，坐下来吃烟，耀子好奇地问："你给谁打电话啊。"胡子说："给个商务公司，让他们安排几个商务接待。"

现在网络发达，网上就有这类商务接待的公司。生意圈的朋友们相聚，时间久了都很私密，都不愿意去人多眼杂的地方了，很多人有了自己的私人会所呢，有吃有喝有玩的。

接待外地的客户，一般都要到本地的风景名胜区去玩，就要有陪游呢，一方面介绍下风土人情，再就是美女相伴，耍得开心，生意好做呀。

“耀子，你就和杨英守着那几个破幼儿园啊，不想发大财呀？”

“发财谁不想啊，可是能力有限，我们没啥门路没啥本钱啊。”

“你也经常出来混混圈子，接收些信息，找找机会啊，现在都是资源整合的时代，需要的是合作，得有合作精神呢。”

“说的是啊，我们现在都围着孩子转呢，这才几年工夫，社会变得我都感觉落后了。”

“身边人的层次决定了你的高度，过去咱念书，你死里活里要考大学，落榜了也算上了学，我初中毕业就到南方打工，经历、见识、资源、信息才是真学问呢。”

每次和胡子说话，都能引起耀子很大的触动，回去就给杨英说，胡子又改变自己的世界观了。

先是送来了一大堆吃的喝的，是一家很有名的餐饮公司送的外卖。胡子从酒柜里拿出好几瓶华山论剑，二楼一个房间专门摆了张大桌子，看来是经常搞聚会呢，耀子也帮胡子张罗着。心里想，现在人的活法真是大不同了。

陆陆续续来了四个人，来了各种的总，有张总、李总、徐总，还有一个罗处长，大家先坐在一楼喝茶，聊天，说着各自的事情和生意，胡子给大家介绍耀子：“是我的同学呢。”耀子过去握手，打招呼。

楼下的门铃响了，呼啦啦进来 6 个人，个个年轻美貌，穿着精致但很性感，领头的进来就和胡子打招呼，有一个直接走到茶台前，很大方地说，我来给咱沏茶。

领头的和胡子进去了，好大一会儿才出来，把手包往胳肢窝一夹，说：“各位老板，我先走了，妹子们，陪好各位老板，谢谢大家照顾我啊。”胡子送那领头的下楼去。

大家聊了一会儿，就上楼吃饭，酒菜摆上去了，刚才那会儿聊天，似乎都对上眼了，各自坐好，耀子身边是刚才那个泡茶的女孩。

开始吃饭喝酒，那些女孩还真是会来事，夹着菜先放在自己陪客的盘子上，然后笑着，听大家说话，适时地举起杯子喝酒。刚开始说的是正事，说几个人准备投资生态农业，在泾阳搞一块地。

那个罗处长就说话了，根据规划，城北要向北建一条红色旅游公路，一直通到照金红色革命根据地，这个地块就是紧邻公路，政府要在公路沿线发展红色旅游产业，给予的扶持力度比较大。

罗处长的内部信息极大地刺激了大家，几个人不停地给罗处长敬酒，那些女孩子也懂事地站起来走过去敬酒，场面上的气氛开始热烈起来，一阵酒喝过，大家开始放松起来。

喝着酒，女孩子便摸出手机来，要加大家的微信呢。微信是个啥？是个很新鲜的玩意，特别好玩，关键是有个朋友圈呢。于是旁边的女孩便拿出手机，下载，安装，然后扫码加微信。

耀子有点待不住了，想想新城上学的事还没有着落呢，看着酒场差不多了，就给胡子说："我要回去接娃放学呢，得先走了。"

"已经开始查酒驾了，"胡子叮咛说耀子，"打车回，车就放在这里，明天给你开过去。"

世园会以后，蜂拥而至的宣传广告推广公司很多离场了，四方城却因为这次机遇获得了绝好的发展机会，私家车总动员被评选为世园会十大经典案例，受到了重视。

世园会给西安留下的不仅仅是浐灞新区的有形资产，更重要的是，通过这次国际盛会，极大地提高了西安在国际社会的知名度、美誉度，给西安的城市发展带来了机遇。

临时搭建的机构也渐次撤销了，主管宣传的一位处长调任到航天城宣传策划推广局当局长，把四方城引进到航天城，实行了一种新的合作模式，服务外包，航天城不设专门的机构和人员，将宣传推广服务外包给四方城。

23

这个时候，纸媒已经过了黄金时期，慢慢地在衰弱，十年前在西安大行其道的各家报纸也因为广告投放的不足，不断地缩减版面，有的已经悄无声息了，成了人们的记忆。

神出鬼没的杨柳又出现了。

她给豆芽打电话，说是让约上耀子、杜峰他们几个在中兴和泰酒店吃饭，好久没见了。豆芽联系杜峰，杜峰说："这人一出现准没好事。"就说他不来了。豆芽给耀子说呢，耀子想一想，说："那行，反正离得不远，我正找你有事呢。"

他俩到中兴和泰酒店的时候，杨柳在楼下接，说先别吃饭了，楼上有个项目说明会，咱一起听一听，帮我参谋参谋。

三个人赶到二楼的多功能厅时，会议已经开始了，台上的人对着PPT 口若悬河地在讲互联网革命，在讲世界经济发展趋势，讲什么区块链、比特币，听得豆芽和耀子一头雾水。

两个小时以后，会议总算结束了，三个人来到中餐厅坐下来。

杨柳激动地问："怎么样？"

耀子说："说实话，我一句都没听懂，那声音大得我都想吐呢，说的是什么呀，豆芽你听懂没？"

豆芽笑了笑。

"虚拟货币啊，"杨柳着急地说："未来都是数字货币时代了，你太落伍了。"

杨柳就把刚才会议上讲的内容又简要地给豆芽和耀子说了一遍，两个人耐着性子听，但都听得糊里糊涂的。杨柳说："我准备投资比特币呢，你俩有没有想法？"

豆芽说："你这哪是叫我们聚聚呢，是拉我们入伙啊，我咋感觉像是传销呢！"

"这真是个好事情呢。"

豆芽说："我没钱啊。"然后低下头，摆弄着手里的杯子。

杨柳又看看耀子，耀子说："我也没钱呢，刚攒了一些被我妈拿去投资联合学院了，我还担心呢，前段时间又给顺子凑了点买房子呢。"

杨柳似乎有点泄气，就和两个人拉起家常。

"你家袁峰咋样了？"

"就那样吧，说是在联合学院招生呢，我估计就是耀子说的搞集资呢，我上班要照看豆豆，顾不上那么多了。"

豆芽很显然不想聊这个话题，就问："你咋样了？"

杨柳说："那个老外回国去了，我现在在紫薇城市花园那儿搞了个美容院，离家近，就那么过活着呗。"

"你是不打算结婚了？"耀子问了一句不该问的话。

"原来想小着呢，也没合适的，这一晃快四十了，想成个家呢，哪那么容易啊，现在城里女单身太多了，和我们一起做房地产销售的，有好多还单着呢。你们不知道啊，网上现在这种女单身都有 8000 多万了。"

"现在农村倒是男光棍多得很，上次我和杨英回去，杨英他爸退休了，经常到乡下去转，说乡下现在一个村子里很多男光混，以前是鳏寡孤独的老年人，现在三四十岁的男光棍多得很。"

这么一说，大家都突然觉得和这个社会变化跟不上趟了。

"现在很多时候，大家说的话、办的事都和以前不一样了，电脑手机网络信息扑面而来，现在连小新城玩的电脑游戏我都看不懂。"

"还说呢，袁豆豆刚上小学，回来说话，我和孩子交流都困难了。"

"话说人过四十不学艺，现在是活到老学到老了，即便是学都学不会了。学不会只能跟着瞎转。我们都是一只蚂蚱，在时代发展的浪潮里，天一变，都被滚打得不见了。"

胡子给耀子送车来的时候，说到了投资的事情。

胡子说：“耀子啊耀子，世道变了，光靠自己勤劳致不了富了，要学会投资，要有眼光呢，生态农业项目这个事情，我考察很久了，弄块地瞎不了，现在发展这么块，土地是根本，将来拆迁了还给补偿呢，赔不了钱。再说了，将来生态园建成了，可以带幼儿园的学生去玩，认识下啥是韭菜啥是麦子，现在幼儿园竞争也很厉害，这也是个优势。我比较忙，经常往南方跑，大多数时间不在，让你投资，实际上是想让你帮我盯着这个项目，保证投资的安全。”

耀子说：“可我没钱啊。”

胡子说：“你把房子抵押了贷款做啊，要把死钱变成活钱啊，你看人家南方人，到处买房，你以为是买房，人家把房买下来，然后到银行去抵押，再把钱贷出来倒腾生意，房子在那里放着还不断增值呢。你知道现在很多人和地产商熟悉，就买那顶楼的，100 平方米买来再加盖成 300 平方米，拿到银行一抵押，100 万变成 200 万拿出来做事情呢，哪还像你老实地干，挣的都是辛苦钱。你两个娃慢慢都大了，你没看短短这几年变化多大，十年前人和人差不到哪儿去，现在差距多大了，你不趁年轻折腾下，给娃们攒些家当，孩子都输在起跑线上了。”

胡子说起孩子，耀子心里一动。

“你要知道南方的人把孩子都往国外送呢，看你上个初中狼狈成啥样了，带着娃到处考试。你要知道你娃就是将来上了大学，还是给人家有钱的娃去打工，人和人的差距有多大。”

“我们这家底你也知道的，赚得起赔不起啊。”

“我知道，这样吧，赔了算我的，赚了算你的，就当我是借你钱。”

耀子动心了！

耀子回去把这事给杨英说了，杨英说：“不行不行，你就不是挣大钱的命，咱把日子过好就行了，也不贪心。”

耀子说:“不博一下我不甘心。再说，要是成了也是为了两个娃好。”

杨英拗不过耀子，就说:“好吧，你要是折腾没了，你得给我们母子三个留个住的地方，你把紫薇花园的押出去算了。”

就这样，耀子和杨英去银行办手续，那一沓沓要签字盖章的地方都有两个人的签名和盖章，这个时候，就显得夫妻关系的重要了。

钱交给胡子投资了，耀子心里一直不踏实，但希望着项目能好。

还有胡子那句话:“赚了算你的，赔了算我的。”

24

这一年过得有点诡异，也有点荒诞。

先是耀子说他整天做梦，梦里头有两个场景是以前就有的，一个是像个枯井，黑洞洞的，一直往下掉，看不到光，也看不到底，耀子在恐惧中一直往下掉，直到梦醒了。他做过很多的梦，都没有记住，往下掉的梦次数多了，就记住了。

他和顺子说起这事，顺子说他也有，给杨英说，杨英说她没有。

再就是总梦见高考，七月天里太阳红彤彤的，大中午学校里没有一个人，他感觉自己的头发很烫，头发都要着火了，猛地看到操场边有个水龙头，就把脑袋塞进去，头发很长，头发就湿了，滴答滴答滴水，结果就把语文考卷弄湿了，湿得一塌糊涂。

和掉井里的梦一样，高考的梦也是次数多了就记住了，他问过豆芽，豆芽说从教育心理学角度看，掉井里的梦是因为他大从耀子小在外面工作，长大了才回来，他从小和顺子是爷爷妈妈带大的，缺乏安全感。

高考的梦是耀子一直有的心结，没有考上大学，一辈子遗憾呢，可高考都过去20多年了，不至于吧。他问杜峰和胡子，那两个说没有做过这样的梦。

杜峰说："我倒是梦里老在跑，好像后面有人在赶着，在追杀我。"耀子说："是你在报社的经历导致的吧。"胡子说他做梦就掉在一个池塘里，池塘里没有水，全是红彤彤的百元大钞，再就是美女，自己在里面很享受。

耀子又有了新的梦境，而且近来反复在做这样的梦。

梦里他去买车，先是买了个起亚，结果还没有挂牌呢，就丢了，他也没法找人说理去。就只好又买了个现代，车牌挂了，但还是丢了，他又买了现在这个宝来。梦做得多了，就觉得应该是真的，他问杨英是不是真的，杨英说你做梦呢。

我咋做这样的梦呢，杨英说你是有欲望又怕失去呢。

另一个经常做的梦是老梦见赌王系列和英雄本色系列那些老电影，还有一些很诡异很有智商的电影，在梦里他总是被人坑了，然后半夜起来就大汗淋漓地坐客厅抽烟。

小新城玩的游戏，唱的歌，还有看的电影，说的话，他很多都不明白，他感觉很多事情比较吃力。

耀子开始睡眠不好了，杨英叫他和小新城去跑步，去外面打篮球，男孩子要培养些野气。耀子懒得动，这几年明显胖了，走路的时候，感觉步子有点沉，洗脸的时候，总觉得脸上软乎乎的，走路低头的时候，看到阳光地上有个椭圆，肚子是明显起来了。

耀子喜欢上喝酒了，杨英就说他，他说不抽烟不喝酒，活着不如一条狗。他在田园都市有了几个酒友，夏天了去夜市，冬天了去锦业三路的小谭川菜，不爱喝啤酒，就喜欢喝白酒，而且酒量见长。

喝酒了就喜欢说话，东拉西扯的，喝酒了胆子就很大，有一天送一个酒友去国际学校对面的竹园新苑，进门的时候保安不让进，一个人就和保安吵，他突然就捡起一块砖头去砸保安的头，然后开上车就跑了。

他酒醒以后就特别害怕，结果过了两天警察找上门来了，说是你那天晚上打人了，耀子说我没有啊，警察就把他带到小区的监控室，那清清楚楚就是你啊。他说那不是自己，警察笑了，说要不要我给你调个天网工程看一看，做个人脸对比。

警察说："你现在还有啥秘密呢，哪天进哪个门，出哪个门，只要警察想知道，分分钟的事情。"耀子这才想起来，有一回正在自动取款机取钱呢，结果，接了豆芽一个电话，他边接电话边出门，结果接完电话回到自动取款机，卡不见了，卡上的钱没有了。于是他就报警了，警察来了，说你在外面等着，然后就到里面一个小屋子去，过了一会儿出来说："走，给你要钱去。"然后就带他到西部大道一个制药厂，对负责人说："把你们的那谁谁谁叫出来。"叫出来那女娃都吓住了，赶紧承认是自己顺手拿了。警察说你把钱退了，如果耀子要告你，你得坐牢，耀子说算了，钱拿回来了就算了。耀子是看那女孩长得挺疼人。

耀子有点怕了，会不会死人了？警察笑了说，"没事，就是脑袋流血了，看你那架势是不是喝多了，砖头一举起来就掉了。你给人家看病，认个医药费就行了。"

从那以后，耀子喝酒的时候不想那么多，喝完了第二天醒来就很害怕，就回想都和谁喝酒了，然后发个微信问候哈，还好吧，好着呢。他就踏实了，他又看自己的朋友圈，没有在喝酒的时候胡发微信吧。

杨英就给小新城说："你爸知道害怕了，就老了。"

杜峰更是奇怪，无缘无故地开始恐高了。

杜峰给人吹牛，说他刚学会开车那会儿，到火车站送个人，回来的时候心情特别好，就从环城西路回到田园都市，一路上在不断超车，他数了一下，一共超了 34 个车，那车左拐右拐，特别爽，特别牛。

现在大家出门去玩，杜峰开头车，像个老牛一样，大家都说你到后

头去，跟紧了，别把自己丢了。

杜峰还记得那年有急事去汉中，西汉高速还没有修成呢，就走了周至翻秦岭的老路，那一路翻山越岭，一面是大峡谷，一面是靠山，结果自己开车可以达到 100 码，回来给娟子说，很有驾驶的快感呢，买车非要买个手动的，说是换挡提速的时候，感觉特别爽。

现在，那样的路基本不开车了，就是开个车，紧张得很，靠着山根走。就是坐车，一下车就给司机说："我的妈呀，鞋底抠了四个洞。"

以前出去开山路人少的时候，车里放瓶酒，边喝边开，高声吼着我是一匹来自北方的狼，现在开始查酒驾了，酒是不能喝了。那年和镇平去安康要钱，回来走到路上和车剐蹭了，车里塞着三十多万现金呢，就和人干架了，现在走路上和人剐蹭了，说对不起，人家要钱呢，要多少给多少，然后开车走人了。

最主要是恐高，好在他们家住二楼，有一次到朋友十六楼的办公室去，走到阳台腿就发慌呢，这才发现有了这个毛病。他还不信自己恐高了，回家坐电梯直接到楼顶十八层往下一看，田园都市的街道人车流动，他有点晕，下楼回到家里给娟子说："你再欺负我我就跳楼了，刚去找了下地方。"

华山他一直没有去，还说有时间了一起去呢，结果现在不能去了，还有渭水园的蹦迪，说过几次了，都没有去成，现在也白瞎了。

他和镇平一直想拓展互联网业务，在公司会上经常说要有互联网思维，但什么是互联网思维。他参加了很多这样的会议，也就七七八八地记住了很多互联网名词，但真的是互联网思维吗？

回到家看小杜鹃在玩手机呢，就问娃呀娃呀，啥叫互联网思维，刚上小学二年级的小杜鹃说了句很有哲理的话："种在沙漠里的水稻叫啥？"

杜峰开始信命了，这和认识的一个人有关。

24

过年正月初八，镇平打电话说：“你在哪儿呢，我在体育场旅游局的家属区呢，你快来，洗个澡，沐个浴，然后上个厕所，腾空了再来。”

“啥事嘛？”

“我遇到个高人，给你掐算掐算。”

要是以前，杜峰肯定说，我的人生我做主，别信那些装神弄鬼的，现在有点信了。说你等着，我就来。

进了门看到好几个穿西装的人在那儿喝茶，见面打个招呼，屋子里很安静，挂了不少字画，那些字体看起来圆润天真。镇平说：“这是娃娃体，是牛才子的真迹。”

屋里有个老汉，镇平说：“这就是我给你说的我老哥，这几年有点犯糊涂，你给看看。”那个老汉仰着眉毛看了一下杜峰，说：“你进来吧。”然后带杜峰到里面屋子里，一屋子旧的书札。

问了生辰八字，那老汉拿出几只竹签和几个麻钱，让杜峰摆弄了下，然后说你先出去坐会儿。杜峰就出去了，过了一会儿，那老汉出来了，手里拿着一个信封交给镇平。两个人说了一会儿话，就告辞出来了。

一出门，镇平就给杜峰说：“拆开看看。”信封里是一张麻纸写的小楷，写了一些字，后面还附了一首诗。

大意说是少时颠簸，本不是家乡人，人敦厚而勤奋，房舍有两间。再往下看，杜峰有点傻了，意思有三，命中有一子，心中有一人，将来有一难。

杜峰看了手有点发颤。

原来杜峰虽然姓杜，但不像豆芽家是本乡本土的杜家桥人，说是爷爷辈逃荒到的杜家桥，差点饿死了，是村里老人看着可怜，加上膝下无子就收养了。到了父亲这一辈，总在村里遭排挤，所以杜峰当年苦读要考上大学，一来给爹妈争口气，二来是想离开那个村子呢。

至于房舍有两间，大概是田园都市和杜家桥的房产了。命中有一子，这是到了后半年，娟子说他有了，杜峰还说，咱俩这是十年碰不到一个瑞腊月，不会这么巧吧，结果还真有了，因了老汉这句话，第二年生下来，还真是个儿子呢。

“心中有一人？”镇平说：“不会说的是杨柳吧。”杜峰说：“有烟么？”

“将来有一难？”

镇平说：“这么说，这一万块没白花呢。”

“啊，还掏钱了。”

镇平说：“你白瞎啊，那几个是从北京来的，其中一个是我表叔呢，专门过来找的，那老者是牛才子的后人，一般见不到呢。这西安城里拐角旮旯的名门望族的后人多了，不然怎会说这是半城文化半城神仙呢。”

高新建成区已经开始了正常的城市生活，每天马路上车来车往，人来人往，都急匆匆的，大家都有做不完的事情。高新已经在草堂那边开工建设了，梁家滩国际社区也动工了。

特别是三星落户西安，成为省里有史以来最大的投资项目。兴隆社区、创汇社区开始发展起来了，大家都比较忙，也没时间去那边看看，总是开车路过的时候，才发现又新建了那么多路，以前的断头路现在延伸出去很大的地方。

除了三星项目，中航和国外公司合资的无人机项目也在高新落户了，要建设的中交科技城投资100多亿。中非工业园、强生全球最大的供应链、千亿级智能手机集群、美国创新城项目，太多的投资在高新区更远的地方开工建设了。

豆芽在自动取款机前取钱，一个男的叽里呱啦地问她，好一会儿她才明白是韩国人不会用机器，她就给帮忙取了。这才注意到，田园都市、逸翠园、绿地住进了很多的韩国人，附近的公用设施都实行双语了，开了不少的韩国菜馆。

耀子早早回家，没出去喝酒。

电话响了。是豆芽的。“明天星期天，你忙不，来我家帮个忙。”一边的杨英说：“豆芽现在一个人带娃挺难的，再说咱新城去逸翠园上学差一分，多亏豆芽帮忙呢，你明早去看看咋回事吧。”

第二天早上，豆芽发信息说：“你开车来接我。”到豆芽家小区门口，豆芽出来了，包裹得严严实实的。耀子说：“这都五黄六月了，看你把自己包裹得那么严实，咋了？病了？”

“是病了，陪我去高新医院。”

“不要紧吧，没啥大问题吧？”

“开你的车，少问。”

耀子就开车往高新医院走，女人的事情不好说也不好问。

挂号，排队，临到科室了，豆芽往妇产科走，耀子就远远坐在妇产科门前的椅子上等豆芽。一溜溜全是女的，有的有男人陪着，有的就一个人，有人从里面走出来去了另外一个房间，出来了男人搀扶着，大气不敢出，女人脾气大得很。

豆芽从那个屋子里出来又进去了，耀子看到豆芽的眼神，就走到那个门口的椅子坐下来等着，门关上了，里面有声音传出来。

“四个月了，不小了，确定不要了？”

“不要了。”

“你想好，要不和你老公再商量下，这个年龄要个娃不容易啊。”

“不要了，做吧。”

耀子心里一惊，这是要打胎呢，豆芽怀孩子了，这真是不容易啊，留下来多好啊，袁豆豆有个伴，现在自己两个孩子了，还是觉得两个娃好呢，豆芽是老师，是公职，怕是政策不允许呢。

这种事，袁峰咋不来，好几年没见袁峰了，也没听说离婚啊，豆芽咋让自己来陪他呢，不合适吧，不过又有啥不合适的，那是信任啊。他看过一部电影，说人前半生是激情，后半生是亲情，中间是爱情，他和豆芽现在该是后半生的情谊了。

好半天后门开了，豆芽扶着门脸色苍白地站在门口，眼望着耀子，耀子赶紧过去把豆芽扶起来，慢慢地回到车上。回来的路上豆芽脸色很不好地靠着，耀子把车开得慢慢的，路过不平坦的地方，直接拐一下，生怕车一颠簸，豆芽要受疼了。

耀子一路上走着，回头看着豆芽，她散乱的头发有些都有白发了。想想二十年前豆芽的样子，穿着月白的衬衣，趴在桌子上睡觉，浑身散发着香气。这些年了，豆芽总是那样忙匆匆的，耀子再看过去，豆芽的脸上已经有了瘢痕，今天似乎没有怎么打扮，皮肤有点蜡黄，颜色暗沉。

耀子心里酸酸的。

到豆芽家，豆豆不在家，豆芽有气无力地说："他爷爷奶奶回来了，接回去住两天。"豆芽挪着步子到里屋床上躺下。耀子问："哪有红糖呢，我给你倒点水喝。"豆芽说多年都没有用红糖呢，随便倒点开水就行。

耀子倒了杯开水放在床头柜上，随便在床边坐下来，想着陪豆芽说会儿话。豆芽说："知道红糖水了，很体贴啊。"耀子笑了笑。

"知道我是看啥病了。"

"嗯。"

"也不问是谁的？咋让你陪我呢。"

"你不说我也不问，不是袁峰的还能是谁。"

豆芽头往里面一歪："我们离婚都两年了，我都没见过人呢。"

"那谁的？"话一出口，耀子后悔了。

豆芽脸转过来，盯着耀子平静地说："是一个网友的。"

24

耀子真是被吓着了，豆芽这样的人竟会有这样的事情。

耀子原来在西京公司的一帮同事在一起聚，有的好久没见了，大家都发福了，好些都谢顶了，额头上的发际线不停往后退，一晃当年的英俊少年转眼都四十出头了。

聚会的原因是因为老郭，老郭从深圳回来了，酒桌上老郭还是那么豪爽亲切。他说是当年在陕北老家吃不饱饭，后来刻苦学习考上陕工院，毕业来到电子城西京公司，那时，正是国家电子产业发展的黄金时期。

幸亏让自己赶上了，后来西京公司困难，就带着一帮子年轻人出来创业了，电子产业当年多红火啊，在东仪路一年能做到一千万的产值，高新区领导就上门招商到高新区了。

赶上高新区的好政策好机遇，后来牵线搭桥和国外公司合作了，自己占些股份也退居二线了，不过，他把当年跟着他创业的伙计们都安顿好了，现在在高新搞了个养心堂，让大家有空过来坐坐。

于是，大家都回想起这二十多年的变化和如今的产业方向，都说原来的那些本地的品牌都不见了，现在都是外地的国外的大公司来了，感觉落伍了很多，互联网技术对社会的影响太大了。

大家都掰着指头算，原来做衣服、卖火锅、搞电脑、搞医药的，现在都去搞房地产了，房地产那么好玩啊，结果很快资金链断了，不是被外面的大公司收购了，就是停滞不前了，做起了房东。

这还算好的，还活着的，有些已经转眼间从上亿资产变得负债累累了，很多都跑路了，早上员工一上班，才发现公司没了，老板不见了，很多以前在报纸上经常露脸的大人物都悄无声息了，本土的地产商大多被稀释了。

实体经济现在太困难了，南方经济发展的模式也改变了，以前的工厂现在大都负债了，丢了一大堆的机器和厂房荒在那里。电商对实体经济的影响够大了，前些年企业发展积累转型比较好的日子还好过些，很多转型不成功的，不是被并购重组，就是轰然倒塌了。

现在地产开始像商业地产发展，今年也算是西安商业地产的元年了，万达城在西安遍地开发，这种商业业态不仅仅是房地产开发那么简单，而是一种复合型的商业业态。

再就是领先的先进技术高科技企业，现在连大国企都在寻求和国外核心技术的合作整合，高新区这些年引资的都是这样的大项目。

大型社区的形成，动不动就是上千亩的地产项目，也是开启了名校和地产合作形成地产商办学的形式，这是继 98 年产业化，03 年开发区办学，08 年公办化之后的又一个风向标。

这一次饭局，耀子更加迷茫和心急，很多的变化都是始料未及的，人常说四十而不惑，而这一代人的困惑才刚刚开始。

虚拟经济让年轻人如鱼得水，就像老郭说的，大家觉得现在挣钱难了，不是经济本身的问题，是我们的思路和观念问题，就像当年我们二十几岁的时候觉得挣钱难，觉得我们的父辈缩手缩脚，现在的 90 后就是我们当年的感觉。

浮躁，成为 70 后这一阶段的最大的心病。除此以外，大家坐在一起开始谈孩子教育，说五大名校，说孩子的事，也成了病，最大的毛病。

不管怎么样，每天的日子还是要过，这一年冬天的雾霾特别严重，空气质量指数成了每天的报纸头条，PM 值成为大家关心的问题，空气、水和阳光，成为使我们感觉压抑的生活话题。

25

耀子问杨英："西万路那边的红星美凯龙拆了，你知道不？"

"我不知道，没给你说？"

"给我说了，我没同意就敢强拆。"

杨英说："太不像话了，以前的家具市场改成红星的，就不打招呼，现在又不打招呼。"

耀子说："别生气，我明天就去处理，告诉他们，以后我不签字不准拆。"

"哈哈，你算个啥。"

这两口子总是这么很严肃认真地开玩笑。杨英一想到耀子一本正经地扯淡，就觉得好玩。那年在公交车上很认真地说："小姐，你踩我脚了。"杨英说："你神经病。"耀子说："你看你这人，踩我脚了还说我神经病。"

从那以后，每次耀子很严肃地开玩笑，杨英就很严肃地回应着。耀子一脸严肃地说："杨英，你有资本这样牛。"

杨英开车从外面回来，有个人就站在前面，等了半天还站在那儿，抬头看空中飞过的飞机呢，南边来的飞机到咸阳国际机场去，是要路过田园都市的。她每次坐飞机，临近机场的时候，她从飞机的舷窗上往下看，都能看到下面这个椭圆形的图案，心里想，这四方城咋就弄出来个椭圆呢。

那人看飞机看得出神，杨英就下车走到那人跟前，问："你是交警吗？"

"不是！"

"不是交警你站马路中间干吗呢？"

那人这才回过味来，杨英是说他呢。"我站马路中间看飞机呢，看飞机上能不能掉下来个蛋。"说完就走了。

实际上，现在的田园都市马路上到处是人了，车多人多，站马路是很正常的事情。

西万路西边已经成熟得不像啥了，高新早都往南往西去了。雁塔区以东的地方开始大拆大建了，先是沈家桥，再是高家堡，又是翟家堡都拆了，五龙大厦也换成了新都酒店，竹园新苑也住满了人，大多是几个学校家长陪读租房的。

万科城建好了，又建了个万科高新华府，原来食品厂的地方又建了楼盘，建了一阵又停下了，换了个名字接着往高建，更大的地方被圈起来，又一个千亩超级大盘开建了。

逸翠园修建了十年还没有完，又在西边开建别墅区了。田园都市的人说，你看逸翠园修得比咱晚，到现在还没修完，咱是 2000 亩，他才 1000 亩。逸翠园的人说，你早早修起来卖完了，我们慢慢修慢慢卖，地价升值了，房子升值了，这才叫挣钱呢。

人多了，娃上学成了问题了，学生多了，学校就考试了，田园都市的没考上上不了，就拉起条幅堵路呢，跑到物业去抗议了，原来买房的时候说是学区房，有学区房咋上不了学呢。

逸翠园的人高兴了，上国际学校你田园都市的是业主，我们也是业主呢，要不上初中你别来逸翠园上呢。郭家花园的人看他们吵架，更来气了，你们吵啥呢，我们老几辈的先人都住在这里，你们来了，把我们赶走了，你们住得也不安生呢。

一个老汉说，都别说了，田园都市有田园都市的配套学校，逸翠园有逸翠园的配套学校，逸翠园没有建而已，两个社区的学校合成一套配套学校了，满足不了是正常的。

大家说，那原来买房的广告上都这么说的。你信广告，母猪都会上树呢。于是大家都郁闷了，都开始要求开发区增加学位配置，开发区说，快了快了，你没看田园都市的五小已经修得差不多了，9 月份就开学了，大家这才想到，这块地放了十多年，总算是开学了。

西万路那边的盛世长安、万科高新华府的家长们也把孩子送到马路对面来，一咨询说是，那边是雁塔的，你是长安的，这边是高新的，大家都开始糊涂了，这郭杜不大的地面上，咋这么复杂呢。

西万路以西的人开始炸锅了，原来买房的时候明明标明了附近有配套学校，怎么就上不了呢，大家到售楼部去问，人家说，我们只说有学校呢，离学校近呢，并没有说保证你能上。大家急了，那原来的售楼小姐说可以的，那谁说的你找谁去，于是大家就打电话说，售楼小姐说都辞职不干了。

哎，真是上了一当又一当，当当不一样。

杨英从洛南老家回来说，现在县城往西发展了，变化真大啊。耀子还是顺口说着郭家堡，说我离郭家堡那么近，散着步就回去了，回去也碰不见几个熟人。耀子说，要是郭家堡有暖气，他爷还能多活两年呢。

城市集中供暖终于到田园都市了，施工了一年多的小区终于拆了围挡，赶在 11 月 15 号之前一星期，城市集中供暖的问题解决了，使用十多年的自备锅炉停止了运行，冬天里暖气明显好多了，以前在家里穿羽

绒服过冬的情况，今年开始穿着秋裤就行了。

随着老人们相继去世，郭家堡的年轻人已经没有了多少对于土地的回忆，更谈不上感情了，就是偶尔说起来，哪个新建的楼盘原来是哪个村子，村子里有个大树，大树结着皂角，后边有个池塘，摘下皂角砸碎了洗衣服用，这些地方仅仅成了村里人能够想起来的名字，而村里的孩子们已经不愿意听这些话了。

郭家堡原住民已经不足村子人口的十分之一、百分之一，甚至千分之一了，附近工厂的年轻人，来城里打工的，还有做生意的，刚毕业的大学生都租住在村子里，塞满了每个空间。偶尔有人在门前挂一块有空房的牌子，早上挂出去，吃中午饭的时候就摘下了，挂在门口里面，等有空房了再挂出去。

郭家堡是郭杜最后一个集中安置的村寨，其他的村子拆了，不再集中修成二层楼的棋盘式的村子，而是集中安置在高层上，一家分好几套房子。这样的好处就是不像郭家花园一样，刚建成的时候整齐划一，没几年大家相互都在加盖，先是三层，四层，开发区稍微早点的村子里已经有了七八层了。有的干脆加了电梯，人多了村子又回到了城中村的感觉。

终于还是出事了，附近村子里一个租房的人骑个电动车回来了，进门给房东说，叔啊，我在门口充个电，然后就上楼睡觉了。大中午太阳火辣辣的，大家都在屋子里睡觉。

突然有烟气从院子里弥漫上来，有人喊着火了，从各层各个房间就跑出来很多人，穿着大裤衩子，男的女的就往外冲，一个女人就开始骂：“你不是上班去了么，你咋穿个裤衩子跑出来了？又跑到谁家去了？”

院子着火了，房东就开始打电话，消防车来了，进不了村子，就拿水枪在路边往里面射，一家的人出来了，一个村子的人都出来了，马路上站满了人，提着裤子叫着喊着，我抽屉里还有刚领的工资呢，旁边就有人说，都啥年月了，还用现金啊，卡烧坏了没事，账户在呢。

火是被扑灭了，政府开始派人来做安全检查，先是更换了全村的电线，从各家各户里搜出不少的安全隐患，开始逐户登记人口，竟然发现了好几个网上追逃的要犯。

整顿持续了很长时间，还把郭杜各村的村长叫来开现场会，各村要成立安保巡逻组，加强安全防范。村长回来就开大会，把村民们都叫来，先说了大政方针，然后说："大家要有心理准备，以前那种拆迁安置方式过时了，郭家堡要考虑再次拆迁。"

村长的话还没有说完，年轻人就带头鼓掌了："拆吧拆吧，欢迎政府来拆迁，能拆几回拆几回。"耀子他大说："这才住了几年啊就要拆。"村长说："你老糊涂了，人家高新路上的大厦 118 米呢，说拆就拆了，而且还是爆破，轰隆一声，一地的土渣子。"耀子给他爸说："村长说得对着呢，那是西北爆破第一高呢，拆了好，拆了统一住高楼方便管理呢。"

开完会耀子和他大往出走，村长把耀子叫住了。"耀子耀子，我有个朋友的孩子想上逸翠园，听说你和那里的老师熟悉，能帮个忙不？"耀子说："我和杨英是弄幼儿园呢，不熟悉啊。"

村长说："你少糊弄我，我听村里的人说了，逸翠园那豆芽和你是郭杜中学的同学呢，我还知道腰子炒豆芽呢，你到底炒没炒。"耀子说："村长啊，你能行得很么，啥都知道，别看你经常不回村子来，住在绿地，这啥事都知道呢。"

村长笑了，"一会儿到门口我给你拿箱烟，这不是有个领导让我帮忙吗，咱还求人办事呢，你给我问问。"耀子知道，现在村长送礼送烟酒都不论条不论瓶了，论箱了。

"村长你把烟酒省了，我家的事还要靠你多关照呢，我给你问哈。"

村长说："要花钱那都不是事，别让豆芽为难，我郭家堡的人出门做事要大气。"

耀子给豆芽说："我村长的关系想上逸翠园呢，你看能帮忙不？"豆芽说："不行啊，学校招生的事情要考试呢，校长管着呢，我说不上话呀。"耀子说："我知道你为难呢，这是村长，咱不能把村长不当干部啊。"

豆芽说："学校哪个老师不是欠一堆人情，校长的本本上登记了一大堆了，谁没个三朋四友，人托人，人找人，人情社会，校长也为难呢，我试试，但不好打包票。"

村长的话成了耀子的心病了。耀子就见人就问，眼看着5月28日快到了，生怕把村长的事情耽搁了。

有人就给耀子打电话说："我给你约下校长，你自己把握。"耀子说："得多少钱呢。"那人说起码10万。耀子办了卡，把密码写在卡上就去见人了。素心铭没有了，街心公园的藤树林茶秀也不在了，选什么地方好呢。

樱花广场旁边有个水疗中心行不行，有洗脚的地方不，校长喜欢洗脚，耀子说有呢，那人说行吧，耀子就按说好的日子过去了。先是在旁边吃饭，吃着说喝点，喝点就喝点，要了一瓶酒，校长喝着喝着就话多起来了，拍着胸脯说，没问题，包在我身上。

折腾了半夜，总算把事情办了，就给村长说了。村长说："那好那好，十万不多，你先垫上，回头我给你。"

耀子就三天两头地打电话问情况，那人就说你烦不烦，离9月份开学还早着呢，人家校长说了，没问题的，你要不相信我把钱给你退了。耀子说，信信信，我就是问问，别生气呢。

终于熬到5月28号考试了，一考完村长就问耀子："这事情可不敢马虎啊，我给领导说过了，打了包票了。"过了几天，学校发榜了，村长说：“孩子录取了，感谢你啊耀子。”耀子说：“那钱呢。”话没说完，电话断了。

耀子给豆芽说这事，豆芽说：“你傻啊，你上当了，你也不长脑子想想，校长和你不熟悉，怎么能和你喝酒洗脚。何况我们校长是个女的，温文尔雅的人，要考试你就好好考，要上学你就到学校咨询，你满世界乱跑啥呢。”

耀子急了，就给那个人打电话。那人说，钱给校长了。耀子说你骗我，那人就不是校长啊。那个人也急了，说是给校长打电话呢，结果打不通了，就给耀子说，我也是托人认识的。

耀子真是郁闷得要死，就给豆芽说。豆芽说：“很正常，现在小升初就这样，其实学校招生考试很规范呢，可现在人都迷信关系，家长满世界找人，骗子满天飞，有些学生竟然拿到的是假录取通知书，拿到学校去报名才知道，每年 9 月份还有很多学生在家里待着。”

这一年，有个流行语叫城市套路深，我要回农村。耀子说：“我回到哪里去啊，郭家堡虽然是农村，但现在也是城市了。”

顺子任期五年期满回来了，被安排在省文联一个处当处长。

其实顺子不想回来，考上公务员在外地待了三年，又在秦岭里待了五年，已经很习惯县城的慢生活了，每次回来，都会有陌生感。

这种感受和杨英恰好相反，一晃在西安城里已经待了二十多年了，老乡同学总会说起洛南，父母也老了，总时不时地回去看看，现在也方便了，从田园都市出来上绕城高速，一个半小时就到了。回去吃个饭，和妈妈说说话，赶天黑就回来了，她大听力越来越不好，身体一年不如一年了，好在有哥哥姐姐们照顾，她也帮不上什么忙。

每次从洛南回来，一到西高新出口，她的心里就格外踏实，她的家在这里，两个孩子和耀子在这里，耀子家郭家堡也在这里，反而回到洛南去，熟人越来越少，那些同学很久都不联系，还有联系的，打个电话

一说起来，不是家里老人病着，就是带孩子上培训班呢，很少有时间坐在一起。次数多了，杨英回去也不怎么联系了，每次来去匆匆。

顺子还是回来了，媳妇和杨英忙活幼儿园的事情，忙得要死，孩子由他妈看着，他妈身体也慢慢不行了。娃到处跑，顺子他妈就在后面撵，撵着撵着就不见人了，气喘吁吁地，大声地喊："新苗，新苗，再跑就叫人贩子抓走了。"顺子他妈拉着新苗说："你再跑人贩子把你抓走了，就打你骂你，让你去西安城里卖花去，卖不出去就打你。"新苗就吓哭了。顺子媳妇说："你别吓唬娃了，哪那么多坏人啊。"

顺子他妈说："你不知道啊，田园都市 E 区那夜市上，前几天有小孩丢了，媳妇回来埋怨老人呢，老人气不过，在中心广场上吊死了。顺子顺子，你还想在山里躲逍遥，回来搭把手。再说娃娃大了，要上学呢，你说把娃带县城上学，人家周边县城有办法的把娃都往城里送，都往高新一中送。"顺子决心回来了，他管教育他知道其中重要性。

顺子干了一段时间，回家就唉声叹气的，只有看着新苗才露出些笑容。耀子问："你咋了，国家干部，咋还唉声叹气，转眼都四十岁了，安生稳定点就好，现在娃是大事。"

顺子说："哥啊你是不知道，现在人事环境复杂得很，现在回来人都不熟悉了，也弄不成事。多少年摸索出的游戏模式现在不灵了。咋就不灵呢，现在反腐政策高压着呢，抓了一群又一群，回来看不清也不站队还安全呢，但是没有啥上升空间了，咱就是郭家堡村里的娃，也没有帮衬，干着没劲，混日子。"

"不是你没空间了，是大家都没上升空间了。"杜峰说。"那你辞职了干吗啊？""我到你的文化公司打工行不？""好啊，恰好你有政府关系和政府沟通的经验，现在四方城主要是做文化外包服务，正缺你这样的人。"

说话都是话赶话说，顺子还当真了。

突然大家又在说股票了，杜峰像是打了鸡血，开始说些配股、建仓、杠杆之类的话，耀子说："我再也不敢弄了，那天搞的股票投了十万块，最后取了三万多。""这次不同了，是个机会呢。"

这个机会消火了无数个城市中产，成为很多70后一辈子都忘不了的噩梦。十多年的积累，一夜之间没有了，一批中产阶级被消灭了，身边几乎所有的正常融资朋友都被强平了。

一个用奇迹来形容的股灾，从不懂融资，到被市场引导进被认为是最安全的融资，到坚信政府的力量，到市场流动性的缺失，再到最后的非主动性系统平仓，中间经历了太多心态的变化，可悲、可叹。

娟子在厕所就惊呼："杜峰杜峰，出大事了。"杜峰赶紧推厕所门，门关着，说："咋咧咋咧。"娟子说："你等哈。"然后推开门，给杜峰拿个试孕棒看。杜峰说："这是啥。"娟子说："有了。"

一年前娟子给杜峰说这话的时候，杜峰不像生老大的时候那么高兴，和娟子在客厅坐着，杜鹃在屋子里做作业，轮到她要小升初了，作业多，也很紧张，压根不知道杜峰和娟子的心情。

"咋弄的？""不管咋弄的现在都弄哈了。"

杜峰想起那牛才子后人那一卦，就给娟子说了，那天镇平叫我去见个人呢，我就去了，如何如何，杜峰挑最重要的说，那老汉说我命中有一子呢。

"事后我也吃避孕药了呀，这咋还真有了。"

这一夜，两口子在被窝里说了半天，吃药了后要的娃会不会缺胳膊少腿，要个娃咋养活呢，现在电视台也被网络挤压得效益不好呢，现在养个娃得花多少钱啊，儿子是好但却是个建设银行呢，儿子将来还得买房，说着说着说困了才睡下了。

娟子嘴快给杜峰他妈他大说了，老两口从杜家桥专门赶来，议论了一晚上说："这娃得要呢，你们生下来我养。"娟子说："我们没说不生

么，已经在我肚子里长着呢，急啥嘛。”

一会儿去医院做检查，一会儿找人做B超，一会儿又是查微量元素，日子一天天过着呢，娟子的肚皮越来越显了。杜峰说能看出男女不，娟子说是女的难道还不要了，来不及了，糊里糊涂生吧。

再次当爹的杜峰一下子勤奋了很多，老想着咋挣钱呢，都说现在股票火得很，杜峰就和镇平一商量，把公司的流动资金和自己的家底砸进去了，然后每天兴奋地看着账户上不断上涨的钱数，急切地等待着孩子的出生。

像是做梦一样，账户里没钱了。

钱没了孩子出生了，杜峰已经很久没有睡过踏实觉了，半夜里总是醒来，焦虑，烦躁，在产房门口等待的时候，杜峰就直接坐在地上了。股票的事情娟子知道一些，但不知道有多严重，他妈他大倒是一直站在门口往里面张望。

护士把娃抱出来给杜峰说：“看一下我抱去洗澡呀。”杜峰站起来，他妈他大都围上去，“是男娃呢。”护士太清楚不过三个人的眼神了。杜峰说：“还真让牛才子的后人给说准了。”他妈他大说娟子是老杜家功臣呢。

娃就在家里一口一口地吃奶，杜峰的心里特别难受，但走到摇篮边，看小家伙怪可爱的，也就好过些了。镇平说：“知道你烦呢，最近就安心在家陪陪娟子，看看孩子，休息一下，公司的事情有我。”

杜峰出了门，在院子里转，看到很多老人围着一个女的，女的手里拿着宣传单，说到门口免费领米面，还可以免费体验按摩器。几个老人就跟着去了，那女的扶着这个拉着那个，一句一句姨叫着。

在小区门口不知道啥时过来一帮子年轻人，在小区里到处蹿，看到老年人就过去问寒问暖，还帮着提袋子扔垃圾，不知道的人看了还以为是自家孩子呢，然后他们就给老人做健康讲座。

杜峰他妈帮忙看娃，没事就跑过去凑凑热闹，有一天抱回来个盒子，说是按摩器，能治病。杜峰说：“多少钱？”“五万八。”“你上当了呀妈。”他妈说：“别胡说呢，心疼钱了？这是我的钱呢，身体按好了我才好给你带娃呢。”

杜峰急了，出门就要去找骗子，那伙人已经不见了。

26

“钢刀割下自己身上肉的时候。”他看着这行字，心想着是哪一位过客留下的，他又经历了怎样的事情。

同屋住着的男人，头发已经谢顶了，干脆剃了，要是穿上僧衣，一定就是僧人了。耀子躺下了和他聊天，才知道他是上海人，原来在一家大企业做高管，后来下海做生意，现在啥也不干了，就跑遍了名山大川，这次来至相寺已经半个多月了，明天就要走了。

那个人说得很平淡，也很简单，耀子本来还想说啥呢，也就不说了，安心地睡下了。山里异常安静，空气也特别好，人睡得踏实，梦里觉得一切多好啊。

耀子家算是经历了一次大劫，去年家里的灾难一个接着一个。

先是郭家堡乱了，郭杜附近的村子都乱了，田园都市早市上一群群的人在传说着，中心广场那些老人们也在说，有的人哭着说，有些人笑着说，说谁家几千万没了。

联合学院烂包了，阳光雨露一夜之间被抢光了。

省政府、市政府门口到处都是人，郭杜的人去了，咸阳的、宝鸡的、渭南的，各地的人都涌来了，微信上到处是联合学院出事后混乱场面的照片和视频资料。

耀子家彻底乱套了，他妈吃老鼠药了，幸亏被他大发现了送到521医院，总算是抢救过来了，躺在床上翻白眼。他大急得上火，嘴唇上冒着泡，说：“你要是死了我咋办啊，娃娃们咋办啊。”他妈就哇地一声哭出来了。

他姨从西京公司也过来了，也在哭，说：“不让你弄你不听，我吃了多少苦才攒的那点退休的钱，让你都弄没了。”耀子他大说：“已经这样了，别说了。”他姨唉声叹气地说：“不说了不说了，命要紧呢。”

耀子问：“到底有多少钱扔进去了。”他大把耀子拉出来说：“别问了别问了，再问就是戳你妈的心窝呢。”耀子说：“我就是问下心里好有个数么。”他大说：“家里的钱都是你妈管着呢，连拆迁款加上这几年租房子等攒的，应该有七八十万吧，具体我也不知道。”

耀子松了口气，“那还好呢，听村里人说，还有上千万的呢，听说村长就搁进去上千万呢。”耀子宽慰着他大说：“您多照顾我妈，命要紧，钱没了就没了，再说现在政府正在处理呢，说不定还能回来点。”

耀子就给胡子打电话，总是打不通。

耀子就到泾阳的项目上去看，项目停下了，那一溜农业项目都停下了，动工早点半的拉子工程在那儿撂着，流转的农民的地很多都荒着，草长得老高。村里的老人说：“地撂下了不种，造孽啊，欠我们的钱得给呢。”

农业公司的人也没有了，招聘的总经理领完了最后一个月工资不见了，公司账户上剩下不到三万块钱了，发不出来工资也没有人上班。耀子心慌了，还指望把农业公司的投资拿出来一点给家里救救急呢。

终于在绿地那边的汇鑫找到了胡子另外的一个投资人，耀子一问，傻眼了，原来是政府叫停了这些项目，原来承诺的农业补贴也没有，但一年多下来，各种的支出，包括偿付农民流转土地的费用，一千多万打了水漂，那一批的农业项目投资的人都惨了。

耀子下楼以后看着头顶上的太阳，蜡黄蜡黄的，心口有点疼，有点发晕。他坐在车上，想哭但哭不出来，好不容易把车开起来，过三环的时候差点撞车了，一看原来是闯了红灯走过来的。

车往前走，怎么车头就飘起来了，吓了耀子一身冷汗。

耀子后来多次联系过胡子，很确信他还活着，那家伙的适应能力比较强，绝对死不了。他还去过胡子在曲江的会所，也已经卖了，也不知道胡子现在在干什么？别看西安城就这么大，但要想在一千多万人里找个人还真难。

最难受的是抵押房子贷的款转眼三年到期了，按说补个手续循环贷款就是了，当时的银行业务员就是这么说的，但银行却断贷了，很多贷款都停止了，银行要求尽快还清本金 90 万。

这样一来，耀子傻眼了。家里遭了难，拿不出来那些钱，顺子的工资低，全家还了按揭日子勉强过得去，但也存不下啥钱。全家的生活来源都靠幼儿园，一年存个小十万还行，但一下子要补这个窟窿太难了。

耀子想到了豆芽，没好意思张口，杜峰的情况他也知道。他晚上坐在屋子里没有开灯，拿出手机来翻一个个微信名单，通讯录也看了，觉得有希望的都发个信息，有的干脆没有回，有的直接打过来电话说，这几年流年不利，确实帮不到耀子。耀子这才发现，这几年事情难做，身边的朋友们大多没有多少积蓄，即便是有点积蓄，也被折腾光了。

耀子只好拿着田园都市的购房合同，从银行打完流水，一家一家银行跑，都是这样那样的原因而没有批下来。有朋友介绍认识银行的人，他就出面请人家吃饭喝酒，请人家帮忙给想想办法，但最终都是不了了之。

万般无奈，耀子只好找小额贷公司，这里的钱比较好办，但是利息太高了，粗略算一下，这样下去，幼儿园挣的钱都不够付利息。新城上高中了，中考没考好到国际部借读就花了小十万，这还都是杨英回洛南，她妈那里把积攒多年的退休金都拿出来了。

这些都是其次，沉重的债务压力使全家的心情都特别糟糕，动不动就发脾气，大家说话也都小心谨慎的。耀子想着上有老，他妈还在床上躺着，他大整天唉声叹气，自己有两个孩子，家里又是老大，农业投资的事情就这样没了声息，咋想都不对。

于是，耀子整夜整夜地开始失眠，睡不着就喝酒，喝酒了晕乎乎地睡下，半夜里两三点就醒，口渴得要命，起来抓着水壶就往嘴里灌，两个孩子忙着上学放学，问杨英说：“我爸咋了？病了？”杨英说：“没事没事，赶紧念书去。”

还是杨英在关键的时候有主意，说：“耀子，把紫薇花园的房子卖了吧，无债一身轻，日子咱慢慢过，不能这样一天天继续焦虑，把你再压垮了，我们可咋办啊。”

“这事我想过，只是现在的房价低得很，再说两个娃，要是现在卖了将来涨价了再买就难了，给娃最起码准备个房子啊。”杨英说：“事情有轻重缓急的，孩子的事情以后慢慢来，先把债务清了，少背点利息，留得青山在，不怕没柴烧，人是第一位的。”

耀子想想也有道理，就跑到中介去挂上了，看的人很多，但都给不上价，终于有一个人出钱了，算起来还可以，一平方米卖到 6500 呢，于是很快办了手续，钱拿到后赶紧还了小额贷的钱，算一算，还欠着的就剩杨英他妈那五万块钱了。杨英说：“我妈的钱不急，年底攒攒就还上了。”

耀子回到家坐在躺椅上，像是做了梦，热火朝天的日子咋一下子刹车了，一下子回到了解放前了。他是这样的，杜峰是这样的，周围很多

人的日子都不好过。

办完了家里的事情，耀子轻松了很多，没事就到郭杜南边的香积寺里坐，车一停下来，看庙里的人很多。以前他也来过，也没见这么热闹啊，旁边新修了不少路，路面都很宽，那边开了一个工地，说是要修建个政府今年的重点工程，高起点修建考古博物馆呢。

耀子知道原来五桥村里有个文物修复中心，从各地拉来的文物都集中在那个院子里，一些老先生就在那里修复文物，还分配来很多西北大学考古系毕业的大学生，从小他都知道那里是个很神秘的地方，不知道现在拆迁后还在不在。

寺庙里有善男信女走动着，大家各怀着心思，在庙前烧香磕头祈福平安呢。耀子在古塔下坐着，看树影里飞过的蛾子，蛾子被蜘蛛网缠住了，不断地挣扎，他想过去撕了那张网，放飞那可怜的蛾子。

一个僧人走过来，双手合十行礼，说：“施主莫动，那蛾子飞来飞去躲不开那张网也是它的命数呢，就让它去挣扎，要是挣脱出来了便是新生，要是缠死在这网中，也是它的宿命。”

耀子觉得这僧人说得很有道理，就好像说自己呢，看过去，僧人年纪也不大，也不过这般年纪，就拉着僧人坐下聊会儿，僧人说到他的禅房去。到了禅房，僧人盘腿坐着说：“施主，有啥心里话说吧。”耀子就一五一十地把家里的境遇给僧人说了，他啰啰嗦嗦地说完，心里舒服多了，可睁眼看过去，那僧人眯着眼，像是睡着了。

“说完了？”“完了。”那僧人根本就没有睡着，说：“你闭上眼睛。”耀子就闭上了。

僧人说：“你现在思路往回走，想想过去的自己。”耀子就随着僧人幽幽的话语和引导往回走了，像是过电影一样，他想起了和杨英结婚的情景，想起了在西京公司单身的日子，想起了在秦岭山里读书的时候，想起了在郭杜中学读书时和豆芽同桌的事情，想起来小时候村里放电影的时候……

耀子醒了，睁开眼睛，那僧人不见了，面前有一张纸，是个挂签：上吉第 74 签：生前阴骘后无涯，今日方成富贵家。病讼灾危无点事，婚姻财喜纵荣华。

耀子想，“为什么我在回想往事的时候，记住的都是快乐的事情。”他一下子明白了，赶紧回家给他大商量，把他妈送到了至相寺住一段时间，寺庙里来来往往的人，都是有故事求心安的，他妈估计会恢复快一些。

家里经历了这些事情，新城一下子长大了，新芽也懂事了不少，兄妹两个人回家就做作业，帮忙做些家务。周末了就回到郭家花园去，陪耀子他妈他大说话，说些学校里的事情，说些故事，说自己在学校也进步多了。

新城也不玩电脑游戏了，让他妈把智能手机拿回去，从他大那里带回来一个破旧的老人机用着。杨英说：“是不是太难看了，你同学笑话你呢。”新城说：“能用就行了，谁爱说说去，都忙着学习，哪有工夫操那闲心呢。”

杨英望着孩子欣慰地笑了，耀子在一旁看着，心里酸酸的。

豆芽得空了就去杨柳的美容院做护理，四十岁的女人都必须干这事，早上起来在一张脸上捣鼓半天，不管是精装修还是简装，素颜肯定不出门。随身的包包里塞了各种补水的，补粉的，口红和化妆包，晚上洗个脸也是各种的卸妆油，瓶瓶罐罐的，躺床上还得贴个面膜，不留神吓一跳。

杨柳开个美容院，店里的客人很杂，有前些年富起来的藏起来的，有这些年逮着机会发起来的，也有十指不沾水的一天把自己弄得跟神仙一样的。

杨柳给豆芽说：“别看这小小的美容院也是个社会呢，这些办卡的

来做护理的，时间久了都成朋友了。美容院就是女人的另外一个家，只要舒服了，把这里当家了，三个女人一台戏，这里面上千个会员，就是一部大戏呢。”

正说着，一个女人进来了，杨柳迎上去说：“张姐啊，好久不见你来了，又出国去玩了。”张姐说：“是啊，这次去了一个岛，很有意思呢。”说着杨柳就说豆芽是自己的中师同学，现在在逸翠园学校，张姐就开始咋呼起来，当老师好啊，逸翠园难进呢，有杨柳在，以后咱们就是亲姐妹了。

豆芽护理做完了，躺着休息，那张姐也不着急，就给杨柳和豆芽说起来去岛国的感受了：“导游安排了个按摩项目，我没做过还不知道呢，我一个姐们就说她做过，太刺激了，怂恿我去呢。

“我到按摩室一看，是男的，还有点不好意思呢，想着来了就来了，咱也不能土老帽呀，就躺那里了，那按摩实在是舒服啊。”

张姐说着笑着，说完还推了杨柳一下，说让她啥时候也去体验哈，太神奇了。说着接个电话，一下子就发火了，“欠老娘的钱一分都不能少。”放下电话又是一脸笑容，嘴上说：“这年头欠钱都是爷呢，我不和你聊了，先做个乳疗，晚上我还得去健身房呢。”

说完扭着屁股上二楼去做护理了。

杨柳说：“豆芽啊你一天别老那么绷着，我过几天准备去济南上课呢。”“上课还跑那么远啊。”“是一个会员带我去上过，是美丽人生的课程，一共有七天，学费得三万五呢。”

“啥课咋那么贵啊？”“现在流行的身心灵课程啊，原来的教练技术课程的升级版，现在社会浮躁，物质生活充裕了，但人心里都有病呢，各种的焦虑、焦躁，这种课程就是让你放松，学会调整自己的心态。这些年社会发展这么快，得到了失去了，家庭婚姻生活观念和以前都大不一样了，再加上这几年经济转型，很多人以前靠机会挣点钱又没了，压力也很大，现在知识更新这么快，技术又这么发达，我们跟不上趟了，着急啊。这人呀，一着急就容易犯错误，有些事情一脚踩空了，就掉到深渊里了，现在大家每天打扮光鲜着出门，谁知道每个人心里都装了多少事，多少难。豆芽啊，女人要学会爱自己呢，特别是我们这个年纪，那些年轻女孩现在像狼一样，动不动就把我们这些老婆娘吃了。”

豆芽说：“杨柳啊，我来是放松的，你给我说那么一大堆又是给我添堵呢。我在学校呢，相对比较简单，哪来你说的这么复杂呢。”杨柳抱了抱豆芽说，“我说这些是想让你想明白，活明白呢。我这里女人事多，是个大染缸，就喜欢我们豆芽的清纯。”

“我清纯个啥，回呀，豆豆现在上初一了，回去还得辅导功课呢。”杨柳说：“不急不慌，天上还有月亮呢。”

就在耀子卖了紫薇花园的房子后，西安的楼市又很诡异地兴奋起来了。

报纸上、微信上、地铁里全是各种房子涨价的消息，而且一天一个样子，积压多年的房子一下子卖空了，楼市迸发出来的热情似乎从来就没有过。耀子杨英倒是听到了，都后悔卖早了，要是晚卖三个月还完了账还能剩余些，不至于现在弄啥都抠抠搜搜，紧巴巴的。

耀子说：“能不能不说。”杨英说：“说起来都是伤心的事情。”耀子自从打香积寺回来以后，感觉轻松明白了许多，头发稍微一长就跑出去理掉了，弄了个光脑袋。杨英说：“不是长毛贼了。”第二天回家看到了两个光葫芦，除了耀子的，还有新城的。

先是楼市上房地产商把业主告了，说是我交不了房了，按合同预定我给你赔违约金，法官就按合同约定办。业主就开始发朋友圈骂人呢，羞你先人呢，赔钱就算了，房子涨的价够你赔几十回了。

舆论领袖就在微信公众号里说，房子涨价无良地产商不守诚信，法

律条款是维护公义和公平的，不能亵渎国家公器。但说归说，兴奋异常的楼市各种怪事还是出现了。

新开的楼盘只有 500 套房子，不知道从哪冒出来那么多人买房子，竟然有 1000 多人，于是就摇号买房了。可真的摇上的都是关系，老百姓不干了，政府紧急捂盘清查，果真有暗箱操作的事情，处理了一大批人。

有人说是二胎政策放开惹的祸，实际上，网络上开始有人有理有据，用大量数据，采访了大量 90 后，得出的结论是二胎政策的放开，并没有出现意料中的生育高峰，很多年轻人都不愿意生孩子了。

成都开始放宽了外来人员进入城市的户口限制，郑州也放开了，天津也放开了，西安更是放开了，只要在手机上操作就可以，分分钟就成了新西安人。大家都说，难怪楼市这么火呢，原来是半年时间就新增了几十万人口呢。

人口多起来了，房价不断地往上涨，已经翻了一倍了，政策又开始出台限价限购政策，但还是止不住火，曲江、北郊、浐灞那边的新区房子卖得火，连西咸新区也开始热起来，高新就更热了。

高新的房子热是次要的，西安城里不断地出大新闻，阿里巴巴来西安了，西商大会召开了，很多浙江的财团来到高新区开始投资了，每天都有好消息。开发区有了创业街区，千人无人机表演，把开发区的夜空照得五彩斑斓，流光溢彩。

从绕城高速一开到西高新，绿地周围的高楼上全是变换着各种图案的夜景，光鲜无比，要比路上的路灯还要红火。年前就在路灯上装扮的开发区标识和建设首善区的口号一直都在，晚上发出耀眼的光芒。

新兴的餐馆里年轻人都快挤爆了，杜峰说：“那里面的服务员全部都穿着比基尼，放着劲爆的音乐，现在餐厅就是歌舞厅，这叫新概念餐厅了。”问耀子去不去，耀子说：“我不去了，那是年轻人去的地方。”

26

地铁上的人站着或是坐着，都不说话，都拿着手机在刷朋友圈呢，小区里的商店又是存放快递的地方了，市政刚刚设置了城市自行车，又开始了共享自行车，满大街随处扫个码就骑走了。

出租车司机开始骂娘了，说网约车到处跑呢，大家开始觉得要是没有了网约车，出门不方便了。

天天都有热点，生活就像滚烫的开水锅，时时都在翻腾着，白天黑夜，我们都被裹挟着，日以继夜地，朝前走着，孩子大了，我们老了。

27

老刘给杜峰打电话的时候，杜峰愣是没有听出来，只是那浑厚的陕北口音，让他快速地在脑海里想着北边那片高原上熟悉的人，想起了那个春天在陕北的三个月，亲历了那个神奇的土地上的财富裂变，想起了那个厚待他的陕北神秘煤老板老刘，只是时隔多年，手机上显示的是西安地区一个陌生的电话号码。

"是老刘啊，你好你好，在哪里呢？"

"我来高新了，想见你一面。"

"好啊好啊，那来我办公室吧。"

"你给我发个地址，我这就过来。"

杜峰四方城新的办公地址又迁回高新了，这里是文化类中小企业的集合地，有很好的上下游产业链。曲江三年的政策倾斜结束了，他又回到高新来，离家能近些，儿子出生以后，他是得空就在家里带着儿子玩。

老刘进来的时候，杜峰差点没认出来，原来肥硕而板正的老刘显得有些邋遢，那冬夏都穿着的白衬衣没穿了，是一件很随意的普通灰色衬衫，额头上刻印着深深的三道皱纹。

进屋喝茶，老刘显然有点疲惫，窝在沙发上，半个身子都陷了进去，端起一杯水咕咚就倒下去了，喉咙里发出沉闷的声音。“老哥哥，你还好吗？很久没有联系你了。”

“一言难尽啊，我这次找你来，是想问你知道银河小区在哪吗？”

“银河小区？我只知道唐延路那里有个银河工业园，会不会就在那里？”杜峰给住在那附近的一个朋友打电话，真是在那里，是电力系统的小区，很多年了。

老刘这才给杜峰说了事情的原委，原来很多年前，老刘的朋友替他在那里买过一套房，他当时也没在意，现在寻过来了，还不知道在哪呢。

杜峰打听好具体地址，就和老刘喝了点水，歇了一会儿，两个人起身就往楼下走。老刘说他没有开车来，杜峰就打开手机微信，点了个网约打车，很快有人接单了，他和老刘点了一根烟在路边等车。

一辆白色比亚迪停在面前，看车号是对的，两个人拉开车门就坐了上去。司机一回头，吓了杜峰一跳，原来是很久不见的袁峰。袁峰也很诧异和惊奇。杜峰说了：“今天这日头咋了，都是很多年不见的老朋友聚在一起了。”就给老刘和袁峰互相做了介绍。

车很快过了三环，路过妇幼中心，这一片现在都在开发了，老刘说：“这就是商洛会馆，我来过，当年的商洛首富就在这里，结果现在被卷进贪腐官司了，估计还没有出来呢。”

袁峰说：“是是是，这一片拆迁的时候事情多，水比较深，前面那块也是，土方工程没有包给木塔寨村的人，结果让人把门堵了，堆了好几千方的土石，后来出了上千万才算罢了。”

说起这些事情，袁峰都是内行，杜峰就问袁峰：“你这些年忙啥呢，一直都没见你。”袁峰接过话：“哎，一言难尽啊，说来话长。”杜峰说：

“你和老刘都是我几年没见的老友，都是一言难尽，今天遇上了，咱先办正事，你也别跑车了，完了一起坐坐，喝个小酒。”袁峰说好好好。

到银河小区楼下，老刘从口袋里拿出几张纸，是银行按揭还款的流水单，上面清晰地写着小区的名字和房号。三个人把车停好，就按房号上楼敲门了。门半天才开，出来个穿着睡衣披头散发的中年婆娘。

“找谁啊？”那女人揉着眼睛，似乎是门外的光线太耀眼了。老刘说：“这是我的房子我来看看。”那女人抬眼看过，说：“不对啊，房东不是你啊。”老刘说：“是啊。”那女人听出了陕北口音，说：“是陕北人没错，但不是你啊。”

两个人就那么说着，杜峰插话了：“嫂子，你听我说，这房子是老刘没错，但是谁租给你的，和老刘没关系。”那女人显然不高兴了，说：“谁是你嫂子呢，我租房有合同呢，什么老刘我也不认识。”然后砰地关上门进去了。

三个人不知道该咋办了，袁峰说：“和女人说不成，干脆报警吧。”老刘报了警，下了楼来，三个人在楼下等着。过了一会儿，一辆警车带着两个小警察来了，看了老刘的手续，让他们在楼下等着。然后上楼去了。

过了一会儿，警察和那女人下来了，女人也换了衣服收拾了一下，看上去还挺漂亮的，比刚才发凶的样子温柔多了。原来这房子确实是这女人从一个姓陈的手里租的，孩子在高新一中上学，从安康过来在这里陪读呢。

话说开了，警察给那女的说：“这房子是老刘的没错，你赶紧联系你的房东，看是咋回事？”那女人打电话，那房东说房子是他的朋友欠他钱抵押给他的。警察接过电话说，让他到现场来。

房东过了很久才来，警察已经回去了，几个人就说到派出所处理去。可老刘一见房东，问谁抵押给你的，是那谁谁谁。这个人我认识，把我房子抵押给你了，你也没看他有房产手续没。那房东说，咱陕北人做事没那么麻烦，打个条子就行。

一群人就到派出所来，刚才接警的两个警察做完笔录，很爽快地给房东说："你给这女的把租金退了。"又给那女的说："你赶紧和孩子另外租个房。老刘你就接手你的房子，至于你们之间的经济纠纷，该找人找人，该告上法院去。"那房东说："告个球，那货破产了人都好几年找不到了，算我倒霉。"

事情算是明确了，老刘给杜峰说："我明天要去宁夏，你就帮我来收下房子，后面的事情再说，咱电话联系。"两个陕北人就握手，互相留个电话，这房子的事情还没有完呢。

办完正事，三个人就近来到一个餐馆，点了几个凉菜，先上了一瓶酒，边吃边喝，一会儿就见底了。又要了一瓶，很快又没了，最后又拿了一瓶，喝得剩下不多了，三个人酩酊大醉。

都是老朋友，杜峰为了股票投资失败的事情一下子缓不过来，多亏镇平硬是撑着，开发区的服务外包业务一直比较稳定，加上多年的积累还算过得去。而袁峰说起联合学院的事情，他也是跌了跟头，好在不是集资的核心层，被长安经侦叫去问了几次话就没事了，眼下没有啥门路，就跑网约车呢。

老刘的故事就曲折离奇了。陕北前几年的民间借贷大家都是知道的，但不知道有多么严重。老刘又是在煤老板之间拆借资金的，所以损失特别大，说很多的投资项目都停了。明天去宁夏看看投资的光伏项目咋样，老刘说得很平静，袁峰和杜峰两个人却听得心惊肉跳的。

"和你老哥比起来，我算是好的。"杜峰端起酒杯和老刘碰杯。

"你们知道多少陕北人没命了，有人跳黄河了？"

"哎！"

"所以啊，能活下来就算不错了，日子慢慢过，都会过去的，三十

年河东三十年河西嘛。”

“是啊，高新区这才 28 年，变化多大啊，有时候想想像做梦一样。”

豆芽带着没课的老师在学校围墙外面捡烟头，老师们说说笑笑，拿着塑料袋子，提着夹子，在路上走着往地上瞅着，发现个烟头都大呼小叫起来，像是捡了个钱包，老师们一波一波地出来捡，哪儿有那么多烟头啊。

路上走过个男的，手里抽个烟，几个人都跟上去，等着那男的扔烟头呢。那男的意识到了，回头看了看，很不好意思地把烟头掐灭了，随手放进身边一根电线杆绑着的烟灰缸。不知道从什么时候起，街上的垃圾桶、电线杆，到处都是装烟头的装置了，街上干净多了。

前面三个保洁师傅聚在一个垃圾桶前，正在收拾垃圾桶里的垃圾，一个人把烟头提出来，挑拣出来，专门放进一个塑料袋子里，另外一个保洁摸出手机在拍照，拍完了三个人凑在一起看是否清晰。另外一个说，差不多，发到群里吧。

豆芽他们正在学校外面转呢，校长打电话让她回去有事。

回到校长办公室的时候，办公室坐着几个人，豆芽基本上都认识，都是教育局的，有一个不熟悉，校长就给来人介绍：“这就是豆芽，也是我们高新教育的元老了。”

随后，几个人就说明了来意，是对豆芽做个组织考察和谈话，大意是开发区又要在创汇社区筹办学校了，豆芽在国际学校、逸翠园筹办期间都做了大量的工作，有经验，组织上想要抽调豆芽到新建学校任职。

豆芽说：“我在学校待得挺好的，咋这么命苦呢，老当拓荒者。”大家都笑笑，“征求你的意见呢。”豆芽说：“我想一想，听从组织安排。”

“但有一个事情你得给我们说清楚，就是杨校长退休以后在开发区办培训班，这个事情你有没有参与，或者说白了，你有没有份。”

27

豆芽惊奇起来，“谁说我有份呢，杨校长是我的老领导，我来开发区比她早呢，后来她来了待了几年走了，我们好久都没见了。办班的事情我知道，杨校长确实给我说过，但我这人弄不了那事，所以就没答应。”

“那你有没有给她招生做过工作？”豆芽说：“杨校长在开发区人头比我熟悉，还用我做工作啊，倒是她请老师们吃饭，我也去过，大家都在这个行当工作，谁和谁不熟悉啊，这个不算吧。”

“那好吧，你这样，你写个书面材料，就把办班的这个事情说清楚。现在有人说你搞培训班呢，回头把材料交给我们，我们汇总上报后再说。”

送走了调查组的人，豆芽坐在沙发上半天不说话，校长回来笑着说：“郁闷了？”“咋能不郁闷呢。”“这是正常的组织程序，把事情说清楚就行了，不要有心理负担。”

豆芽点点头，校长接着说：“开发区成立行政区的事情你知道了吗？”

“知道了。”

“那教育这块肯定也要成立行政单位的，二十多年了，开发区从1995年到现在，探索了开发区办学的路子，但一直没有教育管理权限，一直挂靠在雁塔区。现在高新区要托管区域内很多地方，开发区的办学要提档换速了。一方面是原来第一代的公有民办体系，这种办学的路子是走不通了。再就是2008年以后办的公办学校，这条路子随着开发区的发展，肯定是常态了。还有就是要接手整合区域内原来的公办学校，整合资源，合理配置，加快发展呢。你是老人了，现在开发区教育的格局拉大了，需要大量的中青年干部，我就推荐了你，你有经验又踏实，这是一次机会啊。”

豆芽说：“谢谢领导关心，我尽力做好。”

豆芽站在白鹿原民俗文化村的高崖上，面前是浐河的身影，从西边流过来，在远处形成宽阔的水面，又往东去了，知道隐匿在大山深处，流向更远的地方。

浐河的那边就是一栋栋建起的高楼，还有高低的脚手架，蓝田县城也在发生着变化，老县城就蜷缩在新城的一角。关中平原的这座县城也像其他地方一样，四处蔓延，不同的是关中平原的平坦给城市建设和发展提供了便利，不像陕南那样的地方，说是顺着河流靠着山边延伸，也不像陕北那样的沟沟壑壑，需要炸开山头，对山体开膛破肚才能发展出一片城市来。

近处远处那浑厚的山塬，少陵塬、神禾塬、樊川还有杜家桥附近的清凉山都点缀在这渭河两岸经年累月形成的平地上，但白鹿原无疑是最知名的。白鹿原百年的兴衰史，一个民族的心史，而再往前很多很多年，成百数千里，这块土地上王朝兴衰变迁，都抵不过这二三十年的变化啊。

似乎是一夜之间，在这西安城向外扩展的时候，周边兴起了一个又一个的特色小镇，先是袁家村，后来的马嵬驿，周至的水街，还有着身后的白鹿原民俗文化村、白鹿原影视城，每到逢年过节，满城的人开着车就从城里跑出来，拥挤到高速上，拥挤到这一处处的风景区来，拥挤到秦岭的各个峪口，拥挤到天南、地北，我们的生活发生的变化太大了。

郭杜的村子被拆了，没有乡村，这么多年以来，郭家堡、杜家桥都被淹没在城市化的进程中，这么多年，村民的生活都融入城市的生活中，随着老辈们渐渐离去，年轻人早已习惯了这种城市的快节奏生活。而在更远的农村，却是空虚寂寞，只有在年关的时候，从农村走出去的城市人又回到了农村，挤满了村子里的道路，网上说，每年春节，城里的堵车已经传染到了乡下。

豆芽站在高处胡思乱想着，身后便是芸阁书院，关中乃至陕西的一个百年书院，里面有北宋时期的四吕故事，也有关学人物的塑像。她是来带孩子们研学旅行的，这几年，在各个学校都开展了这项活动，让孩子们走出教室，走到广阔的天地来，感受更多的人文、自然和社会变迁。

抬眼看着眼前的一切，身后的书院里，孩子们嬉笑的声音飞出院落，回响在白鹿原起伏的山坡上。她已经很习惯于这种青春的声音，有时候能给自己很多力量。

袁豆豆也在其中，一晃豆芽的儿子已经上初二了，整天因为玩手机游戏让她生气，课业不是很出色也让她很难受，明年就要中考了，可那小家伙一点也不着急，按照现在成绩，想上高新一中还是有难度的。她也知道，原来可以择校，现在新政策已经不行了，连老师的小孩上初中也得摇号面谈，要是考不上高中咋办啊。

耀子家的小新城现在特别懂事，杨英每次说起来都很安慰都很骄傲，家里经历了变故，倒是让孩子学得懂事了。可袁豆豆怎么就不懂事呢？豆芽想起了袁峰，听杜峰说现在跑网约车呢，咋那么不争气呢，孩子没有爸爸在身边，自己一个人带着，豆芽开始流泪了。

她又想起了她妈她大。耀子把他妈送到至相寺以后，老太太变化很大，自从回到郭家花园以后，整天除了做家务，就是烧香拜佛，时间一长，也有点佛像了。说话慢声细语，不急不慌的，动不动就什么天命啊，报应啊，活得挺满足自得的，两个儿子，三个孙子，老太太说起来就特别高兴。

豆芽想要是弟弟出事以后，也把她妈送到寺庙去，她妈估计也应该看开了不至于像现在这样，一辈子为这个事情淤积在心里，成了心病了。这么多年了，也成了习惯了，她看到了她妈额头飘散的白发，心里头揪得慌。

杜家桥也开始拆迁了，西万路东边这一片这两年发展得很快，要建设一千多亩的皂河公园呢，围挡起来的里面已经能看到竹子和各种栽植的树木，有了这个公园，周围大片大片的地方被开发成各种楼盘了。

杜家桥也该拆了，和周围新起的楼盘相比，这儿实在是太脏乱差了。前段时间另外一个村子又发生了火灾，消防车硬是进不去，又烧死人了，实在是太糟心了。要是拆了，现在回迁的都是高层，她妈她大的生活环境还能好起来呢，忙忙活活一辈子了，老了该过几天安生的日子。

风吹过，她感到一丝凉意，不自觉地裹紧了衣服，眼前的花开得浓艳，过了夏天到了秋天又是一地的黄叶，到了明年春晌，又开始吐芽拔穗了。豆芽站了很久，心情慢慢舒展了，轻松些了，一切随其自然吧。

耀子在朋友圈里看到杜峰说想去西藏呢，就发信息说："你不是恐高吗？去西藏小心把小命丢了。"杜峰说："恐高都是心理问题呢，这二十来年过得像过山车一样，硬是让生活的惊涛骇浪把自己吓着了。"

杜峰给耀子说："我见袁峰了，又见老刘了，你想想袁峰那前十年多风光啊，现在混成那样了，连吃喝都成问题呢，也照样过。再说老刘吧，那身价几十亿的老板，说没就没了，咱得活明白了，告别前半场，人生的后半场才刚刚开始呢。你去不？咱俩一块。"耀子说："我咋能走得开呢，现在查封培训班幼儿园呢，杨英城中村的幼儿园关了，就剩两个校区的幼儿园了，现在家里事多得走不开啊。就那两个幼儿园，还有人想收购呢，给的条件还挺好的，说是收购到一定数量就能上市，幼儿园的现金流好着呢，很多基金公司都盯上了，现在是现金为王啊。但杨英说，卖了咱干吗呀，钱捏在手里说没就没了，现在这事还放着呢。”

杜峰说：“那你就先自己弄着吧，有事做心里踏实着呢。”耀子说：“顺子给我说了几回了，想辞职到你的四方城去呢，我爸妈不同意，说现在就他一个吃公家饭的，稳定着就好，就那么干着。顺子说，干得没意思呢。”

杜峰就劝耀子，“给顺子说说，我也觉得上个班挺好的，把孩子照顾好就行了，顺子也都四十岁了，别再折腾了。”

杜峰出发的时候是 8 月底，西安城里依然热得要命，不过田园都市现在已经是满目葱茏了，虽然有点破旧了，但待着还算舒服。早期的楼间距都比较大，不像新开的小区像插葱一样，又都是高层，住着还挺压抑的，他们几个住习惯了，还觉得挺好。

这一两年雨水多起来了，西安城里一到下暴雨或者连续下几天雨，到处闹水灾。朋友圈里有人开玩笑说，欢迎到古城西安来看海。而田园都市当时的设计还是比较靠谱的，下水道利索，还没有看过闹水的事情呢。

杜峰带着行李走在路边等车，耀子开车过来了，说：“还真去啊，去哪我去送你。”杜峰说：“不送了，一会儿有人来接我，我们自驾去，西安城里热得要死，恰好出去溜达溜达，回来给你带土特产，给几个娃都带。”

杜峰说：“你赶紧忙你的去，一会儿车就来了。”说着来了一辆牧马人的车，车上的行李架上放了不少东西，看样子是做好了出远门的准备。耀子说：“谁啊。”杜峰说：“一个朋友。”

耀子感觉杜峰不想让他待着，便开车走了，牧马人停在杜峰身边，从车上下来一个女的，帮杜峰搬行李上车，杜峰坐在了驾驶的位置。那女的绕着车到了副驾驶的位置去了。

耀子在后视镜里看得清楚，心里一激灵，还以为是杨柳呢，不是，

竟然是很久没有见面的幺妹。

他回家给杨英说看到的事情，杨英说："过好你的日子，少操闲心。对了，千万别给顺子提这事，烂在你的肚子里。"

随着年复一年的择校考试，关于西安教育的问题越来越多，积弊多年的问题集中爆发了，老百姓意见很大，一篇《敢问教育》的文章在公众号发出了，引起大家疯狂转发，据说达到了上百万的阅读量。

可原来的教育局局长调任后，一直没有任命新的局长，网络上都在说道着各种可能。有人说要从江浙一带调任，有人说要全国公选，有人说要从开发区调任，但不管怎么说，大家都希望改变西安教育的现状，社会上的意见实在是太大了。

西安城市的变化越来越大，也越来越引起人们的关注，开始被称为网红城市，先是摔碗酒红遍了网络，再是无人机展演，每一个动作都引起网络的围观，西安开始受到重视和追捧。一批又一批的江浙一带的大公司大企业来到西安，来到开发区，媒体兴奋地报道着，大家按部就班地过着自己的小日子。

这一年的冬天，西安迎来一场大雪，大雪把马路盖得严实，厚厚的。当第二天人们上班的时候，路上的积雪厚厚地堆积着，有的人滑倒了，有的人开着车，车轮子打滑直接撞上了对面的车。地铁站人满为患，很多人上班迟到了。

朋友圈又开始了新的热点，有人传来南京大雪后，市政部门紧急出动，马路上干干净净的照片。这样的照片开始在网络上疯传，自媒体的时代，让很多本来属于正常的事件被无限放大。

大家都说，同样是古都，差距咋就这么大呢。这事惊动了西安当地主要领导人，要求各单位各级市政部门积极行动起来，马路上的积雪反映了政府部门的懒政，不作为。

大街上大家开始动起来了，有人边扫雪边开玩笑说，南京和西安都是帝王都，但很显然西安比南京老了，行动迟缓得多。就有人在旁边接话，西安哪里老了，高新又高又新。

28

杨英说她到西安25年，都两个娃了，老大新城9月份都要上大学了，还没有上过城墙呢。这话是在年关里说的，西安今年的春节很隆重，打出了“最是中国年”的口号，又是新一轮的城市营销。

耀子就说今年过年咱们就在西安城里多逛逛，别说你没去过，我也没去过那儿，别说我是西安南郊郭杜的，过去忙着上学，后来忙着挣钱，现在忙着两个娃呢，书院门去过，回民街去过，钟楼路过过，但城墙还真没上过呢。

正月初三吃过晚饭，全家人穿戴整齐了就要出门，新芽高兴得吱哇乱叫，可新城还是躺着不动，年前补课都补到年三十了，孩子就要高考了，压力比较大啊。耀子去叫门，新城说：“你们去吧，我不去了，一会儿起来看会儿书。”

耀子、杨英就带着新芽出门了。

西安城就是怪，平日里车多人多，到处堵车，到了过年的时候街上却很冷清，很多人回到乡下的家里去了。朋友圈里有人发图片，在城里穿旗袍，涂抹得花枝招展，回到农村了穿着大棉袄蓬头垢面缩成一团。

大家总是在朋友圈里发泄着娱乐精神，缓解一年里的压力。

这显然有点夸张，现在的农村条件比以前好多了，走到哪都能看到农村修建的楼房别墅，到了南边更是显得富裕阔绰，冬天里农村冷倒是真的，但也不值得缩成那样子。

耀子他们先到曲江，大唐不夜城已经华灯初上了，整条街道都是流光溢彩的，行道树上也挂满了彩灯。曲江就是曲江，让高新的来了就觉得时尚，大气，原来那坑里的管委会已经搬到三环以外的坡塬上了，那坑里兴建的酒店更是气派，彰显着越来越气派的大唐气度。

车围着南湖转了一圈，大唐芙蓉园门口涌满了人。年关的时候，城里人去乡下了，乡下的人来城里，人们利用春节的机会来了一次城乡大转换，互相体验着各自不同的生活境况。

本来是到大雁塔北广场看音乐喷泉呢，看芙蓉园门口堵成这个样子，估计北广场也是挤不进去了，干脆直接到南门城墙。车从环城南路绕过来的时候，老远就看到南门人潮汹涌。

停好车以后，耀子和杨英就顺南门地下通道上到吊桥上，顺着安保人员的指引来到了瓮城内，里面到处是人，顺着城墙台阶上去，城墙上已经是满目的花灯了。新芽高兴得忘乎所以，耀子和杨英也是心里充满着欢喜。

各式各样的彩灯上，挂着华侨城的牌子，应该是华侨城赞助的。耀子说：“从广告上看，华侨城在西安的投资力度挺大的，那个猛人又回来了。”杨英说：“人走一圈又回到原地，物是人非啊。”耀子说：“感叹啥呢，这叫生生不息。”杨英说：“也不知道洛南那边咋样了。”

往前走到人稀的地方，有一个双人自行车的停靠站。杨英来兴致了，想骑着自行车绕城墙一圈呢，耀子也很高兴，可是新芽咋办呢，新芽小学都要毕业了，不是小娃了，扛不动啊。

新芽说：“你俩要去，我就在城墙上玩，就在这附近，你们回来了打电话给我。”杨英真还没有想到新芽这么想，就问：“你行不行？”新芽说：“放心吧，给你俩二人世界的时间。”耀子突然有点感动：“老二也长大了。”

就这样，杨英耀子办了手续租了自行车，两个人就跨上去蹬着车往前走。很多年没有骑车了，刚开始步调不一致还差点摔倒了。耀子在前面蹬着，杨英在后面，慢慢地适应了，车子开始顺着城墙往前走。

到了西边城垛子的时候，耀子骑不动了，头上开始冒汗。杨英笑着说，“看来你真是老了，我在前面骑吧，你在后面。”两个人停下来开始换位置。这个时候身边过去了三辆车，骑得飞快，车上的年轻人侧目看他们，有一个说都一把年纪了，还有这兴致。

车绕过北门，开始往东了，天空中开始下起了蒙蒙细雨，耀子双手搂在杨英腰上，热乎乎的。杨英说：“胖了吧。”耀子说：“不胖，刚好，生了两个娃了咋能像小姑娘呢。”

虽然下着雨，但自行车还是悠悠地顺着城墙上的地板往前走着，这样的地面不知道经历过多少达官显贵和守城将士的脚步，有的地方还有点颠簸。耀子扶着杨英的腰，小心地提醒杨英走平坦的地方。

平时都在城墙内外穿梭着，真正地走上城墙，才会感受到城墙的高大宏伟，才能体会这座城市的厚重和文化。身边都是那些熟悉的街巷，在城墙的高大面前，显得温顺而又狭窄，多少年了，很多地方都只是知道地名，没有时间亲自去感受它。

临近南门的时候，耀子说停下来歇一歇吧，杨英跳下车子靠在城墙上，走到城墙边，前面已经是灯火通明，照亮大半个夜空，那是曲江的色彩，浓烈而炽热。杨英踩上城墙的踏步上看着，太美了，有点忘乎所以地大喊。

耀子看着杨英孩子般的喊声，心里有点感触了。那个曾经的小姑娘，家里的老小，这二十多年来已经成为两个孩子的妈妈，每天马不停蹄地工作，支撑着这个家，这些年家里的大事小事多亏了杨英。

耀子走过去，从后面抱住了杨英，头靠在杨英的背上，杨英也默默地抓着耀子的手，转过头来。虽然是晚上，但看到耀子眼睛里亮晶晶的，很湿润，不由得抱起耀子的头，两个人很热烈地亲吻起来。

一切好像回到了从前。

过完年，顺子要去陕北的延川县搞扶贫了。家里知道这个事情，顺子已经决定了，耀子他妈他大就很生气地说："你前三年后五年都在外地，这回来才多久啊，又要走。"

顺子说："这是组织决定，全省都在搞扶贫攻坚呢，延川县又是省上扶贫的重点区，抽调了省管干部下去抓，我在宁陕基层待过，熟悉农村情况，当然得去了。"

他妈说："你把娃扔给媳妇，媳妇不生气啊，你给你媳妇说去。"顺子说："说过了。"

顺子临走的时候，和耀子喝酒呢，喝了酒就胡说，说那陕北咋回事，最富的县也在陕北，最穷的也在陕北。顺子说："以前在全省垫底的都是陕南的山区县，现在都超过了陕北那些穷县，陕西最穷的 10 个县，陕北占了 9 个，陕南现在搞全域旅游，经济都起来了，陕西那些穷地方，真是资源匮乏呀。"

耀子说："你去就去了，家里有我呢。哎，你还和幺妹有联系么？""没咋联系呢，去年有个领导娃要学奥数，给她打过电话，她现在估计和杜峰有联系。""啊，你知道啊。"

电视台的名牌栏目《问政》终于开播了，那天全西安市教育行业、家有孩子要上学的，都紧盯着电视。一场问政下来，真是问题很大，也很尖锐，教育局的副局长拿到了节目开办以后最低的分数，大家都很期盼教育环境能有好的改善。

一个月后，媒体公布了新的教育局局长的任命，是曾经在开发区工

作过的一个领导，在开发区生活的人都对他很熟悉，有的人也与他打过交道，知道那是个很能干的人。

先是明确和出台了小升初面谈加摇号的招考细则，十几年的玩法一下子变了，没有人知道接下来会怎么办。只是网络上不断地盛传各种严格的措施，党政部门的领导带头签署协议不准走后门打招呼批条子。

耀子格外关心招考的动向。新芽今年小升初，耀子隔三岔五地给豆芽打电话咨询呢。豆芽说："你是业主，放宽心，要上逸翠园迟早会解决。"看样子新芽的问题不是很大了，全家的心都紧紧地揪着新城，这一批孩子里头，新城是第一个要参加高考的。

天气热起来的时候，耀子就给全部的空调换了冷媒，清洗了网子。新芽说都是沾哥哥的光呢，耀子他妈也是过几天就在家里炖了老母鸡放了人参熬成汤，打电话给耀子让拿回来给新城吃。

杨英把幼儿园的事情也放下了，没事就在家里待着做饭洗衣服，蹑手蹑脚地在家里走动，生怕影响了新城。新城穿着大裤衩在房子里学习，头埋在书堆里，眼镜挂在鼻尖上，实在困得不行了，就趴在桌子上眯一会儿。

杨英在门缝里看到了，又不敢吱声，新城有时候发脾气，脾气挺大的，发完了就回到卧室去躺着。杨英回到屋里，躺在床上又睡不着，坐起来又不知道该干什么，手机振动了，原来是新城发来的微信，"妈妈，对不起，我刚才发脾气了。"杨英就开始流泪。

一到傍晚，杨英就让耀子待家里头，自己带着新芽到外面去转呢，和新芽在中心花园走了一圈又一圈。新芽走累了，想回去了，杨英说："你哥在家复习呢，再过一会儿回去。"新芽噘嘴，说："我今年也小升初呢。"杨英说："今年又不考试了，咱是业主，咱不怕。"

日子一天天地熬着，高考的日子越来越临近了，新城越发勤奋，每天看书都到半夜，杨英开始失眠，半夜里爬起来站在阳台上看星星。耀子也睡不着了，也站在阳台上看月亮。

两个人都说：“咱俩那时候是高考落榜生，一定得让新城考上，现在考大学不是难事，关键是好大学好专业呢。明早咱俩去八仙庵烧香去，给新城祈福去。”

高考终于结束了，考完试的新城把复习资料一收，拿到楼下一把火烧了，然后给耀子说：“我找我叔去。”然后就去了陕北。

高考成绩出来了，新城考得很好，672 分，在学校也是靠前的，全家人像是经历了一场战争，总算松弛下来了。到了 9 月份，新城去上海同济大学读书。

耀子一连请了三天客，有一天在郭家花园，郭家堡子的人都来了，大家都很高兴。耀子每次都喝多了，喝多了就笑，笑着笑着端起酒杯又要碰杯，然后就倒下了，呼呼大睡，睡得格外踏实。

豆芽从 6 月份开始就到创汇路社区开始筹备新的学校，和原来一样，新建的校舍，一切都从头开始。每天忙到很晚，但过得很踏实，很充实，她很喜欢这样的生活，被事情满满地占着，日子都过得快些。

小升初政策的变化影响最大的就是十几年来以奥数择校为主要业务内容的培训班，采用摇号和面谈的招录方式实行以后，遍布各处的大大小小的培训班都面临着生源不足的问题。

年前也有学校开始在培训班组织考试的，但教育局宣布统一作废，严格按照招录政策走，谁违规就处理谁。而今年有意思的是，教育局不找你谈，发现问题，有人举报直接纪委就上手了。

大家刚开始都想着任何的制度会有一个渐次变化的过程，总不该一刀切吧。

还真的是切了，初中的领导刚刚在国际学校召集了全年级前二十名学生家长座谈会，讲解了学校的办学业绩和优势，希望孩子们都来报考他们学校，就有家长录了视频拍了照片发给了媒体，领导还没回到办公

室，就被纪委喊走了。

高考成绩出来，不出意外，开发区又收获了高考文理科状元，高新上下都特别兴奋。往年的高考喜报翻出来改了名字和数据就直接在公众号发出了，可几个小时以后，都撤了下来。教育局过了几天就发文提出批评和处理意见，很多年了，爆炒状元的事情，变成了性质问题，这样使有状元情结的西安人多少有点猝不及防。

从 3 月份开始一直到 9 月份，教育都是西安城里最热门的话题，而这一年变得格外引人注目，各个公众号都在传播着各种批评、质疑、监督的消息，但总的说来，总算是平稳过渡的一年。

这一年，被媒体称为西安教育改制的元年。

8 月底以后，一些走门路走不通的学生涌向了教育局，教育局根据户籍所在地，学区划分安排了所有学生。出现了一个新的教育名词，叫回流生，就是择校没有成功的学生又回流到了公办学校。

9 月份开始，仍然有大量的学生待在家里，焦急地等待着各种神通广大的人发回来的消息，但是很明显，这种信息越来越微弱。一个学生一个学籍，学校学生、招办信息、教育局学籍必须统一，持续多年的择校、挂靠学籍的事情算是终结了。

各种培训班的压力并非全来自招考制度的变化，从过完年开始，来自国家层面的整顿培训班的信息一个接着一个，各区县教育局都在大张旗鼓地整顿杂乱无章的培训市场。

要求必须有合法的办学手续，必须符合一定的办学面积，任职教师的资格必须严查，就连消防设施也有了强制性的要求，喧嚣了十多年的培训市场开始沉寂，安静了下来。

一个时代结束了，一个新的时代又开始了。

袁峰又开始忙活了，老三给他介绍了拆别墅的活。

秦岭上乱建别墅区的事情，有些年头了，先是农民利用宅基地开办了农家乐。西安城里的人、南郊的人、开发区的人、郭杜的人都闲了就往山里涌，各种的农家饭、土鸡、土鸡蛋、各种野味红火起来。

再就是山里原来的国防厂搬走以后，留下了大量的家属区和厂房，民办学校就进来了，收拾收拾就招生开课了，好几个国家现在承认学历的本科院校最早都是从秦岭里长大的野孩子。

再后来一些大单位来了，包一条沟，再圈一些地，说是国家重点项目，要给专家教授修建些搞科研的地方呢，于是劈山圈地建起来了。

西安城里不缺那些名门望族、书画家和文化名人，他们也圈起个院子来，从四乡五邻那里收来拴马桩、旧磨盘，成了文化名流的创作基地。那些寻访着名人来的达官显贵说，这地方不错，咱俩也是比邻而居了。

后来房地产起来了，围着秦岭北麓修了一串的别墅项目，越建越多，有手续的、没手续的都开始建设了。西安城的夏天越来越热，冬天的雾霾越来越严重，就开始在这秦岭安营扎寨了。

十多年下来，秦岭里人越来越多，一些寺庙的香火就旺盛起来，这条被称之为中国龙脉的山系藏着太多的秘密，飞机从卫星云图上看，一条龙脉到处星星点点地布满疮痍。

老三说："袁峰啊，你也把大烟戒了，人也上年纪了，该懂事了，现在秦岭拆除是个机会呢，你带上人带上机械上山吧。除了拆别墅呢，别墅里面的、外面的玩意你留意着，你是个长眼色的人，这是一次机会呢。"

袁峰就带着挖掘机上秦岭了，挖掘机挥舞着铁爪子把一片又一片的别墅弄倒了，拉土车拉去了所有的渣土，又送到白鹿原的江沟的垃圾填埋场。袁峰就指挥着工人，拉来黄土填埋，撒上一把麦子，或者种上白皮松，一场雨过后，别墅区已经绿莹莹一片，好像什么也没发生过。

一片一片的别墅区被拆了，山体像个害疮的脑袋，这一边稀了没有

头发，那边才刚种上，等着明年后年长成了还一处绿色呢。往西的各区县都在加紧行动着，报纸上每天在讲着保卫秦岭的工作进展。

杜峰和镇平又新签了一个开发区服务外包的合同，四方城又迎来了一批从纸媒时代黯然退役的老媒体人，公司逐渐在西安开发区外宣服务外包领域有了一定的知名度。

两个人一合计，趁这次机遇搞上一次声势浩大的公司成立十五周年庆典。庆典的地址定在开发区的香格里拉酒店，由公司提前做好活动的创意策划方案，几经讨论确定了下来。

时间在国庆节放假前的最后一天，香格里拉酒店门前的水牌上写着四方城文化传媒公司十五周年庆典。搭建的舞台上一条温暖的标语引起很多人注目观望：十五年，我们依然在路上。庆典之前，杜峰就给豆芽、耀子、杨英打电话："必须盛装出席，哥们这些年算是活过来了，必须到。"

豆芽知道杜峰的心思，早早地穿了一身旗袍，来到香格里拉，在门口就听到高亢有力的歌声。耀子和杨英也穿上了当年结婚的礼服来到了现场，几个老朋友见面都深深地拥抱，一路走过来，彼此间有太多的见证，太多的不易。

会场上的座椅基本上都坐满了，大多是这座城市里文化媒体圈子的人，大家热情地打着招呼，互相问候着，在自己的座位上坐了下来。豆芽眼尖，看到幺妹已经坐在那里了，耀子拉着杨英也过去了。

演出还没有正式开始，豆芽拉着幺妹说话，好久不见了，幺妹显得比她们几个精神而又年轻，豆芽问："现在奥数还做么？"幺妹说"做是做呢，但收缩很大了，现在的方向是出国留学业务呢。"

豆芽转过身说："幺妹真是能干呢。"幺妹看着耀子，说："哥，你也来了。"这么多年了，幺妹见面还是习惯叫耀子哥，叫杨英嫂子呢。幺妹看着耀子的眼神说："我已经定居新加坡了，孩子也在新加坡读书呢，但工作还在西安，在开发区，大家以后经常聚聚，一晃二十多年过去了。”

幺妹给豆芽说：“我刚开始创业的时候，杜峰就经常利用媒体的关系给了我不少帮助，后来一直来往着。”“那杜峰那边遭受了那么大的难，也是你帮着过去的呀。”幺妹说：“二十多年的朋友们，都处成亲人了。”

庆典开始了，那高亢有力的歌声感染着每一个人。

那一天

我不得已上路

为不安分的心

为自尊的生存

为自我的证明

路上的辛酸已融进我的眼睛

心灵的困境已化作我的坚定

……